너와 나의
마지막 7일

**BOKU TO KIMI NO SAIGONO NANOKAKAN**
Copyright © MAHO MATSUSAKI 2024
All rights reserved.
Originally published in Japan in 2024 by Poplar Publishing Co., Ltd.
Korean translation rights arranged with Poplar Publishing Co., Ltd.
through Danny Hong Agency

이 책의 한국어판 저작권은 대니홍 에이전시를 통한 저작권사와의 독점 계약으로 서사원 주식회사에 있습니다.
저작권법에 의해 한국 내에서 보호를 받는 저작물이므로 무단전재와 복제를 금합니다.

# 너와 나의 마지막 7일

僕と君の最後の7日間

마쓰사키 마호 지음
이유라 옮김

하루에 하나씩 먹어.
그리고 다 먹고 나면
약속 장소로 와줬으면 좋겠어.

( 차례 )

| 1월 9일 | 별사탕 하나 | 011 |
| 1월 10일 | 별사탕 둘 | 064 |
| 1월 11일 | 별사탕 셋 | 116 |
| 1월 12일 | 별사탕 넷 | 158 |

| 1월 13일 | 별사탕 다섯 | 190 |
| 1월 14일 | 별사탕 여섯 | 237 |
| 1월 15일 | 별사탕 일곱 | 284 |
| 1월 30일 | 몇 번째 별사탕? | 315 |

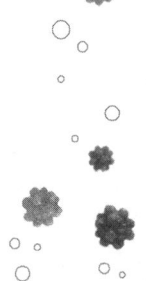

"이거 한번 해보자!"
살짝 그을린 피부의 소년이 내 얼굴을 들여다본다. 새하얀 세계에서 그 애의 눈동자만 반짝반짝 빛나서 눈부실 정도다. 그 손에 들려 있는 건 양장본 아동용 서적. 밝고 화사한 표지의 책이지만, 가장자리는 조금 닳아 있다.
"이거 봐. 내가 엄청난 걸 발견했단 말이야. 같이 하자. 응?"
"별사탕의 주문…?"
"응! 하루에 하나씩, 소원을 빌고 별사탕을 먹으면 그 소원이 이루어진대!"
"그래…?"
"무쓰키, 별사탕 좋아하지? 이거 틀림없이 성공할 것 같지 않아?"
"그치만 여기 '1년 이상 지속할 것'이라고 쓰여 있는데?"

"둘이서 하면 1년쯤은 금방 갈 거야! 무쓰키는 무슨 소원 빌고 싶어?"

"으음…. 병이 빨리 낫게 해주세요, 그리고 고키랑 오래오래 함께할 수 있게 해주세요, 이 정도?"

"오, 좋은데?"

"고키는?"

"나는… 정하긴 했지만, 비밀이야!"

"뭐어? 그게 뭐야, 치사해."

불만에 가득 찬 나를 보며 그 애가 웃는다.

"이루어지면 말해줄게."

## 1월 9일
## 별사탕 하나

어느새 한낮이 지났다. 중요한 볼일을 마치고 한숨 돌리고 있는데, 반년 만에 돌아온 집에서 인터폰이 울렸다. 부엌에 있던 엄마는 손이 바빴는지 나를 불렀다.

"무쓰키, 미안한데 좀 나가볼래?"

나는 알겠다고 대답한 뒤 수화기를 들었다. 씩씩한 목소리가 들려왔다.

"안녕하세요, 시로네코 택배입니다. 기타노 무쓰키 씨 앞으로 소포가 왔는데요."

"네?"

소포? 나한테?

짚이는 구석은 전혀 없지만 그대로 둘 수는 없었다. 나는

"알겠습니다" 하고 대답한 뒤 수화기를 내려놓았다. 늘 현관에 두는 도장을 들고 문밖으로 나갔다. 젊은 택배 기사님이 웃는 얼굴로 나에게 작은 상자를 내밀었다.

"기타노 무쓰키 씨 맞으시죠? 도장은 이쪽에 찍어주시면 됩니다."

"아, 네……."

무심코 운송장을 보고는 움찔했다. 낯익은 글씨였다. 그럴 리 없다고 생각하면서도, 이마에 땀이 맺히기 시작했다.

"저기……?"

의아해하는 기사님의 목소리에 정신을 차리고 서둘러 도장을 찍었다.

"감사합니다!"

기사님이 맨 위에 있는 운송장을 뜯은 뒤 내게 상자를 건넸다. 마지막까지 미소를 잃지 않는 태도였지만, 나는 제대로 인사하지도 못했다. 내 시선은 그대로 운송장에 고정되어 있었다.

잊을 수 없는 그 글씨는 '그 애'의 것이었다.

보내는 이에는 모르는 이름이 적혀 있지만, 나는 알아볼 수 있었다. 잘못 볼 수가 없다.

떨리는 손으로 끌어안은 상자는 생각보다 가벼웠다. 나는 상자를 감추듯 품에 안고 현관에서 내 방까지 뛰어 올라갔다.

내 발소리를 들었는지 엄마가 아래층에서 외쳤다.

"무쓰키? 누구였니?"

"태, 택배! 친구가, 보낸 것 같아!"

내가 생각해도 어설픈 변명이다. 하지만 조금 부자연스럽더라도 기세로 밀어붙이는 수밖에 없다. 나조차도 아직 상황 파악이 안 되고 있으니까.

"그래, 고맙다고 꼭 얘기하렴."

다행히 엄마는 밝게 반응했다. 내 품속에 있는 상자에 대해서는 엄마도 전혀 예상치 못하고 있는 게 틀림없었다.

내 방으로 조심스럽게 들어온 다음에야 후우…… 멈춰 있던 숨을 겨우 토해냈다. 손에 든 상자에 정신을 빼앗겨서 그럴까. 심장이 시끄럽게 뛰기 시작했다.

내가 집을 떠난 뒤로 아무도 사용하지 않은 이 방은 시간이 멈춰 있는 것만 같았다. 어렸을 때부터 쭉 써온 책상과 서랍이 달린 침대. 틈새가 약간 벌어진 책장. 부모님을 졸라서 산 자그마한 소파. 맞은편에는 작은 옷장과 좁고 긴 거울이 있다. 소파 앞에는 둥근 러그를 깔고 작은 접이식 테이블을 놓아두었다.

테이블 위에 상자를 올려두고 커튼을 걷었다. 창밖의 풍경도 거의 변화가 없었다. 산으로 이어지는 나무들 사이로 논밭이 보인다. 지금은 스산해 보이지만, 원래 그 주변에는 강으로 흘러드는 작은 시내가 있었다. 지금도 초여름에는 반딧불을 볼 수 있을 것이다.

싸늘하게 식은 바깥 공기를 들이마시면 조금은 냉정해질 수 있을 줄 알았는데, 그다지 효과는 없었다. 그래도 크게 심호흡을 반복했다. 그런 다음 창문을 닫고 러그 위에 주저앉았다.

다시금 상자를 마주했다. 밖에서 나는 소리가 귀에 들어오지 않을 정도로 심장 소리가 쿵쾅쿵쾅 울려서 시끄러울 정도다. 이렇게 조용한 방인데도.

……그 애일 리가 없어. 왜냐하면 그 애는 이제…….

그렇게 생각하면서도 마음이 앞서가서, 소포 포장을 마구잡이로 벗겼다. 포장지를 뜯자 두꺼운 종이로 만들어진 단순한 상자가 나왔다. 그 안에는 편지 한 통과, 깨지지 않도록 감싸 놓은 작은 병이 들어있었다. 바깥쪽에서 봐도 컬러풀한 무언가가 들어있다는 걸 알 수 있었다.

병은 제쳐두고 먼저 편지를 꺼냈다. 그 시절과 다름없이 꼼꼼한 글씨가 눈에 들어왔다.

「하루에 하나씩 먹어. 그리고 다 먹고 나면 약속 장소로 와 줬으면 좋겠어.」

울컥. 말로 표현할 수 없는 감정이 흘러넘쳤다. 거센 파도가 마음을 삼켜간다.

메시지와 함께 적힌 보내는 이의 이름은, 역시 '하야세 고키'였다. 그리운 이름. 줄곧 내 마음에서 떠나지 않는 소중한 이름이다. 그 애가 보낸 선물…….

"……왜……?"

그렇게 중얼거렸더니 눈물이 날 것만 같았다. 이제 이 세상에 없는 고키가, 어떻게 나에게 선물을 보낸다는 걸까.

엉망으로 뜯은 포장지를 더듬더듬 끌어당겨 택배 운송장을 확인했다. 배송 지정일은 오늘.

접수일은 그저께였다.

고키가 쓴 글자를 눈으로 좇는 것만으로도, "무쓰키." 하고 나를 부르는 그 목소리가 들려오는 것만 같다. 그 애의 미소가 선명하게 떠오른다. 나의 강한 척과 허세를 한 꺼풀씩 벗겨내는 듯하다. 뜻하지 않게 그 애의 조각에 닿은 것만으로도, 나는 이렇게 쉽게 무너졌다. 옛날부터 지금까지 쭉, 내 마음을 이런 식으로 뒤흔드는 사람은 그 애밖에 없다는 사실을 다시금 실감했다.

눈물로 번지기 시작한 시야 속에서 편지의 글자가 춤추고 있다. 그리운 마음에, 그 꼼꼼한 글씨를 손으로 덧그리는 와중에도 머릿속은 계속 돌아가고 있었다.

약속이라니 무슨 얘기지? 그리고…… 하루에 하나라니?

의문이 들자마자 바로 동봉되어 있던 병의 꾸러미를 벗겼다. 귀여운 병 속에는 별사탕이 일곱 개 들어있었다. 문득 옛날에 주고받은 대화가 떠올랐다.

"설마…… 그 주문 말이야?"

하지만 그건 어린애 속임수 같은, 정말 소원이 이루어질 거라고는 도저히 생각할 수 없는 종류의 주문이었다. 게다가 1년 이상 계속해야 한다는 조건이었을 텐데. 하지만 병 안에는 별사탕이 일곱 개밖에 없었다. 어째서 7일 치인 걸까……. 그러다 문득 깨달았다.

6일 뒤면 내 생일이다*.

굳이 생일에 약속 장소에 와주었으면 한다니……. 무슨 이유가 있다고밖에 생각할 수 없다.

아니면 꿈은 꿈이고, 주문에서 말하는 기간도 일주일을 잘못 얘기한 거였을까? 하지만 벌써 10년도 더 지난 일이야. 기억날 리가 없잖아. 확인할 방법도 없는걸. 그러면서도 나는 무언가에 이끌리듯 뚜껑을 열고 있었다.

고키의 마지막 메시지. 그 '약속'이 무엇을 가리키는 것인지, 어디로 가야 하는지, 전혀 짐작 가지 않는다. 하지만 그 애가 하는 말이니까 이유가 있을 거야. 내가 잊고 있을 뿐이지.

---

\*   무쓰키는 일본어로 정월正月을 뜻한다.

알고 싶어. 어떻게 해서든 기억해내고 싶어. 아니, 기억해내야만 해.

그도 그럴 게 고키가 남긴 '약속'이니까. 그 애를 잃고 후회만 가득했던 나에게, 다시 한 번 기회가 주어진 것 같았다. 더 이상 고키를 두고, 단 하나의 후회도 남기고 싶지 않아. 나와 그 애에게 '약속'은 절대적인 의미였다. 고키가 없는 지금, 내가 제대로 그 '약속'을 완수하지 않으면 안 된다.

사명감에 사로잡혀 작은 별사탕 하나를 손가락으로 집었다.

창을 향해 별사탕을 들어올렸다. 작고 희미한 그림자가 얼굴에 드리워질 뿐, 겉보기엔 아무 특이점도 없는 별사탕이다. 별사탕을 먹어보는 게 대체 얼마 만일까.

하루에 하나, 고키가 시키는 대로 먹으면……, 그 애의 '소원'이 이루어지는 걸까. 그리고 그 애가 웃으며 말했던 그 '비밀'을 알 수 있게 될까.

지금의 나에게는 그 애가 남긴 이 별사탕만이 유일하게 의지할 수 있는 존재다. 이 마을에서 지내다 보면 그 애와 함께한 날들이 되살아날 것이다. 그렇게 기억과 마주하다 보면, 마지막 날……. 내 생일에는 분명히 그 '약속'의 의미도 알 수 있을 것이다. 지금은 얼마 안 되는 그 가능성에 걸 수밖에 없다.

두근두근하는 마음으로 별사탕을 입에 넣었다. 깨물지 않고 혀로 굴리자, 서서히 녹아드는 듯한 설탕의 단맛이 퍼져 나갔다.

그 순간, 시야가 크게 흔들렸다.

\*

"……으음……?"

갑자기 눈앞이 어지러웠다.

왜 그러지? 별사탕을 먹었을 뿐인데.

이상하다고 생각하면서 고개를 살짝 흔들었다. 컨디션은 나쁘지 않았다. 기분 탓인가……. 그렇게 생각하며 눈을 뜬 순간, 그대로 굳어버리고 말았다.

여기가 어디지?

눈앞이 온통 새하얗다. 이게 아닌데. 하얀 벽, 하얀 커튼, 하얀 침대, 하얀 시트. 모두 낯익은 것들이었다.

그래, 기억나. 여긴 내가 어렸을 때 입원했던 병원이다.

"무쓰키!"

"어?!"

내 이름을 부르며 뛰쳐 들어온 건,

"늦어서 미안. 오늘 당번이었거든."

"고키……?!"

'그 애'였다. 란도셀\*을 멘 모습의.

상황 파악이 안 되어 멍해 있는 날 보며, 고키는 뿌듯한 얼굴로 웃었다.

"오늘 급식에서 흑설탕 빵이 나왔거든. 엄청 인기였는데, 무쓰키 너 주려고 가위바위보 해서 가져왔어. 이거, 비밀이다?"

자랑스럽게 빵을 내미는 그 애를 그저 가만히 바라볼 수밖에 없었다. 장난기 가득한 얼굴로 웃는 고키는 아무리 봐도 초등학교 때 모습 그대로였다. 말하는 내용도 그렇다. 어렸을 때 있었던 일과 똑같았다.

대체 뭐가 어떻게 된 거지?

눈앞의 고키를 받아들일 수 없을 정도로 혼란스러운데도, 마음속 깊은 곳에서는 기쁨이 터져 나오는 걸 막을 수 없었다.

고키가 있어. 환하게 웃고 있어. 내 이름을 부르고, 웃어주고 있어. 이제 두 번 다시 못 만날 줄 알았는데, 그 애가…… 눈앞에…… 있어.

"무쓰키?"

"……웃, 흐윽!"

나도 모르게 눈물이 터져 나왔다. 이건 고키가 맞지만, 동시에 고키가 아니야. 분명 내 간절한 소망이 만들어낸 꿈일

---

\*    일본 초등학생들이 메고 다니는 가죽 책가방.

거야. 그래도…… 이렇게 고키를 다시 만날 수 있었어. 기쁘지 않을 리가 없잖아.

내가 울음을 터뜨리자, 고키가 내 얼굴을 들여다보았다.

"무쓰키? 왜 그래? 몸이 안 좋아?"

"흑, 흐윽. 고키……."

아니야. 여기에, 고키 네가 있는 게 기뻐서 멋대로 눈물이 나는 거야.

울면서 그 애를 향해 손을 뻗었다. 놀란 표정을 지으면서도 고키는 날 받아들였다. 그 애의 자그마한 몸을 끌어당겨 꼭 매달렸다.

"고키……, 고키……!"

"무쓰키? 진짜 무슨 일 있었어?"

어쩔 줄 몰라 하는 고키의 자그마한 손이 내 뺨에 와닿는다. 따뜻한 온기가 내 뺨을 감싸며 얼굴 전체로 퍼져 나갔다.

"열은 없는 것 같은데. 어디 아파? 의사 선생님이나 간호사 선생님 불러올까?"

고개를 갸웃하는 그 애의 얼굴이 가까웠다. 언제나 이런 식으로 날 걱정해주었지. 그 기억이 불현듯 떠오르자 그리움에 가슴이 미어지는 것만 같았다. 자그마한 고키의 걱정스러운 눈빛이 성장한 뒤의 눈빛과 겹쳐져서, 또다시 눈물이 넘쳐흘렀다.

"괜, 찮아. 그러니까."

"진짜? 진짜 괜찮은 거야?"

"으응. 그러니까, 조금 더……."

힘주어 그 애의 몸을 끌어안았다. 이렇게 대담한 짓을 할 수 있는 건 아마 꿈이라서겠지. 따뜻한 체온이 전해져 오는 동시에 그 애의 숨결도 희미하게 느껴져서, 점점 더 '지금 여기에 있는' 고키를 실감할 수 있었다.

미안해, 고키.

이렇게 조그마했을 때부터 계속 곁에 있어 줘서, 정말로 고마워…….

마음속으로 사과와 감사의 말을 되풀이했다. 고키는 나를 달래듯 가만히 등을 쓰다듬어 주었고, 내 손은 고키의 등을 붙들다시피 하고 있었다. 그 애의 온기에, 그 내음에, 안도했다.

그러면서도 동시에 이상하다는 생각이 들었다. 이렇게 어린 고키라면 어른인 내 품 안에 쏙 들어와야 할 텐데. 하지만 나는 지금 그 애의 자그마한 등을 의외로 널찍하다고 느끼고 있었다.

어라? 그러고 보니 아까도 고키의 자그마한 손이 내 뺨을 덮었던 것 같은데.

설마 하는 생각이 들어 시선을 떨어뜨렸다. 고키의 어깨 너머로 보이는 내 손은, 고키의 손보다 훨씬 작았다.

어째서? 나까지 작아졌어?!

놀란 나머지 목소리조차 나오지 않는 나를 보며, 고키는 걱정스럽게 물었다.

"무쓰키, 괜찮아? 이제 다 울었어?"

"아, 으응. 응. 괜찮아……."

너무 놀라서 눈물도 멎은 듯했다. 뭐가 괜찮다는 건지도 모르면서 살짝 고개를 끄덕이고는 그 애의 몸을 놓았다. 이토록 가까운 거리에 있는 고키는 아무 망설임 없이 "다행이다!" 하며 안심한 얼굴로 활짝 웃었다. 그 표정을 보고 있자니 애틋함에 가슴이 죄어드는 것만 같았다.

고키는 이렇게 어렸을 때부터 쭉 고키였구나. 항상 이렇게 내 몸을 걱정해주고 있었어. 처음 이 병원에서 만났을 때부터 쭉 그랬어. 언제나 나를 챙기고, 언제나 "무쓰키, 괜찮아?" 하면서…….

또다시 눈시울이 뜨거워졌다. 눈물샘이 망가진 것처럼 하염없이 눈물이 나려 했다.

어른이 되어가면서 점점 흐릿해졌던 어린 시절의 기억이, 나와 고키가 어린아이의 모습으로 돌아가자 선명하게 되살아나는 것 같았다.

아아, 그렇구나.

어쩌면 이 상황은, 고키가 보내온 선물에 들뜬 내 마음이 만들어낸 꿈일지도 모르겠다. 현실이 너무나 잔혹하니까, 꿈에서만큼은…… 행복했던 그 시절로 돌아가고 싶어서.

만일 이게 꿈이더라도. 아니, 꿈이니까 더더욱. 그때의 내가 하지 못했던 말을 전할 수 있는 기회일지도 모른다.

이건 단지 변명 따위가 아니야. 그 무렵의 고키에게…… 지금의 내가 전하고 싶은 건.

"나 있지, 고키가 갖다주는 빵이랑 과자 같은 거, 매번 엄청 기대하고 있었어. 이것도 정말 기뻐. 고키…… 나랑 친구가 되어주어서, 정말로 고마워."

내가 어린 시절의 고키에게 전하고 싶었던 건 감사의 마음이었다.

꽤 오래전 이야기지만, 그 무렵 나에게는 또래 친구가 한 명도 없었다.

도쿄에서 이사 오기 전에도, 이사 온 뒤에도 학교에 거의 가지 못했기 때문이다. 병문안을 와 줄 만큼 친한 친구를 만들기도 어려웠고, 그렇다고 병원에서 마주치는 아이들 틈에 끼어들 용기도 없었다.

평범한 아이들처럼 지내지 못하고, 부모님이나 할머니 말고는 만나는 사람도 없었던 터라, 내가 다른 아이들과는 다르다고 느꼈던 것 같기도 하다.

학교에 가고 싶어도 갈 수 없었다. 친구를 갖고 싶어도 사궐 수 없었다. 밖에 놀러 나가고 싶어도 나갈 수가 없었다. 그래서 항상 어느 정도는 포기할 수밖에 없었지만, 그래도 역시 외로웠다.

그러던 어느 날, 이 병원에서 우연히 고키를 만났다.

돌이켜보면, 내 인생에서 가장 큰 행운은 틀림없이 바로 그 순간이었을 것이다.

"항상 날 소중히 여겨줘서 고마워. 고키를 만나서 정말 다행이야. 지금 이렇게 고키를 만날 수 있어서…… 정말 너무너무 기뻐……."

눈물과 함께 말이 방울방울 흘러내렸다. 이제 만날 수 없는 고키를 만났다. 고키가 씩씩하게 웃어주고 있어. 나를 기쁘게 해주려고 선물을 가져다줬어. 충분히 행복한 꿈이다.

동시에 또 하나 후회가 늘었다. 왜 과거의 나는 이 행복을 좀 더 누리지 못했을까. 이 순간이 얼마나 귀하고 소중한지 알았다면, 그런 거짓말을 하지도 않았을 텐데.

전혀 이해하지 못하고 있었다. 내 일만으로도 버거워서, 앞으로의 일 같은 건 하나도 생각할 수 없었다.

"갑자기 왜 그래……."

내 눈앞에 있는 고키는 조금 당황한 듯한…… 아니, 쑥스러운 듯한 표정을 하고 있다. 대놓고 감사의 말을 하자 간지러워졌는지도 모른다.

"진심이야. 고키를 만나서, 고키와 함께할 수 있어서 다행이라고, 진심으로 생각하고 있어."

눈물을 글썽이면서도 웃어 보였다. 나로서는 무척 솔직하고 대담한 표현이었다. 알고 있으면서도 술술 말할 수 있는 건 여기가 '꿈속'이라서다. 현실이라면 절대 입 밖으로 내지 못했을 말.

이번에야말로 정말 얼굴이 발개진 고키는 눈을 내리깔고 머리를 긁적였다.

"……진짜 왜 그래. 평소랑 달라서 좀 당황스럽네."

"그래?"

"응."

고키가 고개를 끄덕였다.

"그래도."

그리고 나를 똑바로 마주보며 대답했다.

"나도 함께 있어서 기뻐. 나랑 친구가 되어줘서 고마워, 무쓰키."

보통 남자애들이라면 아마 이렇게 직설적으로 대답하지 않으리라는 걸 지금은 알고 있다. 조금 쑥스러워하면서도 눈을 피하지 않고 진지하게 말해오는 그 모습에, 그리움이 북받쳐서 가슴이 멋대로 뛰기 시작했다.

정말로…… 고키는 이렇게 어렸을 때부터 변하지 않았구

나. 올곧은 마음을 똑바로 돌려주는 사람이야. 거짓을 모르는 눈빛이 매력적이고. 그러니 항상 주변에 사람들이 모여들고 모두에게 사랑받는 거겠지.

오늘도 많은 사람이 고키를 찾아왔다.

그건 모두 그 애의 인품 덕이라고 생각한다.

갑작스럽게 오후 5시를 알리는 음악이 멀리서 들려왔다. 깜짝 놀란 듯 고키가 시계를 보고 란도셀을 끌어당겼다.

"그만 가봐야겠다. 미나미가 기다리고 있거든."

"미나미?"

미나미는 고키의 여동생이다. 동생 이름을 지을 때, 고키가 제안한 이름은 선택되지 않았지만 참고하긴 했다고 역설했었다. 오늘 본 미나미는 유치원 원복을 입고 있었고, 꽤 많이 자랐다.

"응. 이제 두 살이고, 말도 꽤 잘해. 나를 '빠아'라고 불러."

"……귀엽네."

"응. 진짜 귀여워."

고키의 표정이 순식간에 부드러워진다. 이런 오빠가 있는 미나미는 분명 행복하겠지.

옛날의 나였다면 아마 부러워서 견딜 수 없었을 것이다. 질투하는 마음도 조금쯤 있었을지 모른다. 왜냐하면 의식하지 않았더라도 마음속으로는 생각하고 있었으니까. 고키가 날

제일 소중하게 생각해줬으면 좋겠다고.

옛날 일을 떠올리고 마음이 복잡해진 날 향해, 란도셀을 멘 그 애가 돌아서면서…… 스윽, 손을 뻗어왔다.

새끼손가락을 치켜든 상태로.

"그럼 또 만나, 무쓰키. 내일은 미나미와 놀기로 약속했으니까, 모레 다시 올게."

손가락을 걸고 약속한다. 그리움에 다시 현기증이 일었다. 꿈이란 건 알지만, 이런 것까지 재현되다니.

고키는 항상 집에 가기 전에 꼭 이렇게 손가락을 걸고 나에게 약속해주었다. 이제 고키가 여기 안 오면 어떡하지. 나 혼자만 친구라고 생각했던 거면 어떡하지. 그렇게 단 하나뿐인 친구를 잃어버릴까봐 두려워하는 내 마음을 알고 있다는 듯이, 단단히 새끼손가락을 걸고서.

병이 낫지 않는 건 아닐까. 고키를 두 번 다시 못 만나게 되는 건 아닐까. 그런 불안감을 떨쳐내듯이 손가락을 꼭 걸고 약속해주었다.

"응……. 또 만나."

쭈뼛쭈뼛, 그때의 감각을 떠올리며 손을 뻗었다. 굳은 의지를 담은 손가락과 손가락이 단단히 얽혀들었다.

"새끼손가락 걸고 약속해. 거짓말하면 바늘 천 개 먹일 거야. 자, 약속했다."

약속할 때 하는 노래를 둘이서 따라부르고, 고키가 씩 웃었다.

"그럼, 모레 봐!"

그렇게 말하고, 그 애는 씩씩하게 손을 흔들며 병실을 나갔다.

\*

아직 어린 그 애의 미소는 어른에 한 걸음 가까워졌을 때의 그 애와 마찬가지로 나를 안도하게 만들었다.

새끼손가락 걸고 약속해. 거짓말하면 바늘 천 개 먹일 거야. 자, 약속했다……. 이렇게 어른이 되고 나서 들으면 무서울 정도의 약속인데. 그 약속의 무게를 고키가 실감하고 있었는지는 모르겠지만, 그 애는 늘 약속을 지켰다. 그 후로도 계속 그랬다. 내가 슬퍼하는 일이 없도록 늘 마음을 쓰고 있었다.

손가락을 걸고 한 약속은 우리에게 절대적이고 특별한 존재였다.

그리고 그 애는 나에게 말하지 못한 일은 있었을지 몰라도, 거짓말만큼은 하지 않았다. 하지만 고등학교 3학년 겨울, 나는 고키에게 딱 한 번 거짓말을 했다. 몇 번이나 사과해도 모자랄 정도로 잔인한 거짓말을.

고키가 나가자 병실이 놀라울 만큼 썰렁하게 느껴졌다. 오랫동안 잊고 지냈던 고독과 두려움이 다시 밀려드는 듯했다.

나는 이제 스무 살을 맞이하는 어른이고, 아무 불편함 없이 건강하게 살고 있고, 더 이상 무서울 건 없는데. 그런데도 이 적막한 공간에 홀로 남겨지자 불안해서 죽을 것만 같다.

왜 새삼스럽게 이런 생각이 드는 걸까? 실제로 초등학교 때는…… 늘 아무렇지 않은 척 웃고 있었을 텐데.

문득 침대 옆으로 눈길을 돌렸다. 컵을 비롯해 날마다 쓰는 물건 외에도 낯익은 책이 몇 권 놓여 있었다. 그중에…… 꿈에서 봤던 『마법의 주문』이라는 책이 있었다.

"거짓말……!"

반사적으로 손을 뻗어 그 책을 잡았다. 위에 쌓여 있던 책들이 무너져 내렸지만 아랑곳하지 않고 책을 펼쳤다. 접힌 자국이 있는 페이지가 금방 눈에 띄었다. 심장이 경종을 울렸다. 어긋날 수 없는 예감이 들어, 나는 그 페이지를 펼쳤다.

「별사탕의 주문」

발랄한 글씨체의 제목이 눈에 들어온다.

"꿈이…… 아니었어……!"

부옇게 흐려진 시야 속에서, 주문을 거는 법이 적힌 글을 필사적으로 읽었다.

'소원을 빌면서 별사탕을 하루 한 알 먹는다. 매일 잊지 말

고 1년 이상 지속할 것.'

오늘 아침의 꿈과 똑같다.

'역시'라는 생각과 '왜?'라는 마음이 동시에 솟아올랐다.

소원을 이루려면 적어도 1년은 걸린다. 그런데 왜 고키는 나에게 일주일 치, 7개의 별사탕만 보냈던 걸까?

또다시 현기증이 나서 침대에 쓰러졌다. 몸의 피로가 아니라 다른 무언가가 작용한 것 같은…… 온몸의 힘이 빠져버리는 듯한 느낌이었다.

하얀 천장을 올려다보다가 가만히 눈을 감았다.

가슴에는 마법의 주문서를 품은 채.

책의 무게를 느끼며 저항할 수 없는 눈꺼풀의 무게에 몸을 맡겼다.

꿈속인데 잠들어 버리다니, 이상해.

거기까지 생각하자 나도 모르게 미소가 새어 나왔다. 그게 방아쇠가 되었는지, 나의 전부였던 이 하얀 세계에 고키라는 선명한 빛이 뛰어들었을 때의 일이 다시 생각났다.

\*

"있잖아, 내 얘기 좀 들어볼래?"

그렇게 처음 말을 걸어온 건 내가 입원했던 병원의 대기실에서였다.

나는 몇 번이나 반복해서 읽었던 탓에 내용을 다 외워버린 그림책을 펼쳐놓고 있었다. 그런 내 옆에 그 애는 털썩 앉았다. 그리고 내 대답도 듣지 않고, "곧 여동생이 태어날 거야." 하며 기쁨을 감추지 못하는 얼굴로 말을 쏟아냈다.

엄마의 검진을 따라 이 병원에 왔다는 그 애는, 아직 보지 못한 여동생에 대한 기대감으로 가득 차 있었다.

"태어나면 꼭 안아줄 거야. 너무 기대돼."

"그렇구나……."

다리를 가볍게 흔들거리며 말하는 그 애는 계속 웃는 얼굴이었다. 잔뜩 들뜬 마음이 나한테까지 전해지는 것 같아서 왠지 두근거렸던 기억이 난다.

솔직히 말하면, 나는 형제가 없었던 터라 이야기의 내용은 감이 잘 오지 않았다. 하지만 처음 보는, 게다가 같은 또래 남자아이가 이토록 행복한 얼굴을 하고서, 마치 친한 친구처럼 나에게 말을 걸어주는 게 단순히 기뻤다. 병원에 틀어박혀 지내던 나에게는 그 애의 모든 것이 신선하게 다가왔다.

"이름도 말이야, 내가 생각한 이름으로 결정될지도 몰라. 굉장하지?"

"으, 응……. 굉장하네."

그런데도 나는 대답을 잘 하지 못했다. 이러면 재미없는 애라고 생각할 텐데. 모처럼 말을 걸어주었는데……. 그렇게 생각하면서도 정작 무슨 말을 해야 할지 몰라 답답했다.

하지만 그 애는 그런 내 기색을 눈치챘는지 아닌지, 반짝이는 눈으로 대화를 이어갔다.

"그렇지?! 아아, 동생이 생기면 어떤 느낌일까? 같은 반 친구한테 물어봤는데 '하나도 안 귀여워'라고 하더라고. 못 믿겠어. 난 엄청 예뻐해줄 자신 있는데."

"같은 반이라면…… 학교 친구?"

"응. 사카키자카 초등학교. 넌…… 그러고 보니, 이름이 뭐였지?"

"기타노…… 무쓰키. 너는?"

나에게 벽을 치지 않고 말을 걸어주는 남자아이의 존재가 기뻤다. 그래서 필사적으로 이야기를 듣고 열심히 대화가 이어지도록 노력했다.

지금 생각해보면 굳이 무리해서 애쓰지 않아도 괜찮았을 것 같다. 왜냐하면 그 애는 상대가 누구든 차별하지 않고 대해주었을 테니까.

"난 하야세 고키! 무쓰키는 사카키자카 초등학교 아니야?"

"그렇긴 한데……. 학교에 계속 못 갔거든."

"몇 학년 몇 반인데?"

"3학년. 아마 2반이었던 것 같아."

"진짜?! 난 3학년 1반이야. 우리 동갑이네?"

"그러게, 굉장한 우연이다."

대화를 나누다 보니, 겨우 긴장이 풀려서 조금은 웃을 수 있게 됐다. 그러다 그 애가…… 고키가 뭔가를 깨달은 것처럼 "어?" 하고 말했다.

"너, 여기 사투리를 안 쓰는구나?"

"앗……!"

이야기에 푹 빠져서, 그 사실을 잊고 있었다. 그 무렵 내가 다른 애들 틈에 잘 끼지 못했던 이유.

바로 언어 차이였다.

처음 학교에 갔을 때 긴장하면서도 반 아이들과 이야기하고 있었는데, 근처에 있던 남자애들이 갑자기 폭소하며 "얘 말투 엄청 이상해!" 하고 놀렸다. 그때부터 다른 애들과 다르다는 것이 부끄러워서 견딜 수 없게 되었다. 그 후로도 몇 차례 등교는 했지만 아무에게도 말을 걸 수가 없었다. 누가 말을 걸어와도 내 말투가 신경 쓰여 아무 말도 하지 못하게 되어버렸고, 같은 반 아이들과는 눈에 띄게 서먹서먹해졌다.

그런 쓸쓸한 추억이 순식간에 되살아나서, 부끄러운 나머지 두 손으로 입을 가리고 고개를 숙였다.

'분명 이상하다고 생각할 거야. 이제 틀렸어.' 절망적인 기분에 사로잡힌 나에게 부드러운 목소리가 다가왔다.

"엄청 멋있는 말투잖아."

"어……?"

"진짜 대단하다! 연예인 같아!"

아마 고키에게 있어서는 별것 아닌 한마디였을 것이다. 누구에게나 다정하고 공평했던 그 애로서는 당연한 반응이다.

하지만 내가 받은 충격은 이루 말할 수 없었다.

고개를 들어 그 애를 보았다. 고키는 나를 배려해서 거짓말을 하는 것이 아니라, 진심으로 그렇게 생각하고 있다는 것을 미소 하나로 보여주고 있었다. 그 다정한 눈빛 덕분에 굳어 있던 마음이 녹아내렸다.

나는 아직 어렸기에 어려운 건 잘 알 수 없었다. 그래도 진심으로 마음이 놓였다. 그리고 그냥 기뻤다. 그 이유가 내가 받아들여졌다는 걸 실감했기 때문이라는 사실을 이해하게 된 건, 훨씬 나중의 일이다.

딱 한 번 만났을 뿐인 남자아이에게 칭찬을 받았다.

단지 그것뿐인데…… 계속 뭉쳐 있던 콤플렉스가 이렇게 순식간에, 자연스럽게 녹아 없어질 거라고는 상상도 못 했다.

고키. 나에게 있어서 누구보다도 그 무엇보다도 소중했던 남자아이.

잃어버린 지금이기 때문에 뼈저리게 실감한다. 처음 만났을 때부터 그 애는 나에게 특별한 존재였다고.

미나미가 태어난 뒤 며칠 동안, 마치 매일의 일과처럼 우리는 대기실에서 이야기를 나누었다. 실제로는 내가 몰래 숨어서 고키를 기다리고 있던 거였지만.

"어? 무쓰키는 친구 없어?"

"그, 그렇게 대놓고 말하지 마!"

어린애였으니까, 그렇게 직접적인 말을 듣자 울음이 터질 것만 같았다.

"지금은 상태가 괜찮아서 여기까지 올 수 있지만, 전에는 침대에서 내려가면 안 된다고 했어. 여기로 이사 오자마자 입원하게 됐고, 병원에서도 절대 나가면 안 되고, 학교도 거의 못 가고…… 친구를 사귀는 건 무리였단 말이야."

변명하며 입을 삐죽 내밀고 있는 나에게 고키는 말했다.

"그럼 나랑 친구 하면 되잖아!"

"어……?"

처음 듣는 제안에 나는 굳어질 수밖에 없었다.

"무쓰키는 병원에서 나올 수 없는 거지? 그럼 내가 무쓰키한테 오면 되겠네. 여긴 학교에서 오는 길이니까 문제없어."

지금보다 더 어렸을 때 도쿄에서 같이 놀던 아이들은 엄마 손에 이끌려 "또 올게"라고 말해도 정말로 와주는 일은 없었다. '친구'라고는 해도 그리 깊은 관계는 아니었을지도 모른다.

"우리 친구 하자, 무쓰키. 나는 안 돼?"

이 애는 어떨까.

모두가 날 배려하는 마음에 '또 만나자'는 거짓말을 한다. 하지만 이 애는, 매일같이 대기실에 와서 나를 발견해준다. 말을 걸어준다. 이야기해준다. 웃어준다.

이 아이는…… 분명 거짓말을 하지 않을 거야.

"……안 되지, 않아."

겨우 내뱉은 말은, 고키의 사투리 억양에 물든 어색한 대답이었다. 내가 솔직하게 '나도 친구가 되고 싶어' 하고 말할 수 있는 성격이었다면 고생하지 않았을 텐데.

그런데도 고키는 안도의 한숨을 크게 내쉬며 "다행이다!" 하고 정말로 안심했다는 얼굴을 했다.

고키도 긴장하고 있던 걸지도 모른다. 그런데도 그렇게 이야기해주었다. 몸이 약해도, 남들과 마찬가지로 놀지 못해도, 그래도 친구가 되어주겠다고. 그런 일이 가능하다니.

"어? 무쓰키, 우는 거야?"

"흑, ……우는 거 아냐……."

"어어?! 왜 울어? 내가 뭐 잘못했어?!"

"잘못한 거…… 없어……. 흑, 흐윽……."

"우는 거 맞잖아!"

당황해서 어쩔 줄 모르는 이때의 고키는 내 눈물의 의미를 몰랐을 것이다.

늘 친구를 갖고 싶었다. 그런데 이런 식으로 이루어지다니. 이토록 쉽게. 그 애는 나의 가장 약한 부분을 감싸안아주었다.

나는 늘 불안했다. 병에 대해 진실을 말해주지 않는 부모님에게도, 의무처럼 와주는 '친구'들에게도, 가엾다는 듯이 쳐다보는 주위 사람들에게도, 진짜 내 마음이 어떤지는 한 번도 말할 수 없었다.

아무도 없는 곳으로 도망가고 싶다는 생각이 들 때도 있었다. 하지만 그러지 못했던 건, 아직 모든 것을…… 완전히 다 내려놓지는 못했기 때문일 것이다.

그리고 고키와 만나 친구가 되고 나서야, 비로소 솔직한 내 마음을 알게 되었다.

\*

눈을 감고 있는데도, 눈꼬리를 타고 눈물이 흘러내렸다.

귀 근처까지 눈물이 타고 내려와 기분이 나빠져 눈을 떴다. 그러자 눈에 들어온 것은 낯익은 천장이었다.

연한 핑크빛을 띤 이 색은…… 내 방이다.

벌떡 일어나자 익숙한 내 몸이 눈에 들어왔다.

두 손도 똑같았다. 조금 전까지의 작은 손톱과는 전혀 다른, 벚꽃색의 네일아트를 한 '여성'의 손이다. 얼마 전에 충동구매한 예쁜 색.

중요한 건 그게 아니라. 그러니까. 지금…… 여기 있는 건.

방에 있는 전신 거울 앞에 섰다. 역시 여기 있는 건 곧 대학 3학년이 되는 내 모습이다.

"아까 그건……?"

내 뺨에 손을 대보았다. 평소와 같은 감촉이다.

머리카락, 코, 입술, 목……. 하나씩 확인하듯 내 몸을 만져보았다. 그러는 동안 거울은 내 움직임을 그대로 따라 비추고 있었다.

"역시, 꿈이었구나……."

갑자기 한숨이 새어 나왔다. 조금 전까지 보았던 행복한 기억과 내가 지금 있는 상황과의 간극 때문이었다. 그건 초등학교 때의 우리였다. '언제까지나 함께' 있을 수 있다고 믿어 의심치 않았을 때의 이야기.

그 대화가 실제로 있었던 일인지는 확실하지 않지만, 그 하얀 공간에서 그 애와 많은 시간을 보낸 것만은 틀림없는 사실이다.

꿈이라서 솔직해질 수 있었던 건데. 다시 한번 고키를 만난 게 기뻤지만, 꿈이라는 것을 알게 된 순간 쓸쓸해졌다. 진짜 제멋대로네.

자조하면서 러그 위에 주저앉았다. 테이블에는 고키가 보낸 편지와 별사탕 병이 놓여 있었다.

이건 꿈이 아니었어. 다행이다.

달콤한 별사탕의 맛이 녹아든 후에 봤던, 애틋하고 반가운 꿈이 떠올라서 눈물이 날 것 같았다. 두 번 다시 만날 수 없는 그 애가 이 세상에서 사라져버리기 전에 나에게 보내준 편지와 선물. 그 의미를 빨리 알고 싶다.

조그마한 고키가 보여준 표정의 모든 것을 다시금 되새겨보았다.

흑설탕 빵을 내밀었을 때의 자랑스러운 얼굴. 나를 챙겨주는 걱정스러운 얼굴. 약간 쑥스러울 때의 발그레한 얼굴.

그리고…… 손가락을 걸 때의, 눈부시게 환한 웃는 얼굴.

고키와 함께한 모든 시간이 나에게는 보물이었다. 잃고 나서야 점점 짙어지는 상실감이 내게 현실을 들이밀었다.

그렇지만 조그마한 그 애와 얽혀들었던 그 손가락의 감촉이 너무나 생생했다.

손가락을 걸고 한 약속은 반드시 지킨다. 나와 고키의 규칙.

"그럼 또 만나……."

비록 꿈속이었지만, 이루어질 수 없는 약속을 해버렸다는 후회가 가슴을 찔렀다.

"무쓰키, 아빠 오셨다."

아래층에서 엄마의 목소리가 들렸다. 추억에 젖어 있던 마음이 단숨에 현실로 되돌아왔다.

"네에."

그렇게 대답하고 일어선다. 내가 돌아와 있는 지금, 마음대로 방에 들어오지는 않을 것 같지만······. 만일에 대비해 편지와 별사탕 병을 도로 상자 속에 넣고 침대 밑 서랍에 숨겼다. 포장지와 송장도 작게 접어 함께 밀어넣었다. 재빨리 물건을 정리하고 아빠가 기다리는 거실로 향했다.

"아빠, 다녀오셨어요."

상의를 벗고 넥타이를 풀고 있던 아빠에게 말을 건넸다. 내 목소리에 돌아본 아빠가 부드러운 표정을 지었다.

"무쓰키도 잘 다녀왔니? 괜찮아?"

"응."

"몸은 좀 어때?"

"괜찮아."

고개를 끄덕이자 아빠는 "그렇구나" 하며 안도하는 듯이 숨을 내쉬었다. 그때 엄마가 들어와 아빠의 상의와 넥타이를 받아들며 말했다.

"둘 다 배고프죠? 저녁 지금 먹을까?"

"응, 그러지."

"할머니도 슬슬 오실 때가 된 것 같아."

"그러게. 그럼 옷 갈아입고 올게."

"서둘러요. 모처럼 무쓰키가 집에 왔으니까."

아빠도 엄마도 나를 걱정하는 건지 평소보다 밝게 행동하고 있다. 대화에 찬물을 끼얹는 것도 안 좋을 것 같아서, 나는 살짝 그 자리에서 벗어나 식탁으로 갔다. 이미 테이블보와 젓가락이 가지런히 놓여 있었다. 그때 인터폰이 울렸다.

"할머니 오셨나? 무쓰키, 좀 나가볼래?"

"알았어."

일어나서 바로 현관으로 향했다. 수화기를 드는 것보다 그게 더 빠르다고 생각했기 때문이다. 밖으로 나가자 문 너머로 작은 머리가 보였다.

"할머니, 오셨어요."

내 목소리를 들은 할머니가 고개를 드셨다. 옛날부터 변하지 않은 자상한 미소에 마음이 누그러졌다.

"무쓰키가 마중 나와주다니 기쁘네. 그동안 잘 지냈니?"

"네. 할머니도 건강해 보이셔서 다행이에요. 들어가요. 아빠도 지금 막 왔어요."

"어머나, 굿 타이밍이네."

할머니가 혀를 살짝 내밀고 익살을 부리는 바람에 나도 모르게 웃어 버렸다. 할머니 앞에서는 긴장하지 않아도 돼서 좋다.

할머니도 이 사카키자카에서 사신다. 할아버지는 내가 태어나고 얼마 안 되어 돌아가셨기 때문에 별로 기억이 없다. 정다운 부부였던 만큼 할머니는 상당히 울적해하셨던 모양인데, 우리가 이쪽으로 이사 오고 나서는 그런 기색은 보이지 않게 되었다.

할머니를 모시고 살자는 이야기도 나왔다는데, "이렇게 가까이 사는데 그거면 충분하지. 네 아버지랑 살았던 이 집을 나가고 싶지 않단다"라며 고사하셨다고 한다.

할머니답다고 생각한다. 온화하고 상냥한 분위기지만 자신이 결정한 것은 결코 양보하지 않는, 심지가 강한 분이시니까.

저녁은 데마키즈시*였다. 해산물이 잔뜩 있어서 호화로웠다. 데마리부**가 든 국도 함께 나왔다.

저녁 반주를 좋아하는 아빠가 나에게 "맥주 마실래?" 하고 권했지만 엄마가 단호하게 말렸다.

"무쓰키는 아직 열아홉 살이잖아. 너무 일러."

"앞으로 며칠 남았지?"

"술은 스무 살이 되기 전까진 안 돼."

엄마는 이런 문제에서는 고집이 세다. 무리해서 마시고 싶

---

\*     김초밥의 일종.
\*\*   밀기울로 만든 공 모양 건더기.

은 마음도 없었기 때문에 얌전히 엄마 말을 따랐다. 아빠가 나에게 내민 잔은 할머니가 대신 받았다. 아빠의 집안은 다들 상당한 주당이라고 한다.

"생일보다 성인식*이 먼저지? 기모노 입고 준비하려면 아침 일찍 일어나야겠네. 몇 시에 예약했다고 했지?"

"7시라고 했잖아. 정말이지, 몇 번이나 말했는데 여전히 기억을 못 하네."

어이가 없다는 듯 핀잔을 주면서도 엄마는 즐거워 보였다. 그 옆에서 웃고 있는 아빠도 마찬가지다.

처음에 집에 내려오기로 했던 건 성인식 때문이었다. 앞으로 사흘 뒤. 할머니도 기대하고 있으시다는 말을 듣고는 거절할 수 없었다. 기모노를 고르는 일이나 성인식 당일 준비 예약은 엄마와 스마트폰으로 의논하며 대부분 엄마에게 맡겼다.

"그건 그렇고 시간이 정말 빠르네. 무쓰키가 벌써 스무 살이라니."

"그러게. 정말······."

조용조용 이야기하는 부모님의 눈시울이 조금 촉촉해졌다. 지금 부모님의 눈에는 분명 어린 시절의 내가 비치고 있을

---

* 일본에서는 매년 1월 둘째 주 월요일이 성인의 날이며, 각 지역에서 만 20세 성인을 대상으로 성인식을 진행한다. 2022년 4월부터 성인 기준이 만 18세로 바뀌었지만, 여전히 성인의 날 행사는 만 20세를 기준으로 진행되는 경우가 많다.

것이다. 몸이 약해서 걱정이 많았던 나를 떠올리면 감회가 새로울 수밖에 없다. 이렇게 건강하게 어른이 되어가는 내 모습은, 입퇴원을 반복하고 있던 그 시절에는 아마 상상할 수조차 없던 미래였을 것이다.

미래. 고키에게도 있었을 그 미래.

그 순간, 당연하게 여겨왔던 앞으로의 일들에 먹구름이 드리운 기분이 들었다.

"무쓰키는 노력하는 사람이니까. 하늘이 지켜봐줄 거야."

갑작스러운 말에 나는 무심코 그쪽을 쳐다보았다. 눈이 마주치자 할머니가 온화하게 미소를 지어주셨다. 엄마가 "확실히 그렇지" 하며 말을 받았다.

"합격하기 어려울 거라고 했던 대학에도 잘 들어갔고."

"그거야 무쓰키가 노력해서 그렇지. 대학 생활은 어떻니?"

"어? 아, 응. 무난해. 통학에도 익숙해졌고."

대학까지는 자전거로 20분도 걸리지 않는다. 여기와 달리 오르막길도 적어 별로 힘들지 않았다.

"친구는 생겼어?"

"응. 항상 같이 다니는 그룹은 있어."

처음에 말을 걸어준 같은 학부의 아이가 소속되어 있는 대인원 그룹이다. 활발하고 능동적인 아이들이 모여 있는 탓인지, 다양한 이벤트에 초대받는 일도 많다. 물론 출석률은 절

반 정도지만.

"하고 싶던 공부는 잘 되어가고?"

"……괜찮아. 학점도 잘 나오고 있어."

하고 싶은 일이 있었다. 그래서 지금의 대학을 선택했다. 그 때문에 수험 공부도 엄청 열심히 했다.

하지만 지금은 그 시절의 열정은 어디론가 가버리고, 그저 하루하루를 보내고 있다.

처음부터 부모님은 내가 도쿄의 대학에 가는 걸 반대하셨다. 혼자 살다가 무슨 일이 생기면 어떻게 하냐고, 멀리 사는 건 불안해서 견딜 수 없다고. 처음에는 전화도 자주 왔었다.

그래도 지금은 이렇게 인정해주고 있으니까 감사해야 한다고 생각한다.

밝은 분위기 속에서 저녁 식사를 마쳤다. 식사가 끝난 뒤, 천천히 차를 마시고 나서 할머니가 돌아갈 채비를 하셨다. 집이 가까우니까 여기서 주무시는 일은 거의 없다.

"무쓰키."

할머니가 손짓으로 부르셔서 옆에 갔더니, 내 손을 꼭 쥐었다.

"무슨 일 있으면 언제든지 할미에게 오려무나."

"무슨 일…… 이라니요?"

"무슨 일이 무슨 일이지. 없으면 말고. 그리고 이거 받으렴."

"네?"

할머니가 나에게 내민 것은 빨간 리본이 묶인 손바닥 크기의 작은 병이었다. 그리고 그 안에는 알록달록한 별사탕이 들어 있었다.

공교로운 타이밍에 아무 말도 할 수 없게 된 나에게 할머니가 자상한 목소리로 말했다.

"어렸을 때 좋아했지? 옛날 생각이 나서 사왔단다. 괜찮으면 먹으렴."

"아, 네……."

"이제 진짜 가야겠다. 오늘 즐거웠단다."

어린아이에게 하듯이 할머니는 내 머리를 쓰다듬었다. 따뜻하고 다정하다. 그 온기는 옛날부터 변하지 않는다.

마음이 온화해지는 미소를 남기고 떠나가는 할머니의 뒷모습을 배웅하고 있는데, 갑자기 누군가 손안을 들여다보았다.

"어머, 그게 뭐야?"

엄마였다. 갑자기 바로 옆에서 말을 거는 바람에 깜짝 놀라 굳어 있는데, 할머니가 주신 병을 보고 엄마가 눈을 부릅떴다.

"별사탕?"

"내가 어렸을 때 좋아했었다면서 주셨어."

"할머니가?"

"응."

내 대답에 수긍했는지 공기가 누그러졌다. 그리고 뭔가 생각난 듯, "옛날 생각나네" 하고 엄마가 중얼거렸다.

"무쓰키가 정말 좋아했었지."

"그랬나……?"

"그랬어. 모양 때문인가? 별님이라고 하면서 이것만 갖고 싶어하던 시절이 있었어."

"기억이 안 나……."

솔직하게 그렇게 중얼거리자 엄마는 쓴웃음으로 대답했다.

"그야 그렇겠지. 무쓰키가 아직 초등학생일 때 일이니까. 매일 먹겠다고 우겨서 자주 샀었어. 그거랑 똑같이 생긴 병에 가득 채워서 말이야."

옛날을 그리워하는 듯한 말투로 엄마가 할머니 뒤를 따랐다. 부모님이 할머니를 배웅하는 모습을 멍하니 바라보며, 손 안에 든 별사탕의 의미를 생각했다. 답은 나오지 않았지만.

할머니를 배웅한 뒤, 목욕을 하고 방으로 돌아왔다. 책상 위에는 아까 할머니가 주신 별사탕이 있었다. 그 애에게 받은 것보다 훨씬 작았다.

내가 옛날에 좋아했으니까……. 그래서 고키는 별사탕을 선택한 걸까? 확실히 기억나지는 않지만, 우리 둘이서 별사탕의 주문을 외웠을지도 모른다.

그게 그리워져서…… 이런 선물을?

목욕을 마치고 나온 따끈따끈한 상태로 곧장 침대에 들어갔다. 불을 끄자 방안의 고요함이 유독 적막하게 느껴졌다. 이불 속에서 몸을 웅크리고 낮에 꾼 꿈을 생각했다.

초등학생. 아마 고학년쯤이었을 거다. 입원 생활은 힘들었지만, 고키가 친구가 되어준 뒤로는 완전히 달라졌다. 매일매일이 똑같다고 생각하지 않게 되었다. 무료하다는 게 두렵지 않았다. 고키가 들려주는 학교생활이 마치 내 경험처럼 느껴지기도 하고. 다음엔 이 이야기를 해야지. 이런 걸 가르쳐 달라고 해야지. 그렇게 설레는 마음을 주체할 수가 없었다. 나에게 있어서는 '바깥'과의 유일한 연결고리가 고키였으니까.

"……보고 싶다……."

똑, 방울지어 떨어진 속마음이 밤의 어둠 속으로 희미하게 사라진다. 그리고 낮의 기억이 되살아났다.

그 애가……, 하야세 고키가 죽었다는 이야기를 들은 건 어제였다.

"하야세 군이…… 오늘 죽었다고……."

전화기 저편에서 거의 대화가 되지 않을 정도로 울고 있던 엄마가, 간신히 쥐어짜듯 내뱉은 말이었다.

집을 떠난 뒤 2년 동안 단 한 번도 부모님에게서 고키의 이름을 듣지 못했다. 나 역시 그 애의 이름을 꺼내지 않았다. 우리 집에서 고키에 대한 이야기는 금기에 가까웠기 때문이다.

그런데 무슨 농담인지. 아무리 교제를 반대한다고 해도 그런 지독한 거짓말을 하다니, 그런 건 반칙이다. 반발심이 먼저 들었지만, 여기서 고키에게 집착하는 걸 들키면 또 쓸데없는 분란이 일어날 것 같아, 나는 아무 대답도 할 수가 없었다.

그러자 엄마를 대신해 아빠가 전화를 받았다. 냉정한 목소리로 오늘 밤부터 집에 시신을 안치하고, 내일 장례식을 치를 거라고 했다. 그 목소리가 점점 멀어져갔다.

무슨 말을 듣고 있는 것인지, 그것이 어떤 것을 의미하는 것인지……. 머릿속에서 잘 맞물리지 않았다.

죽었다고? 고키가?

발밑이 흔들리고 어질어질했다. 입을 다문 채 그 자리에 주저앉은 나에게 전화기 너머에서 아빠가 "무쓰키? 괜찮니?" 하고 말을 걸어왔다. 거기에 응할 힘도 없었다.

그도 그럴 것이.

이제 곧 성인식이었다. 그때 꼭 만날 수 있을 거라고 기대하고 있었다. 직접 얼굴을 보고 말할 수 있으리라고 멋대로 믿고 있었다. 그런데.

이제 고키는…… 없는 거야?

"무쓰키? 들리니? 괜찮아?"

아빠의 목소리가 조금씩 커지고 있었다. 하지만 귀에는 들어와도 머리에는 들어오지 않는다.

고키가 없다. 이제 만날 수 없다. 내가 먼저 이별을 말해놓고 뻔뻔하다는 건 알지만, 두 번 다시 만날 수 없게 되리라고는 생각지도 못했다. 고키가 없다니. 그런 세상이 존재하다니, 믿을 수 없어.

미칠 것만 같은 공포를 나는 필사적으로 견디고 있었다. 농담이라고 생각하고 싶었다. 하지만 그런 농담을 부모님이 굳이 할 리가 없어. 그렇다는 건.

고키는 죽어버린 거야. 정말로.

그 사실을 인식하자마자 뭔가가 뚝 끊어진 것 같은 느낌이 들었다. 서서히 침식하듯 내 마음을 갉아먹는 고키의 죽음이라는 사실.

그 사실과 마주하기 위해서 나는 오늘 여기에…… 고키의 장례식에 참석하기로 결심했다.

가까운 사람이 죽는 건 처음이라 상복 같은 건 가지고 있지 않았다. 어떤 차림을 해야 하는지도 몰라서, 무릎까지 오는 검은 원피스를 골랐다. 타이츠도 검은색. 굽 낮은 구두도 검은색으로 통일했다. 전신을 새까맣게 감싼 나는 평소보다 더 안색이 안 좋아 보였다.

"무쓰키, 이거 하고 가렴."

엄마가 건넨 것은 진주 귀걸이였다. 감사한 마음으로 받아서 귀에 달았다.

엄마는 세트로 된 목걸이를 하고 있었다. 평소 사용하는 액세서리와는 달랐다.

조금씩 긴장이 고조되며 심장이 거세게 뛰기 시작했다. 현실이라고는 생각되지 않는데, 시간은 기다려주지 않는다.

"괜찮니?"

엄마가 나에게 묻는다. 아무렇지 않은 듯한 표정을 지어 보였지만, 잘 되고 있는지 모르겠다.

"응."

"……무리하지 않아도 돼."

"무리하는 거 아니야. 괜찮아."

엄마의 눈을 보지 못한 채 나는 웃었다. 각오하고 온 길인데도 걱정만 끼치다니 한심했다.

엄마가 운전하는 차를 타고 차도로 나왔다. 교차로 맞은편, 차량 진행 방향 반대쪽에 어릴 적 입원했던 병원이 보였다. 그리우면서도 애틋하고 어쩐지 서글펐다.

창밖의 풍경은 기억 속에서보다 더 쓸쓸했다. 추위에 떠는 나무들이 차창 밖으로 흘러가는 가운데 중앙공원 입구에서 왼쪽으로 꺾어 완만한 커브 길을 따라 올라갔다. 버스 경로를 역주행하는 형태다.

자연스럽게 손을 꼭 쥐고 있었다. 지금 보는 경치와 너무 선명한 추억의 차이에 마음이 무너질 것만 같아서, 어떻게든 견뎌보고자 하는 마음에.

작은 상점이 있는 삼거리를 따라 왼쪽으로 가다 조금 올라가면 순식간에 목적지에 다다른다.

왼쪽에는 작은 공원이 있었다. 엄마가 운전하는 차가 오른쪽으로 방향지시등을 내보낸다. 공원을 왼쪽으로 두고 대각선 오른쪽 앞. 집회소에는 나와 마찬가지로 검은색 일색의 복장을 한 사람들이 모여 있는 것이 보였다. 입구 계단 옆에는 커다란 간판이 보였다.

〈고故 하야세 고키 님 장례 고별식〉

집회소 옆에 차를 세워준 엄마에게 고맙다고 말하고 문을 열었다. 부자연스럽게 행동하지는 않았을 텐데, 엄마는 내 손을 잡았다. 그 손이 묘하게 뜨겁게 느껴지는 건 내 손이 차갑게 식어 있어서일까.

"주차하고 올 테니까 여기서 기다리고 있어."

"아냐, 먼저 가 있을게."

"······그래."

말없이 고개를 끄덕이고는 엄마의 손을 떼어냈다. 뒤돌아보지 않고 차에서 내려 문을 닫고 집회소 입구로 향했다. 몇 번이나 오간 적 있는 이 장소에, 이런 마음으로 찾아오는 날이 오다니.

주위에는 낯선 어른들과 또래 아이들이 뒤섞여 있었다. 아는 얼굴도 있었다. 하지만 그 사이에 섞여들 마음은 들지 않았다. 방명록은 엄마에게 맡기기로 하고 나는 회장에 천천히 들어섰다.

특유의 조용한 음악이 흐르는 빈소 중앙. 수많은 꽃들에 둘러싸여 그 애의 영정이 장식되어 있었다.

"……고키……. 늦어서, 미안해……."

떨리는 목소리로 중얼거렸다. 검은 테두리 안에서 웃고 있는 그 얼굴이 '무쓰키' 하고 부르고 있는 것처럼 보였다.

"……거짓말, 같은데……."

중얼거리며 고키의 영정을 바라보았다. 무거운 분위기와 정반대로 밝게 장식된 제단에서 미소를 띠고 있는 모습은 내 기억 속의 그 애와 다르지 않았다. 언제나 밝고 상냥하게 나를 감싸주던 사람.

믿을 수 없어. 현실이라고 생각할 수 없어. 그런데도 눈물이 난다. 주륵주륵, 속절없이.

"사고였대."

"도로에 뛰쳐나온 아이를 감쌌나 보더라고."

"자동차랑 충돌했다던데."

"목숨을 걸고 다른 아이를 구한 거구나."

"하야세답네."

"워낙 착한 아이였잖아……."

소곤소곤, 소리를 낮추어 여기저기서 고키가 어떻게 죽었는지 이야기하는 소리가 들려왔다.

누군가 위험에 처해 있다면, 전혀 모르는, 자신과 상관없는 아이라도 도왔을 것이다. 고키라면 그렇게 했을 거라는 건 알고 있다. 하지만.

너무 이르다. 이렇게 젊은데. 이런 식으로 가족을, 친구를, 나를 두고, 먼저 가버리다니……. 분명 그 누구도 상상조차 하지 못했을 거야.

간신히 멎었던 눈물이 다시 넘쳐흘렀다. 이기적인 이유로 고키를 뿌리친 나에게, 눈물을 흘릴 권리 따위는 없는데.

"으, 흐윽……."

이상해. 모처럼 고키를 만날 수 있었는데. 어쩌다 이렇게 되어버린 거지.

고3 겨울에 그 애와 지독한 이별을 하고, 거의 2년이 지났다. 이럴 줄 알았으면 그런 거짓말은 하지 말걸. 포기하지 말걸. 헤어지자고 말하지 말걸. 고키의 온기만이 나의 버팀목이었는데. 다시는 지울 수 없는 후회만 떠올라 마음을 무겁게 짓눌렀다.

움직이지도 못한 채, 그저 눈물을 흘리기만 하는 내 어깨에 무언가가 살짝 닿았다.

"……무쓰키, 앉자꾸나."

엄마의 손이었다. 고개를 들지 못한 채 그 손을 따라 걸었다. 간소한 의자가 빼곡히 들어찬 회장 끝자락에 엄마와 나는 나란히 앉았다.

눈물은 하염없이 흐르는데 아직도 현실감이 없다. 어딘가 다른 세계의 사건인 것 같다.

눈물로 번지는 시야는 까맣다. 원피스에 똑똑 떨어지는 눈물방울이 동그란 자국을 남기고 있었다. 손수건을 깜빡했다는 걸 알아차린 순간, 만약 고키가 옆에 있었다면 칠칠치 못한 나를 놀리면서 손수건을 내밀었을 거라는 생각이 들었다.

밖에 있던 사람들도 조금씩 실내로 모여들었다. 인기척이 가득한 빈소의 중앙을 스님이 조심스럽게 걸어간다. 조용하고 긴장된 분위기 속에서 장례식이 시작되었다.

불경을 들으며 고키와의 추억을 하나하나 떠올렸다.

처음 만났던 날. 친구가 된 순간. 언제나 병실에 놀러와주던 일. 같이 다녔던 중학교.

가장 소중한 친구였던 그 애가 연인이라는 특별한 존재가 되었던, 중학교 2학년 여름 축제의 밤.

처음으로 남자친구와 여자친구로서 손을 잡았던 날. 새빨갛게 달아올랐던 고키의 귀. 처음 키스했던 날. 함께 열심히 했던 고등학교 수험 공부.

별다른 일이라고는 없었지만, 늘 함께했던 산책 데이트. 대학 수험을 위한 스터디. 둘 다 제1지망의 대학에 합격했던 것······.

반짝반짝 빛나는 추억들이 끝없이 되살아났다. 여기 오기 전까지는 계속 마음속 깊은 곳에 가둬놓고 못 본 척했는데, 왜 이토록 선명하게 떠오르는 걸까. 신기할 정도다.

장례식은 차질 없이 진행되었고, 이따금 흐느끼는 소리도 들려왔다. 나뿐만이 아니었다. 모두가 고키의 죽음을 애도하고 있었다. 언제나 누구에게나 다정하고 올곧던 고키. 많은 사람들에게 둘러싸여 웃던 그 애의 모습이 떠올라 또다시 눈물이 쏟아졌다.

지금 여기서 이러고 있는 건 고키가 사라졌기 때문이야. 그런데, 어쩌다 이렇게 된 건지 모르겠어.

분향하는 줄에 서서 앞을 보자, 고키의 부모님과 여동생 미나미가 나란히 서 있었다. 모두가 울다 지친 듯 초췌한 모습이라 나까지 괴로워졌다. 분명 가족들 모두가, 나 이상으로 고키의 죽음을 받아들이지 못하고 계실 거야. 어떤 얼굴을 해야 할지 몰라서 눈을 내리깔고 천천히 고개를 숙인 채 분향대로 나아갔다.

고키의 사진. 수없이 보아온 미소. 언제나 다정하게 나를 불러주던 목소리. 당연한 듯 존재하던 온기가 이제 여기에는 없다. 2년 동안 못 본 척해왔던 감정을 더 이상 억누를 수 없게 되었다.

고키. 어째서? 무슨 일이 있었던 거야? 이렇게 갑자기 없어지다니 너무해. ……보고 싶어.

아무리 바라도 이제 닿지 않아. 짙게 떠도는 선향의 향기만이 내게 현실을 들이밀고 있었다.

"여러분, 마지막으로 작별 인사를 나누시겠습니다. 앞으로 나와주십시오."

문득 정신을 차리자 안내 방송과 함께 회장의 의자가 철거되고 있었다. 고키가 잠들어 있는 관이 중앙 자리로 이동해 왔다. 직원들이 "받으세요" 하면서 꽃을 건네주었다. 어른도 아이도 다들 천천히 걸어 고키가 있는 곳까지 다가왔다.

"수고했어."

"그래도 얼굴이 좋아보인다."

"또 만나자……."

그렇게 한마디씩 하면서, 모두가 꽃을 바치고 있다.

그 자리에 함께하려고 생각하면서도, 발이 움직이지 않았다. 사진은 그래도 괜찮았다. 하지만 실제로 움직이지 않는 그 애를 보면 나는 어떻게 되는 걸까. ……두려웠다.

"무쓰키……."

엄마가 등을 받쳐주었다. 무리하지 않아도 돼, 그렇게 말해주는 것 같기도 했다.

 그래도 작별 인사도 하지 못한 채 헤어져 버리면, 나는 더더욱 후회하겠지. 이제 두 번 다시…… 고키의 일로 후회 따윈 하고 싶지 않아.

 발에 힘을 주고 한 걸음씩 내디뎠다. 마음속으로 '괜찮아'라고 몇 번이고 다짐하면서, 관 끝에서 고키의 가슴 근처까지 천천히 다가갔다.

 "……고키."

 이름을 불러보았다. "왜? 무슨 일이야, 무쓰키." 그렇게 말해주지 않을까 기대하면서.

 하지만, 물론 그런 일은 일어나지 않는다.

 사고라고 들었는데, 얼굴은 물론 가슴 부근에서 맞잡고 있는 손에도 눈에 띄는 상처는 없었다. 고등학교 때보다 조금 어른스러운 모습을 하고, 마치 잠든 것처럼 누워 있다.

 손에 들고 있던 꽃을 살며시 그 애의 품에 내려놓았다. 관 속의 서늘한 감촉이 손끝을 굳어버리게 했다.

 "……미안해."

 저절로 그런 말이 나왔다. 후회만 가득 넘쳐서 눈물이 멈추지 않았다.

 왜 그때, 그런 거짓말까지 하며 헤어지자고 말했던 걸까.

 고키는 상처받은 얼굴을 하고 있었다. 처음 보는 표정이었다. 지금도 똑똑히 기억하고 있다. 갑자기 그런 말을 꺼낸 나를 불러세우고, 제대로 이야기를 하자고 말해주었다.

그런데도 나는 고키의 손을 뿌리치고 도망쳤다. 도망치고 도망쳐서, 물리적으로도 거리를 두었다.

만나려면 언제든 만날 수 있는 환경이었는데, 스스로 멀리 떨어진 곳을 택했다.

하지만 내 마음에서까지 도망칠 수는 없었다. 아무리 잊은 척해도 소용없었다. 왜냐하면 지금도 전혀 잊지 못했으니까. 고키에게 받은 모든 추억이 특별하게 빛나고 있다. 고키가 없으면 지금의 나는 존재하지 않아.

또다시 눈물이 났다. 멈출 방법은 없었다. 관 가장자리를 꼭 잡고, 무너져 내리지 않게 버틸 뿐이었다. 방울방울 흐르는 눈물이 나의 시야를 빼앗아간다. 흰옷을 입은 고키의 모습까지 눈물로 번져 흐릿해진다.

고키. 나는 역시…… 아직도 고키를 좋아해. 내 빛은 지금이나 옛날이나 고키뿐이야.

이렇게 될 때까지 몰랐다니. 두 번 다시 만날 수 없게 되고 나서야 알아차리다니.

정말 나는 바보야. 구제불능, 바보 천치.

"……무쓰키."

나를 부르는 소리가 들려 정신이 들었다. 돌아보자 목소리의 주인은 고키의 어머니였다.

"와주었구나."

고키의 어머니가 부드럽게 미소지으며 손수건을 내밀고 계셨다. 나는 당황해서 고개를 숙였다.

"인사도 못 드리고…… 죄송합니다."

"아니야. 와줘서 고마워. 고키도 기뻐할 거야."

정말? 그럴까? 이제 와서 뭐하러 왔냐고 생각하지는 않을까?

아, 하지만 고키니까. 분명 다 알면서도 미소 짓고 있을 듯한 기분이 든다.

"자, 이거 쓰렴."

고키의 어머니가 쓴웃음을 지으며 내 손에 손수건을 쥐여주었다. 얼굴이 온통 눈물로 엉망이 된 것을 새삼 깨닫고 부끄러워졌다.

"가, 감사합니다……."

거절하는 것도 실례일지 몰라 감사 인사를 하고 받았다. 곧바로 손수건을 얼굴에 갖다대자 부드러운 촉감에 어딘가 안도감이 들었다.

"도쿄에 있는 대학에 갔었지? 당분간은 이쪽에 있는 거니?"

"네. 일주일 정도요."

처음 예정으로는 엄마가 간절히 바랐던 사흘 뒤에 있을 성인식에 참석할 생각이었다. 그보다 일찍 도착한 만큼 체류 기간은 길어졌다. 내가 대답하자 고키의 어머니는 빙그레 웃었다.

"그래. 그럼 괜찮으면 우리 집에도 한번 들러줄래? 천천히 이야기도 하고 싶고."

"……그래도 될까요?"

"그야 물론이지. 무쓰키라면 언제든지 대환영이야. 기다릴 게."

"……감사합니다. 그럼…… 도쿄에 가기 전에 한번 찾아뵐게요."

"응. 기대하고 있을게."

"또 보자꾸나" 그렇게 말하고, 고키의 어머니는 친족들이 있는 곳으로 돌아갔다. 빈말을 하실 분이 아니다. 손수건도 돌려드리고 싶고, 도쿄에 돌아가기 전에 한번 들러야겠다. 그렇게 결심하고 다시 한번 고키의 관을 향해 돌아섰다.

"……미안해, 고키."

내가 어리석어서 너한테 상처를 많이 줬어. 아무리 사과해도 모자라겠지.

또다시 눈물샘이 자극되는 바람에 내가 얼마나 나약한지 다시금 깨달았다. 응석받이에 비틀려 있고 거짓말쟁이인 데다…… 고키가 없으면 아무것도 할 수 없던 나…….

"무쓰키, 그만 가야지."

어느새 내 옆에 와 있던 엄마가 내 어깨를 감싸며 고키의 관에서 떼어놓았다. 저항할 힘도 없어서 나는 시키는 대로 관에서 손을 뗐었다.

빈소의 직원이 고키의 관에 뚜껑을 덮었다. 우리는 밖으로 나가라는 말을 듣고 차가운 겨울 하늘 아래에서 잠시 기다렸다. 고키의 부모님이 영정과 위패를 들고 천천히 회장에서 나왔다. 친척으로 보이는 남자들이 관을 메고 그 뒤를 따랐다. 작은 집회소였다. 눈 깜짝할 사이에 고키는 영구차에 실렸다.

"그럼 발인을 시작하겠습니다."

여운을 가득 남긴 경적이 울리며 차가 움직이기 시작했다. 잔뜩 흐린 하늘 아래 고키를 실은 차가 점점 멀어져갔다.

"무쓰키, 그만 가자."

엄마가 손을 잡아끌었다. 영구차는 이미 보이지 않게 된 지 오래였다. 그래도 나는 그 자리에서 움직일 수 없었다.

고키가 마지막으로 본 광경은 대체 무엇이었을까.

이제 이 세상에 없는 그 애를 배웅한 뒤. 단념했다고 생각한 감정이 요동치는 건 고키가 보내온 선물 때문이다.

약속이라니 무슨 말이야? 그 장소에 가봤자 더 이상 고키는 없잖아?

대답을 듣고 싶어도 이제 물어볼 수 없다. 두 번 다시 만날 수 없는 사람이 되어버린 주제에…… 이런 조각만 남기고 가다니.

그만 마음속으로 그 애를 책망하고 말았다. 이제 만날 수 없다는 외로움과 맞서 싸우듯 이불 끝을 꽉 움켜쥐었다.

하지만, 어딘가에서…… 안도하는 마음도 들었다. 고키는 나를 포기하지 않았던 걸까.

고키도 날 보고 싶다고 생각했어? 아직 기억은 안 나지만, 내 생일날 약속 장소에서 다시 한번 만날 생각이었어?

이제 이룰 수 없는 꿈인데도 기대하게 된다.

내일 별사탕을 먹으면 또다시 고키의 꿈을 꿀 수 있을까. 그러면 좋겠다. 고3 때 그 겨울만 아니라면, 언제라도 좋아.

이리저리 뒤척이다가 눈을 감았다. '어차피 이제 만날 수 없는데' 하는 생각은 뒷전으로 미루기로 했다.

고키가 이제 없으니까, 더더욱……. 고키가 남긴 모든 조각을 주워모으고 싶다. 편지의 내용대로 하자. 이번이야말로 내가 약속을 지킬 차례니까.

약속의 날까지는 아직 6일 남았다. 그동안 천천히 그 애와 나누었던 약속을 기억해내기로 결심했다.

## 1월 10일
# 별사탕 둘

 아침에 눈을 뜬 곳이 평소의 자취방이 아니라니, 조금 이상한 느낌이다. 기지개를 켜며 아주 조금 기합을 넣은 뒤 이불에서 나왔다.
 사카키자카의 겨울은 춥다. 공기에 닿은 피부 표면부터 몸 안쪽으로 얼어붙을 듯한 냉기가 날카롭게 파고든다. 여기 사는 동안은 익숙했을 추위에 몸을 떨며 침대 밑 서랍을 열었다. 어제 숨겨둔 상자를 꺼내 내용물을 확인했다.
 하나 줄어 여섯 알이 된 별사탕과 편지.
 아무것도 달라지지 않은 것을 확인하고 안도하며 다시 병을 숨겼다.
 자리에서 일어나 다시 한번 기지개를 켰다. 으음……, 저절로 소리가 나왔다. 자는 동안 굳어 있던 몸을 쭉 펴자 기분이 좋아졌다. 숨을 멈추고 '하아' 내뱉으면서 새삼스럽게 다시 생각에 잠겼다.

역시 추워.
근처에 있던 플리스를 입고 싸늘해진 발에 양말을 신었다. 이러면 조금은 나아지겠지.
아래층에서 텔레비전 소리가 들려오는 걸 보니 부모님은 이미 일어나셨나 보다. '두 분 다 일찍 일어나시는구나' 생각하면서 나도 계단을 내려갔다.
"안녕히 주무셨어요."
"어머, 무쓰키. 일찍 일어났구나. 잘 잤니?"
1층 거실로 내려가자 부모님은 평상복 차림이었고, 나는 파자마에 플리스를 걸친 상태였다. 이 집에서 살 때는 늘 이런 차림이었다.
식탁 앞에 앉자 엄마가 일어나며 물었다.
"아침은 빵이면 되니?"
"응. 콘 수프 있어?"
"있어. 준비할게."
"고마워."
"어머나, 고맙다는 말도 다 하고. 혼자 살다 보니 부모의 고마음을 알게 된 거니?"

 장난스럽게 말하며 엄마는 부엌으로 갔다.

 확실히 그런 것 같기도 하다. 이 집에 있을 때는 내 옷만 차려입으면 됐는데, 도쿄 원룸 아파트에서는 식사 준비부터 빨래, 청소까지, 집안일 모두를 혼자 해결해야 했다.

 그래서 다른 사람이 뭔가를 해주는 것이 무척 고맙게 느껴지는 걸지도 모른다.

 좀 더 집안일을 도와드렸으면 좋았을걸. 엄마의 반응에 조금 부끄러워졌다.

 "이 동네 너무 추워. 발이 엄청 시려."

 괜히 말을 돌리자, 맞은편에 앉아 있던 아빠가 "그래?" 하면서 고개를 갸웃했다.

 "그래도 오늘은 괜찮은 편인데. 연말에는 눈이 많이 쌓여서 큰일이었어."

 "아, 진짜? 요새도 많이 쌓이는구나."

 "2, 3년에 한 번 정도긴 하지만. 버스가 멈춰서 곤란했지."

 처음 이곳으로 이사 왔을 때는 겨울마다 눈이 종종 쌓이곤 했다. 눈을 가지고 놀다가 돌아가는 초등학생들을 병원 창문에서 부러운 눈으로 바라보곤 했었다.

 "자, 무쓰키."

 "고마워."

트레이에 담긴 아침 식사가 나왔다. 커다란 접시에 차린 토스트와 버터, 가장자리가 바삭바삭한 달걀프라이에 베이컨이 곁들여져 있다. 내가 부탁했던 콘 수프는 수프 컵에 담겨 있었고, 블루베리 잼을 얹은 요구르트까지 함께였다.

대단하다. 이 짧은 시간에 이렇게 제대로 된 아침밥이 나오다니.

주부 경력 20년이 넘은 엄마에게 존경심을 품으며 모락모락 김이 올라오는 수프부터 입으로 옮겼다.

토스트도 달걀프라이도 모두 맛있을 텐데, 어쩐지 현실감이 들지 않는다.

"오늘은 아빠도 쉬는 날인데, 셋이서 어디 나갈까?"

"그거 좋지. 어디 가고 싶은 데 있어?"

"음……. 갑자기 물어보니까 잘 모르겠어."

딱히 나가고 싶은 기분이 들지 않아 그렇게 대답했다. 원래 본가에 며칠간 머물 생각이었지만, 아무 일정도 잡지 않았다. 고등학교 졸업 이후 연락하는 친구도 없다.

지금 생각해보면 차라리 다행이다. 누군가에게 느닷없이 고키의 이야기를 듣는다면 평정심을 유지할 자신이 없었다.

"그럼 쇼핑하러 갈까? 새해도 지나고 딱 좋은 시기인데."

엄마의 제안에 아빠도 고개를 끄덕였다.

"그러면 가미야 쪽까지 나가볼까?"

"아웃렛 말이지? 오랜만이네. 무쓰키도 좋아했잖아."

"응."

가족끼리 쇼핑하러 가는 건 오랜만이라 두 분 다 들뜬 것 같았다. 그래도 신나게 쇼핑하러 나갈 마음이 들 리가 없다.

"그래도 좀……. 미안."

미안한 마음은 가득했지만 거절했다.

"둘이서 갔다 와. 난 집 지키고 있을게."

"그래……?"

엄마가 곤란한 표정을 하고서 아빠를 바라보자, 아빠는 어쩔 수 없다는 듯이 고개를 끄덕였다. 내 심정을 조금은 헤아려준 걸지도 모른다. 내가 기운을 차릴 수 있게 도우려는 마음은 알겠지만, 지금은 아직 어렵다.

"……알았어. 그럼 선물 사올게."

"응. 고마워."

순순히 물러나주어서 다행이었다.

고키의 장례식에 다녀온 뒤, 고키의 꿈을 꾸었다. 고키가 죽었다는 게 거짓말 같을 정도로 생생한 꿈이었다. 고키를 만날 수 있어서 기뻤다. 하지만 현실과는 간극이 너무 커서 애틋하고도 복잡한 마음이 든다. 꿈이라고는 해도 나로서는 그냥 두고만 볼 수 없었다.

거의 2년 동안 고키를 만나지 않았지만, 성인식에서는 만날 수 있지 않을까 기대하고 있었다.

그런데 재회하기도 전에 고키는 사라졌다. 심지어 두 번 다시 만날 수 없는 형태로.

어쩌다 이렇게 된 걸까. 거짓말이야. 이제 만날 수 없다니, 믿을 수도 없고, 믿고 싶지도 않았다. 하지만 현실은 잔혹했다. 어떻게 타협해야 할지 모르겠다. 고키를 생각하면 후회만 밀려들고 감정이 정리되지 않아 엉망진창이다.

아침을 먹고 부모님을 배웅한 다음 방으로 돌아갔다.

침대에 누워서 후우, 한숨을 내쉬었다. 사카키자카로 돌아오는 걸 계속 피했던 이유 중 하나는 부모님과의 갈등 때문이었다.

어제도 오늘도, 옛날과 다름없는 대화만 나누었다. 일단 만나고 나면 어색하지 않은 척 대할 수 있는 건 피가 이어져 있기 때문일까.

아니면 벽을 치고 있는 건 나뿐인 걸까? 고등학교 졸업식 이후로 어떤 얼굴을 하고 부모님을 봐야 할지 몰라 두려웠다. 그래서 피하고 있었다.

하지만 실제로 만나 보니 부모님은 옛날 일을 신경 쓰지도 않는 것 같았다. 나만 예민하게 받아들이고 멋대로 도망쳤을 뿐이라는 듯.

……이럴 줄 알았으면 고키가 죽기 전에 돌아왔으면 좋았

을걸. 이제 와서 후회해봤자 소용없지만.

어쨌든 부모님은 고키를 만나는 걸 반대했었다. ……그러고 보니, 애초에 왜 고키와 교제하는 걸 반대하셨던 거지? 그동안 생각하지 못했던 부분이 머릿속을 스쳤다.

중학교 2학년 여름부터 시작된 고키와의 교제는 비교적 순조로웠다.

그야 가끔은 싸우기도 했고, 내가 멋대로 토라져서 고키를 곤란하게 만들기도 했다. 하지만 헤어지려고 생각한 적은 한 번도 없었다. 고키와 헤어진다는 건 상상도 할 수 없었으니까.

그래서 고등학교를 졸업할 무렵, 부모님에게 고키에 대해 털어놓았을 때는 어느 정도 장래를 생각하고 있었다. 그런데 돌아온 건 생각지도 못한 반응이었다.

좋아하는 사람이 있다고 말했을 때는 기뻐하던 엄마가, 상대가 고키라는 것을 알게 된 순간 돌변했다.

"그 아이만은 절대 안 돼. 절대 허락 못 해."

그렇게 결사반대하면서 이유조차 알려주지 않았고, 내 말은 듣지도 않은 채 윽박질렀다.

이제까지 엄마가 그런 태도를 보인 적은 한 번도 없었기 때문에, 반론할 말도 잊어버릴 정도였다. 대놓고 분노를 터뜨리는 부모님이, 특히 엄마가 너무 무서워서……

나는 결국, 꺾이고 말았다.

강경한 태도를 굽히지 않는 부모님에게 맞서 싸우지도 못했다. 왜 고키만 안 된다는 건지 이유를 묻지도, 내가 얼마나 그 애를 필요로 하는지 설득하지도 못한 채…… 결국 부모님의 명령을 따라 고키와 헤어지기로 약속하고 말았다.

졸업식이 끝난 뒤, 모두가 돌아간 교실에 단둘이 남았다. 나와 고키가 함께했던 마지막 시간이었다.

원래는 고등학교 시절의 추억과 우리의 미래에 대해 차분히 대화를 나눌 시간이었는데…… 나는 고키의 말을 가로막고 이별을 말했다.

당연히 고키는 놀란 얼굴로 "갑자기 왜 그래" 하면서 나의 진의를 파악하고자 했다.

"이제 멀리 도쿄로 가게 되니까."

"거리가 멀어지잖아."

"이 관계를 지속하는 건 무리일 것 같아."

생각나는 대로 이유를 늘어놓아도 고키는 납득하지 않았다. 그래서 나는…… 거짓말을 했다.

"이제 난 고키에게 의지하지 않으면 아무것도 못 하던 내가 아니야. 고키가 없어도 아무렇지 않다고!"

한 번도 생각한 적 없던 말로 그렇게 그 애를 거절했던 것이다.

지금도 잊히지 않는다. 고키는 분명히 상처받았었다. 그 모습을 보고 있을 수 없어서, 그 애의 대답을 기다리지 않고 등을 돌린 채 울면서 집에 갔다.

다른 대학에 가서 다행이다. 만나고 싶다는 충동을 억누를 수 있는 거리라서 다행이야. 보고 싶은 마음이 아무리 쌓여도, 곧바로 행동으로 옮기지 못하는 장소라서 다행이라고 생각했다. 그렇게 아무렇지 않은 척, "다행이다"를 거듭하면서 눈물을 떨구었다.

눈물이 마를 무렵에는 나는 더 이상 고키가 알던 '무쓰키'가 아니게 되었다.

내 의견을 주장하는 게 두려웠다. 무슨 일을 해도 소용없다면 노력 따위는 어리석은 일이다. 그렇게 모든 것을 깨달은 척하며, 생각하기를 포기했다.

"끔찍한 짓을 했었구나……."

가슴에 쓸쓸함이 고여간다. 지금껏 살아온 19년 인생에서 가장 큰 후회다. 내 마음도 생각도 하나도 전하지 못한 채, 그저 부모님의 분노에 겁먹고 마음을 접었던 그날의 일은 평생 잊지 못할 것이다.

고키가 이 세상에 없는 지금이라면, 반대한 이유를 들을 수 있을지도 모른다.

하지만 이제 와서 다 무슨 소용이란 말인가. 진실을 알더라도 현실은 무엇 하나 바뀌지 않을 텐데.

고키의 화제를 꺼내지 않는 것은 부모님의 배려일 것이다. 태어나서 처음으로 소중한 사람의 죽음을 경험하는 나에게 해줄 말이 없어서일지도 모른다.

후우, 크게 심호흡한 뒤 자리에서 일어났다. 할 일이 없으면 아무래도 과거의 일만 생각하게 된다.

기분 전환을 하고 싶어서 침대 밑 서랍을 열었다. 안쪽에 보관한 상자에서 별사탕 병을 꺼내 뚜껑을 열었다.

지금 내가 할 수 있는 일. 그건 분명 '약속'을 제대로 기억해내는 일일 것이다.

후회로만 가득한 과거를 불평해봤자 의미가 없다. 고키가 남기고 간 마지막 선물의 의미를, 그리고 우리가 했던 약속을 알아내는 게 내가 할 일이다.

거짓말에 대한 속죄는 아니지만……. 전부 기억하고, 이해하고, 이번에야말로 도망치지 않고 그 애의 마음에 제대로 대답하고 싶다.

"……잘 먹겠습니다."

도르르, 손바닥 위로 굴러나온 두 번째 별사탕을 집어 입안에 넣었다.

지난번과 마찬가지로 약간 현기증 같은 것이 덮쳐오더니, 이내 부드럽고 따뜻하며 그리운 무언가에 감싸이는 느낌이 들었다.

\*

 천천히 눈꺼풀을 들어올렸다. 그러자 눈앞에는 또다시 고키의 앳된 얼굴이 있었다.
"무쓰키, 진심이야?"
"어?"
 확인하듯 고키가 물었지만, 제대로 된 대답 대신 놀란 목소리만 나올 뿐이었다.
 진심이냐니? 무슨 말이지? 그보다 또다시 이런 상황……?!
 어제의 꿈과 마찬가지로 나는 여전히 병실 침대 위에 있었다. 나를 감싸는 부드럽고 따뜻한 것은 이불이었다.
 두 번째라 그런지 금세 상황 파악이 되었다. 어제만큼 당황하거나 동요하지도 않았다.
 이불 위에 낯익은 연분홍색 담요가 있는 것을 보고 그립다는 생각이 들 만큼.
 아아, 또다시 고키를 만날 수 있었어. 꿈속에서도 왠지 마음이 놓였다. 왜 고키가 어렸을 때의 모습을 하고 있는지 신기하긴 하지만, 나도 키가 줄어들었으니 피차일반이다.
 이만한 나이였을 때가 아무 의문 없이 옆에 있을 수 있어서일까. 하나뿐인 친구였던 고키와 언제나 사이좋게 웃고 있었으니까.

그건 그렇고……, 대체 그 별사탕에는 무슨 힘이 작용하고 있는 걸까? 이렇게 딱 맞춰서 고키와 함께 있는 꿈을 보여주다니.

어쩌다 이렇게 된 건지 짐작은 간다. 난 침대에 걸터앉아 있었으니까, 잠깐 눈을 감은 사이에 자연스럽게 잠들고 말았겠지.

단지 이해할 수 없는 건…… 나를 진지한 눈빛으로 바라보고 있는 고키다. 얼떨떨한 내 모습에 의아했는지, 고키는 목소리를 낮추며 말했다.

"네가 지금 그랬잖아. 오늘은 꼭 밖에 나가서 놀고 싶다고."

"아……."

고키의 말에 기억이 되살아났다. 확실히 그 애에게 그렇게 억지를 부린 적이 있었다.

"병원에서 꼼짝도 못 하는 건 지긋지긋해. 고키랑 함께 밖에서 놀고 싶어."

고키가 밖에서 있었던 일들을 이야기해줄 때마다 너무나 부러워서 참을 수가 없었다. 부모님이나 의사 선생님, 간호사 선생님은 좋은 분들이지만 엄격했다. 항상 이것도 안 된다, 저것도 안 된다 하면서 아무것도 못 하게 막았다.

그래도 괜찮았던 건 바깥세상을 몰랐기 때문이었다. 하지만 알고 난 이상은 무리였다. 호기심이 점점 부풀어 억누를 수 없는 지경까지 이르렀다.

"응, 맞아. 고키랑 밖에서 놀고 싶다고 했어……."

틀림없다. 아무리 졸라도 의사 선생님이나 부모님은 허락해주지 않았기 때문에 고키에게 부탁했다.

내가 제멋대로 굴어도 다정하게 대해주고 여러 가지를 가르쳐주는 고키라면, 틀림없이 내 부탁도 들어줄 거라고 믿었던 거다.

지금 생각해보면 바보 같은 일이었다. 입원해 있긴 해도 내 몸이 어떤 상태인지 몰랐기 때문에, 짧은 생각으로 일을 벌인 것이었다.

어린 고키는 진지한 표정을 잃지 않은 채, 확인하듯 다시 물었다.

"오늘은 열 안 나?"

"아마도……."

"아마도?"

"아니, 안 나! 괜찮아!"

고개를 마구 저으며 황급히 부정했지만, 고키는 여전히 의심스러운 표정을 지었다.

"무리하는 거 아니지?"

"진짜 괜찮아!"

그야, 지금의 나는 건강한걸. 분명 즐겁게 놀 수 있을 거야.

그때는 못 했던 걸 할 수 있어.

어릴 때와는 다른 기대감으로 가득했다. 고키와 다시 한번 솔직하게 웃으며 놀 수 있는 기회다. 이런 기회는 현실에서는 두 번 다시 없을 테니까.

지금은 꿈이든 환상이든 상관없어. 그 애의 옆에서 웃을 수만 있다면 뭐든 좋았다.

"……알았어."

곰곰이 생각하고 나서 고키는 말했다. 그게 승낙의 신호라는 걸 알아차리지 못할 정도로 조용한 어조로.

"그럼 무쓰키, 이거 입어."

"어?"

"변장해야 안 들킬 거 아냐. 그리고 여기, 모자도."

그렇게 말하며 고키가 나에게 자신의 후드티를 건넸다. 그리고 란도셀에서 접힌 모자를 꺼냈다.

고키가 시키는 대로 잠옷 위에 후드티를 입었다. 소매가 조금 길다. 이렇게 어린데도 벌써 이렇게 체격 차이가 나는구나.

지금의 고키는 아직 어린애라 키가 작지만, 중학교 때부터 고등학교 때까지는 쑥쑥 자랐다. 윗도리를 빌릴 때면 늘 헐렁해서, 그게 간질간질하면서도 기뻤다.

그리움과 애틋함에 가슴이 저려왔지만, 감상에 젖어 있을 때가 아니다. 후드티 지퍼를 올리고 사이즈가 맞지 않는 모자를 썼다. 시야가 조금 좁아졌다.

"다 됐다. 아래는 파자마 차림이지만…… 뭐, 괜찮겠지. 그럼 신발 신자."

"응."

고키가 시키는 대로 침대 밑에 있던 구두에 발을 넣었다. 귀여운 리본이 달린 구두는 한 번도 신은 적 없는 새것이라는 걸 말해주듯 반짝반짝했다.

둘이서 병실 문까지 살금살금 걸어간 뒤 고키가 문을 열고 복도를 확인했다. 그리고 뒤돌아서 목소리를 낮추었다.

"잘 들어, 무쓰키. 내가 먼저 가서 신호를 보낼게. 그러면 빨리빨리 걸어서 내가 있는 데까지 오는 거야."

"알았어."

고개를 크게 끄덕이자 고키는 빙긋 웃으며 대답했다.

"그럼 간다!"

"응!"

고키가 힘차게 뛰어나가 복도 모퉁이에서 주변을 살폈다. 그리고 나를 향해 돌아서며 손짓했다. 얼른 와, 하고 부르는 듯한 모습에 나는 달려가고 싶은 마음을 꾹 참으며 조심조심 걸었다.

"좋았어! 다음은 저쪽이야."

"응!"

비밀 이야기를 하듯 조용조용 말하고는 있었지만, 우리 둘 다 들뜬 목소리였다.

고키를 따라 대기실을 지나 복도로 나왔다. 간호사들이 있는 곳을 지나갈 때는 특히 신중하게, 몸을 숙이고 태연한 척 빠르게 걸었다. 계단을 내려가면서 순조롭게 진행되는 미션에 마음을 놓으려 했을 때……, 모르는 간호사와 딱 마주치고 말았다.

"어머, 어디 가니?"

당연하다는 듯 말을 걸어오는 바람에, 나도 모르게 움찔하며 고개를 숙였다.

괜히 수상해 보였으면 어떡하지. 뭐라고 변명해야 하지? 그럴듯한 말을 생각하느라 말문이 막힌 내가 미처 대답하기 전에, 고키가 "매점이요!" 하고 씩씩하게 대답했다.

"왜 엘리베이터 안 타고?"

"그건……."

예상치 못한 질문에 고키의 말문이 막혔다. 나도 한마디 거들었다.

"엘리베이터 기다렸는데 계속 안 와서요. 주스 빨리 마시고 싶어서."

"그렇구나. 계단은 위험하니까 천천히, 조심해야 해."

"네."

고키도 같이 고개를 끄덕이고는 난간을 잡고서 계단을 내려갔다. 그래서 작전대로 먼저 가려는 고키의 손을 꼭 잡고 만류했다. 뒤에서 여전히 간호사가 지켜보는 느낌이 들어서였다.

"무쓰키?"

"뒤돌아보면 안 돼. 천천히 가자. 의심받지 않게."

'왜 그래?' 하는 표정의 고키에게 작은 소리로 그렇게 말하자, 고키도 희미하게 고개를 끄덕였다.

우리는 손을 잡은 채 숫자를 세듯이 한 걸음 한 걸음 계단을 내려갔다. 서로의 손바닥에서 전해지는 체온이 기분 좋고 안심되었다. 계속 이러고 있으면 좋을 텐데.

길게만 느껴지던 계단도 마침내 끝났다. 그 순간……, 옆에서 커다란 한숨 소리가 들렸다.

고키도 역시 긴장하고 있었나 보다.

"무쓰키, 잘했어!"

"고키야말로. 어떻게 바로 매점을 떠올린 거야?"

"계속 생각하고 있었거든. 누가 물어보면 어디로 간다고 말하는 게 좋을지."

살짝 쑥스러워하며 말하는 그 애가 사랑스러웠다. 갑작스러운 내 변덕에도 최선을 다해 도와주는 고키에게 감사하면서, 우리는 중단했던 작전을 재개했다.

긴 복도, 매점 옆, 접수처 앞, 현관. 나머지 과정은 맥이 빠질 정도로 순조로웠다.

아까처럼 병원 직원을 만나는 일도 없었고, 스쳐 지나가는 다른 어른들도 우리를 나무라지 않았다.

꿈속이라서 이렇게 잘 풀리는구나 싶었다. 만약 실제로 행동에 나섰다면 이렇게 쉽지는 않았을 것이다. 어린 우리들끼리 병원을 벗어나는 건 상당히 어려운 일이니까.

현관을 나서자 눈부신 태양이 내리쬐고 있었다. 지금 이 계절은 초여름일까? 현실과 달리 선명한 녹음이 우거진 화단이 싱그러웠다.

"이제 저 문 하나만 남았네."

"응."

"아무도 없는 것 같지만 살펴보고 올게. 무쓰키는 여기 숨어서 기다려."

"알았어."

고키가 시키는 대로 현관 옆 공간에 몸을 숨겼다. 빠른 걸음으로 문으로 향한 고키가 아까 복도에서 한 것처럼 좌우를 확인했다. 그리고 이쪽을 돌아보며 크게 손짓했다.

오라는 신호다. 꿈속인데도 설레고 두근거리는 마음에 가슴이 벅차올랐다.

고키는 주위를 경계하면서, 다가오는 나를 지켜보고 있었다. 앞으로 5미터.

3미터. 1미터. 장애물을 뛰어넘듯 폴짝.

한걸음에 문을 넘어 고키와 마주보았다.

"무쓰키!"

"고키!"

누가 먼저랄 것도 없이 두 손을 맞잡았다.

"만세! 대성공이야!"

"응! 해냈어!"

폴짝폴짝 뛰며 기쁨을 나누었다. 무사히 빠져나왔다는 생각에 들떠 있었더니 고키가 정신을 차린 듯 내 손을 힘주어 잡았다.

"여기서 기뻐하면 안 돼! 빨리 가야지!"

"앗!"

"병원 근처에 있다간 금방 들킬 거 아냐! 가자!"

듣고 보니 맞는 말이다. 작전 성공이 기뻐서 그만 방심하고 말았다.

어차피 꿈인걸. 들키더라도 아마 괜찮을 거야. 하지만 고키는 그런 말을 할 수 없을 정도로 기세가 넘쳐서, 나는 의문을 제기할 수밖에 없었다.

"어디로 가는데?"

내 손을 잡아끌던 고키가 돌아보며 씨익 웃었다.

"비밀 기지!"

비밀 기지?

뭔가 어렴풋이 생각날 듯 말 듯 했다. 하지만 생각에 잠길 새는 없었다.

병원을 벗어나자 고키는 망설임 없이 나아갔다. 나에게 맞춰주느라 그런지 보폭은 그리 빠르지 않았다. 차도를 따라 횡단보도를 건너 중앙공원으로 향했다.

"비밀 기지가 공원에 있어?"

"아니, 이쪽이 지름길이라 그래."

"흐음……."

붉은 미끄럼틀 같은 조형물 옆을 지나 공원으로 들어갔다. 등나무 덩굴 아래에는 벤치가 있고, 그 앞 모래밭에는 우리가 '두더지'라고 부르는 놀이기구가 있었다. 지금은 철거되었지만, 꿈이라서 옛 모습 그대로인 것 같았다. 그리움이 밀려들었다.

"무쓰키? 왜 그래?"

"아무것도 아냐. 괜찮아."

"진짜지? 힘들면 바로 말해야 해."

"응, 고마워."

깊이 생각하지 않기로 하고, 완만한 오르막으로 이루어진 공원길을 걸었다.

이 마을은 사카키자카 さかき坂라는 이름처럼 언덕길坂이 대부분이다. 평지는 거의 없다. 고키가 말하는 '비밀 기지'가 어디 있는지는 모르지만, 산이 있는 쪽, 북쪽 방향으로 가고 있다는 것은 알 수 있었다.

인도 옆에는 커다란 미끄럼틀이 있었다. 꼭대기에는 고키가 '통나무집'이라고 부르던 정자 같은 게 있는데, 거기서 왼쪽으로 꺾었다. 길을 따라가자 작은 상점이 나왔다.

하지만 고키는 운동장 왼쪽 길로 계속 걸었다. 오른편 운동장에서는 아이들 여럿이 모여 축구를 하고 있었다.

고키도 내 병문안을 안 오는 날엔 저렇게 놀고 있었을까.

"무쓰키, 괜찮아? 힘들지 않아?"

"응, 괜찮아."

반사적으로 대답했지만, 몸이 조금 무거워지기 시작했다.

언덕길을 오르는 게 오랜만이라 그럴까? 꿈속에서도 어린아이 수준의 체력밖에 없는 걸까? 그래도 고키랑 손을 잡고 걷는 게 너무 좋아서 그런 건 아무래도 좋았다.

반짝반짝한 햇빛과 선명한 식물의 색깔, 흙과 초록이 섞인 듯한 냄새, 즐거워하는 아이들의 목소리까지.

모든 것이 눈부시고 설레고 충만하게 느껴졌다. 조금 피곤한 것쯤은 아무렇지도 않았다.

운동장이 보이지 않게 되자 마을회관이 나타났다. 옆쪽에는 테니스장과 농구 코트, 그 끝에는 짧은 지하도가 있다.

으슥한 인상을 떨쳐내기 위해서인지 벽에는 밝은 색채의 그림이 그려져 있었다. 지하도를 빠져나가자 저만치 사카키자카 초등학교가 보였다. 의외로 이것저것 세세하게 기억하고 있는 나에게 감탄했다.

고키는 걸음을 옮기며 이런저런 이야기를 해주었다.

운동장에서 축구를 하며 놀다가 공이 울타리를 넘어 날아가 버렸는데, 아무리 쫓아가도 언덕 아래로 계속 데굴데굴 굴러가서 큰일이었어. 통학로 옆에 있는 소귀나무 열매를 친구들이랑 같이 따먹었다가 전교 조회 때 꾸중을 들었어. 소귀나무 열매는 새콤하지만 맛있어. 신발 숨기기 놀이를 하다가 진짜로 신발 한 짝이 없어져서 큰 소동이 났었어…….

들어본 듯도 하고 아닌 듯도 한 이야기를 듣고 있자니, 정말로 그 애와 함께 있었던 시간으로 돌아간 듯한 기분이 들었다. 무척 신기한 느낌이었다.

초등학교 건물은 거들떠보지도 않고 고키는 반대 방향으로 척척 나아갔다. 그쪽에는 작은 공원밖에 없을 텐데……. 그렇게 생각한 순간 욱신, 가슴이 아파왔다.

……뭐지? 지금 이거.

예상했던 대로 최소한의 관리만 이루어지고 있는 작은 공원이 보였다. 놀이기구도 적고 삭막한 느낌마저 들 정도였다.

'비밀 기지'라고 하기엔 너무 아무것도 없어 보였다.

"여기야?"

"아니."

내가 묻자 고키는 고개를 저었다.

그럼 어디지?

나의 의문은 점점 커져만 갔다. 이 공원은 막다른 골목에 있다. 이 뒤로는 산기슭만 보일 뿐이다.

"여기서부터는 비밀이야."

"응?"

"무쓰키한테만 특별히 알려주는 거야."

소중한 비밀을 털어놓듯이, 고키는 장난기 어린 얼굴로 웃었다. 당황한 내 앞으로 다가온 고키가 공원을 빙 둘러싼 화단을 훌쩍 뛰어넘어 뒤쪽으로 향했다.

"고, 고키……?"

"무쓰키, 이쪽이야."

고키의 손짓에 가까이 다가가자, 고키가 뛰어넘은 곳보다 조금 앞쪽에 풀이 나지 않은 곳이 있었다. 누군가 여러 번 밟고 지나가 생긴 길처럼 보였다.

"나무에 걸리지 않게 조심해."

"응……."

파자마 옷자락에 주의하며 샛길을 빠져나갔다. 고키의 손을 의지하다 보니, 나쁜 짓을 하고 있다는 감각은 희미해진 지 오래였다. 화단 뒤까지 도착하자, 고키가 내 쪽으로 돌아섰다.

"이제부터 좀 힘들어질 텐데, 힘낼 수 있겠어?"

확인하듯 묻는 고키에게 크게 고개를 끄덕여 보였다.

여기까지 와서 포기하는 건 선택지에 없었다. 이 앞에 무엇이 있을지, 그 애가 가르쳐 주는 소중한 '비밀 기지'가 어떤 것일지, 기대되어 어쩔 줄 몰랐다.

"그럼 갈까?"

"응!"

씩씩하게 대답하고 고키를 따라갔다. 하지만 곧…… 내 눈을 의심할 뻔했다.

"무쓰키, 힘내!"

"힘내라고 해도……."

나를 응원해주는 고키는 이미 몇 계단 위에 서 있었다.

이건…… 언덕인가? 아니면 흙벽?

고키를 따라가자 순식간에 발을 헛디딜 것 같은 급경사가 기다리고 있었다. 약간 축축한 흙과 밖으로 튀어나온 나무뿌리가 얽힌 데다, 떨어진 나뭇잎들이 아무렇게나 흩어져 있다.

어렸을 때라면 몰라도, 스무 살을 앞둔 나에게 이런 운동은 좀…… 아니, 상당히 힘들다. 운동 신경이 좋지 않다는 걸 자각하고 있으니까 더더욱 그랬다.

"무쓰키, 거기 오른쪽에 있는 뿌리를 잡고 올라가면 돼. 거기 계단까지 오면 경사로로 갈 수 있어."

"오, 오른쪽……?"

고키가 말하는 곳을 보자 튼튼해 보이는 나무뿌리가 늘어져 있었다. 이걸 밧줄 대신 잡으라는 것 같은데…… 괜찮을까? 쑥 빠지거나 하지 않을까?

위에서 기다리던 고키가 발밑을 가리키며 말했다.

"내 발자국이 남아 있으니까 그걸 봐. 그대로 따라오면 괜찮아."

"으, 응……."

힘들어질 거라는 게 이런 거였나. 이건 거의 등산이잖아.

그래도 이제 와서 포기할 순 없었다. 걱정스러운 얼굴, 하지만 나를 믿는다는 얼굴로…… 고키가 위에서 기다리고 있었다.

"……갈게!"

"응! 힘내!"

각오를 다진 나에게 고키가 응원을 보냈다.

문득 수험생 시절이 떠올랐다.

"무쓰키라면 괜찮아. 틀림없이 합격할 거야. 기운 내!"

……그렇게 응원해주었다. 나를 믿어주었다. 누구보다도

올곧게…….

갑자기 눈물이 터질 것 같아서 꾹 참았다. 그 애가 그렇게 말해주는 게 가장 큰 격려가 되었다는 사실이 새삼스럽게 떠올랐기 때문이었다.

고키가 시키는 대로 나무뿌리를 두 손으로 잡고 다리에 힘을 주었다. 한 걸음 한 걸음, 신중하게 발을 내디뎠다. 고키의 보폭보다 작은 만큼 그 애와 똑같이 나아가는 것은 무리였지만, 루트가 보이는 건 고마웠다.

한 발씩 나아갈 때마다 흙냄새가 짙어졌다. 손이 더러워지는 것도 신경 쓰이지 않았다. 생각보다 몸이 부드럽게 움직여주는 것이 다행이었다. 어린아이의 몸이라 그런지 열아홉 살인 나보다 훨씬 가볍다.

이따금 고키의 얼굴을 바라보며 확인했다. 그 애는 괜찮다는 듯이 고개를 끄덕여주었다.

눈앞의 흙벽을 붙잡았다. 나뭇가지를 피하고 미끄러지기 쉬운 나무뿌리도 피했다. 열심히 올라가자 그 끝에는…… 만면의 미소를 띤 고키가 기다리고 있었다.

"무쓰키, 잘했어! 진짜 애썼어!"

"하아, 하아……. 응!"

숨이 차서 일그러진 얼굴을 하면서도 마주 보고 웃었다. 무사히 해냈다는 마음에 시작점을 돌아보았다. 체감상으로는 수십 미터나 되는 벼랑을 올라간 것 같았는데……, 이렇게 내려다보니 몇 미터 정도의 짧은 등산이었다는 걸 알 수 있었다. 그래도.

"올라왔어……!"

"응! 잘했어!"

"응……! 하아……, 고마워."

티 하나 없던 구두는 순식간에 진흙투성이가 되었다. 손도 흙투성이가 되어 더러웠고, 얼굴에도 흙이 묻어 있을 것 같았다.

몸이 작아지자 팔도 다리도 짧아져서 생각하는 곳에 닿지 않아 답답하기도 했다. 그 대신 몸이 훨씬 가볍고 유연해져서, 체력에 자신이 없는 나도 어떻게든 오를 수 있었는지도 모른다.

"좋아! 그럼 이쪽이야! 거의 다 왔어!"

"응……!"

더러워진 손을 가볍게 털어낸 뒤, 고키의 손을 다시 잡고 둘이서 산속을 나아갔다.

나무들 사이로 조금씩 초등학교 교사가 멀어져 가는 게 보여서, 서쪽으로 향하고 있다는 걸 어렴풋이 알 수 있었다.

왼쪽에는 배수로가 있어서, 이렇게 아무것도 없는 산에도 조금은 사람의 손길이 닿아 있다는 걸 실감했다.

그러고 보니 초봄에는 멧돼지 사냥이 있다고 했던 것 같은데. 엄마한테 들은 기억이 난다.

망설임 없이 나아가는 고키의 등이 묘하게 믿음직스러웠다. 이렇게 작고 어린데도, 신기할 만큼.

그리고 몇 분 뒤, 고키는 아무것도 없는 곳에서 걸음을 멈추었다. 이상하게 생각하고 있는데, 고키가 기쁜 듯이 말했다.

"아무것도 없는 것처럼 보이지?"

"어, 응……. 콜록."

조금 숨이 막혀서 대답하자, 고키는 오른쪽 산비탈을 향해 돌아섰다. 그리고 무성한 고사리 같은 풀을 헤치며 나아갔다.

"잠깐…… 고키?!"

뭘 하는 거지? 당황해서 말리려고 했는데, 고키가 한 발짝 비켜선 녹색의 끝에…… 무언가가 보였다.

"아……."

깜짝 놀랐다. 그곳에는 사람이 충분히 들어갈 만한 크기의…… 커다란 동굴이 있었던 것이다.

뿌듯한 얼굴을 한 고키가 내 손을 잡고 안쪽으로 이끌었다. 고요한 동굴은 밖에서 보는 것보다 훨씬 천장이 높고 넓었다.

우리가 어린애라서 서 있을 수 있는 게 아니라, 이 정도면 원래의 나라도 머리가 천장에 닿는 일은 없을 것 같다.

"대단하지? 탐험하다가 발견했어!"

"응…… 대단하다……!"

심장의 두근거림이 가라앉지 않는 건 흥분해서일까.

빛이 잘 들어오지 않아서 그런지, 조금 어두컴컴하고 공기도 싸늘하다. 오랜만의 운동에 화끈 달아오른 몸을 진정시키기엔 딱 알맞은 정도였다.

"평소에는 아까처럼 감추고 있는 거야. 발견되지 않도록."

그렇게 말하고 밖으로 나간 고키가 살며시 녹색 커튼을 닫았다. 캄캄해진다 싶었는데, 가느다란 틈새로부터 새어드는 작은 빛의 반짝임에 넋을 잃고 말았다.

그야말로 '비밀 기지'였다. 환상적인 분위기로 가득한 공간은 어른인 나조차 호기심에 사로잡히게 만들 정도였다.

"……정말, 굉장해……. 하아……."

호흡을 가다듬으려고 땅바닥에 주저앉았다.

말이 나오지 않는다. 내 어휘 사전의 부족함에 실망했다. 이렇게 멋진 곳인데.

여긴 사람의 손으로 만들어진 동굴일까? 아니면 우연히 생긴 걸까……?

그렇게 생각하고 있는데, 또 바스락 소리를 내며 입구가 열리고 고키가 얼굴을 내밀었다.

"무쓰키, 이쪽이야!"

"……?"

고키가 이끄는 대로 비틀비틀하며 비밀 기지를 나섰다.

"이제 저거 보러 가자!"

고키가 가리킨 것은 나무들 사이로 보이는 석양이었다. 직접 보자 오렌지빛이 눈부셨다. 그렇구나, 벌써 해가 질 시간이었어.

"잠깐…… 기다려, 고키……."

"어?"

쥐어짜낸 목소리는 내가 들어도 놀랄 만큼 기운이 없었다.

그제야 나는 내 몸의 이변을 간신히 깨달았다. 아까부터 가빠지기 시작한 호흡이 전혀 가라앉을 기미를 보이지 않았다.

이상하다. 왜 이렇게…… 가슴이 아프지?

"무쓰키?!"

갑자기 아찔해지면서 시야가 흔들렸다.

갑작스러운 통증에 바닥에 쓰러졌다. 흙 냄새가 짙어졌다.

"무슨 일이야?!"

"괜…… 찮아, 괜찮…… 으니까……."

어차피 꿈인걸. 그러니 금방 나을 거야. 아니면 깨어날지도 몰라.

하지만…… 똑똑히 기억났다. 지금 이건 어린 시절 여러 번 겪었던 바로 그 통증이었다.

"무쓰키! 무쓰키!"

가슴이 아프다. 숨 쉬기가 힘들다. 고키의 목소리가 점점 멀어진다. 걱정스럽게 나를 바라보는 고키의 얼굴이 흐릿해지며 천천히 어둠에 녹아든다.

고통스럽다. 아프다. 괴롭다. 싫다. 힘들어. 슬퍼. 부정적인 감정이 점점 커져서 전신을 갉아먹는다.

몽롱해지는 의식 속에서 고키가 나를 끌어안고 있다는 걸 알아차렸다.

"무쓰키! 정신 차려! 금방 병원까지 데려다줄게!"

대답할 기력도 없을 만큼, 급격하게 몸 전체에서 힘이 빠져나갔다.

그러고 보니 옛날에는 항상 이런 느낌이었어. 뭘 해도 병의 그림자에서 벗어나지 못하고, 마지막에는 쓰러져서…….

"괜찮아! 다 괜찮을 거야!"

고키의 목소리가 울음을 터뜨릴 듯 떨리고 있다. 그런데도 소리치며 나를 계속 격려하는 그 애의 다정함이 절절하게 느껴져, 경솔했던 나 자신이 한심스러웠다.

이번엔 틀림없이…… 괜찮을 줄 알았는데.

희미해지는 의식 속에서 마지막으로 눈에 들어온 건, 타오르는 듯 붉게 물든 태양의 빛깔이었다.

·

"무슨 짓을 한 거야!"

여자의 절규. 그와 동시에 철썩, 메마른 소리가 귀에 들어오며, 나는 의식을 되찾았다.

"······?"

바퀴 굴러가는 소리와 함께 몸에 진동이 느껴졌다. 내가 누워 있다는 건 알겠는데······, 무슨 상황인지는 아직 잘 모르겠다.

겨우 눈을 뜨자, 어렴풋한 시야 속에서 나를 둘러싼 어른들이 보였다.

모두가 비슷비슷한 흰색 옷을 입고 있었다. 간호사 복장이란 걸 깨닫고서야, 여기가 병원이라는 걸 알아차렸다.

어? 분명 조금 전까지 초등학교 근처 산에 있었는데······.

"이렇게 진흙투성이가 되다니······. 대체 어디까지 무쓰키를 끌고 다닌 거니?!"

너무도 격한 노성에 시선을 돌리자, 자그마한 남자아이의 등이 보였다. 저건······ 고키와 엄마?

"그쯤 해둬, 어린애잖아."

엄마를 말리는 아빠의 모습도 보였다.

"아무리 어린애라도 해도 되는 일이 있고 안 되는 일이 있어! 무쓰키에게 무슨 일이 생기면 어쩔 뻔했어?!"

"사쓰키!"

잔뜩 흥분해서 고키를 다그치는 엄마를 아빠가 전력으로

말리고 있었다. 꼭 드라마의 한 장면 같았다.

그렇게 이성을 잃고 미친 듯이 화를 내는 엄마의 모습은 처음이었다. 아빠가 말리는데도 거세게 뿌리치는 엄마는 낯선 사람처럼 보여 무섭기만 했다.

"이거 놔! 내 말이 틀렸어?! 저렇게 아픈 애를 데리고 병원을 몰래 빠져나가다니! 네가 꾀어낸 거지?! 아니야?!"

"그만 좀 해! 말이 너무 심하잖아!"

"당신도 생각해봐! 무쓰키가 그러자고 했을 리가 없잖아!"

분노로 가득 찬 엄마의 목소리는 금방이라도 울음을 터뜨릴 것만 같았다.

숨이 아직도 가쁘다. 머리가 멍하다. 몸이 마음대로 움직이지 않는 이 느낌도 기억난다.

그렇구나. 난…… 그 '비밀 기지'에서 발작을 일으켰어. 그리고 어떻게 된 건지는 모르겠지만, 병원으로 옮겨져서…….

가까스로 상황을 이해한 그때, 따뜻한 무언가가 살며시 내 오른손을 잡았다. 안쓰러운 표정을 짓고 있는 할머니가 내 곁에 계셨다.

"무쓰키……. 괜찮아. 걱정하지 말고 푹 쉬렴."

자상하게 말을 건네는 할머니의 목소리와는 달리, 엄마의 거센 목소리가 복도에 울려 퍼졌다.

"난 절대로 용서 못 해! 얘가 무쓰키를 거의 죽일 뻔했다고! 어떻게 용서할 수 있겠어?! 무쓰키에게 무슨 일이 생기면 평생 원망할 거야!"

너무나 격렬한 분노에 나까지 온몸이 움츠러드는 느낌이었다. 조그만 아이를 상대로 이렇게까지 화를 내다니……. 엄마답지 않다는 생각이 들 정도였다.

할머니는 슬픈 얼굴을 하고 계셨다. 엄마를 막을 방법이 없어서 미안하다는 듯이. 그 표정을 보는 순간, 잊고 있던 무언가가 떠올랐다.

나는 이 상황을 알고 있다. 기억하고 있다. 엄마의 저 외침을, 할머니의 이 견딜 수 없는 표정을…… 나는 분명 경험한 적 있다.

잠깐, 어떻게 된 거지……? 이건 꿈이잖아……?

어째서…… 눈물이 나는 거야……?

고키는 아무런 변명도 하지 않고 가만히 있었다. 그 작은 손이, 등이, 떨리고 있다.

그래도 울지 않고 있다는 건 알 수 있었다. 분명 참고 있는 거야. 내 이기심이 일으킨 사태의 책임을 대신 떠맡고.

아니야, 그렇게 외치고 싶었다. 그런데 목소리가 나오질 않았다. 산소마스크를 쓴 상태라 더 그랬다. 발작의 후유증으로 몸이 자유롭지 못해 답답했다.

아니야, 엄마. 내 잘못이야. 고키는 내가 억지를 부려서 따라와준 것뿐이야. 전부 내 잘못이야. 그러니까 고키한테 그렇게 심한 말 하지 마. 고키는 잘못한 거 없으니까……!

그렇게 말하고 싶었지만, 내 목에서 나온 것은 '으으……' 하는 한심한 신음뿐이었다.

그래도 어떻게든 사실을 알리고 싶어 불편한 몸을 움직여 고개를 저었다. 고키는 아무것도 잘못한 게 없다고, 더 이상 그 애에게 상처를 주지 말라고, 부모님이 알아주었으면 해서.

내 목소리와 움직임을 눈치챈 할머니가 "무쓰키!" 하고 소리를 질렀다.

"무쓰키! 정신이 드니?!"

엄마가 들것 옆으로 달려왔다. 아빠도 더 이상 고키에게 마음 쓸 여유가 없는지, 그 애를 내버려둔 채 내게 다가왔다.

"괜찮아, 무쓰키! 이제 괜찮으니까!"

엄마는 들것에 매달리다시피 하며 울고 있었다. 아빠의 눈도 살짝 젖어 있었다. 할머니는 여전히 괴로운 표정을 하고 계셨다.

모두의 얼굴을 보자, 더 이상 아무 말도 할 수가 없었다.

나쁜 건 나였다. 이렇게 가족을 걱정시키고…… 그런데 모든 책임과 비난을 짊어진 건 고키라니.

온 힘을 다해 얼굴을 움직였다. 아까 그 모습 그대로 우두커니 서 있는 고키를 보았다. 해가 지고, 외래 진료도 끝나 어둡고 적막한 병원 한쪽 구석에서 그 애는 어깨를 들썩이고 있었다.

이번에는 틀림없이…… 울고 있다.

그 어깨를 안아주고 싶어서, 그 애를 혼자 두고 싶지 않아서, 필사적으로 손을 뻗으려고 하다가…… 거기서 다시 뚝, 의식이 끊어졌다.

\*

"고키……!"

그 애를 부르는 소리와 함께 눈을 떴다. 고키를 향해 뻗은 손이 허공을 가른다.

"……또…… 꿈이야……?"

천장을 향해 뻗은 손의 크기를 보고, 또다시 꿈에서 깨어나 내 방 소파에 쓰러져 있었다는 걸 알아차렸다. 벌떡 일어나 눈을 문질렀다. 아직 젖어 있는 데다, 울고 난 뒤처럼 부기와 열감이 남아 있었다.

조금 전 사건으로 인해, 나는 말로 표현할 수 없는 불안에 사로잡히고 말았다.

"무쓰키!" 하고 나를 부르던 고키의 목소리.

"용서하지 않아!" 하고 외치던 엄마의 목소리.

"괜찮아" 하고 나를 달래던 할머니의 목소리.

그 모두가…… 꿈이…… 아니라면?

스스로도 이해할 수 없는 가설에 심장 소리가 점점 커졌다. 전부 꿈 취급하기엔 너무 생생했다. 전혀 기억나지 않는다고는 딱 잘라 말할 수 없는 의혹이 어른거렸다.

머릿속을 정리하려 해도 쉽지 않았다. 그게 정말 현실에서 있었던 일이라니, 솔직히 아직도 믿을 수 없다는 마음이 훨씬 컸다.

안 돼, 침착해야 해. 일단 꿈과 기억을 분리하고 정리해보자. 그리고 그 사건을 처음부터 다시 떠올려보면…… 잠깐.

꿈속에서 쓰러지기 직전에 뭐라고 생각했더라?

'이번엔 틀림없이' 괜찮을 줄 알았는데……?

그건 실제로 과거에 고키와 병원을 빠져나간 적이 있었다는 건가……?

가설을 세우자 또다시 혼란이 커지고, 심장의 두근거림이 거세졌다.

병을 앓던 나한테는 그야말로 대모험 그 자체였다. 그렇게 어마어마한 탈주극이라면 선명히 기억날 법한데도, 그동안 잊고 있었다니……. 도대체 왜?

아무리 생각해도 답은 나오지 않는다. 알고 있다. 그래도 머릿속에서는 빙글빙글 같은 질문과 대답이 반복되었다. 내가 기억하지 못하는 '무언가'가 떠오를 듯하면서 여전히 손에 잡히지 않았다. 답답함, 초조함, 그런 감각들이 자꾸만 솟아났다.

뭔가 단서가 없을까.

그렇게 생각한 순간, 테이블 위의 별사탕이 눈에 들어왔다. 고개를 들자 책상 위에 있는 별사탕에도 시선이 닿았다. 할머니가 주신 별사탕.

할머니라면 가르쳐 주실지도 모른다.

가만히 있을 수 없어서 바로 일어났다. 고키가 준 선물을 다시 침대 밑 서랍에 숨기고, 서둘러 계단을 내려갔다.

문단속도 제대로 하지 않은 채 그대로 집을 뛰쳐나갔다. 할머니 댁까지는 그리 멀지 않다.

마음이 급해서 자꾸만 다리가 꼬이는 걸 간신히 버텼다.

만일 그게 정말로 있었던 일이라면……, 엄마가 고키를 멀리한 이유가 그 사건이었다면.

결국 모든 것은 내 탓이었던 셈이다.

고키는 잘못한 게 없는데 나 때문에 혼났다. 내 이기심 때문에 헤어지게 되었다. 미련을 끊어내야 한다는 자기중심적인 이유로 연락처도 다 지웠다. 원망을 들어도 싼 거짓말까지 했다.

그런데도 그 애는, 아직 지키지 못한 '약속'을 위해 나에게 선물을 보냈다.

고키는, 도대체, 어떤 기분으로……!

눈시울이 뜨거워졌다. 안 돼, 도저히 못 견디겠어. 나 자신을 용서할 수 없을 것 같아.

편지에서 말한 '약속'이 무엇을 의미하는지 빨리 기억해내야 한다. 그게 내가 할 수 있는 유일한 속죄니까.

할머니 댁의 인터폰을 누른 뒤, 대답을 기다리지 않고 현관으로 향했다. 주무시기 전까지는 문을 잠그지 않는다는 걸 알기 때문에 망설임 없이 문을 열었다. 안쪽을 향해 큰 소리로 외쳤다.

"할머니, 계세요?!"

안쪽에서 가벼운 발소리와 함께 할머니가 나왔다.

"무쓰키? 무슨 일이니, 갑자기 찾아오고."

"할머니……."

놀란 얼굴을 하고는 있지만, 평소와 같은 평온한 모습에 안심이 되었다. 마음이 놓이자 눈물샘까지 느슨해졌다. 이제 정말 한계였다. 언제 무너져내려도 이상하지 않았다.

"물어보고 싶은 게 있어서. 진실을 알려줬으면 좋겠어요."

감정을 억누르지 못한 채 그렇게 호소하자, 할머니는 나를 집안으로 맞아들이면서 등을 쓰다듬어 주셨다.

"무슨 일인데? 말해보렴."

부드러운 목소리가 재촉하자, 나는 울음을 참으며 의문을 쏟아냈다.

"내가 초등학교 때…… 병원에서 몰래 빠져나간 적이 있었어요?"

분명히 할머니의 얼굴에 당황한 기색이 보였다. 대답을 듣지 않아도 '그렇다'는 의미임을 알아차릴 정도로.

목이 메었다. 시야가 번지며 할머니의 얼굴이 흐려졌다.

"그다음에 내가 쓰러졌던 거죠? 그걸 도와준 남자애가 있었죠? 날 업고…… 병원까지 데려다준 거죠?"

기억의 구멍을 메우듯 할머니에게 물었다.

"그때 엄마가 그 아이한테 엄청 화냈죠? 절대 용서하지 않을 거라고 했죠? 내 잘못인데, 고키한테…… 그렇게 어린 고키한테 책임을 추궁하고……."

끝내 눈물이 방울방울 흘러내렸다. 이제 걷잡을 수 없었다. 나는 오열하며 혼잣말처럼 감정을 쏟아냈다.

"고키와…… 함께 있는 걸 허락받지 못한 것도…… 그게 원인이었던 거예요……? 엄마가 고키를 용서할 수 없었으니까……?!"

거실에 발을 들여놓자마자 무너져 내리고 말았다. 하염없이 눈물이 흘렀다. 다정한 손길이 내 등을 쓰다듬으며 나를 달랬다. 눈물도 콧물도 멈추지 않아 괴로웠다. 숨조차 제대로 쉬어지지 않았다. 하지만 이런 건…… 가슴의 통증에 비하면 아무것도 아니었다. 계속 우는 내 등을 쓰다듬으며 할머니는 차분한 어조로 말했다.

"무쓰키 넌 그날 밤부터 며칠 동안 거의 의식을 회복하지 못했으니까. 어떻게 된 일인지 물어볼 줄 알았는데…… 다 잊어버리고 말았단다."

그 말에 나도 모르게 고개를 들었다. 살짝 눈썹을 떨군 채 안쓰러운 표정을 한 할머니가 내 눈을 똑바로 바라보았다.

"……그럼…… 정말로……?"

"무쓰키 네 말대로란다. 널 병원에 데려와준 건 고키였어. 네 아빠도 엄마도 무쓰키 네가 행방불명 되는 바람에 제정신이 아니었으니까, 마음에도 없는 말을 했던 거야……."

괴로운 얼굴로 중얼거리는 할머니의 말이 서서히 내 몸을 파고들었다.

……고키!

소리 지르고 싶었다. 그 애의 이름을 부르고, 용서받지 못하더라도 사과하고 싶었다.

이미 늦었다는 건 알지만 그 애가 알아주었으면 했다. 네가 나를 감싸주었다는 걸, 그걸 잊어버린 나에게 한마디도 하지 않고 마음에 간직했다는 걸 이제야 기억할 수 있었다.

그렇게 된 건 고키 때문이 아니야. 내가 멋대로 저질렀던 일이야. 그리고 위험에 빠진 날 네가 구해주었어. 그래서 나는 지금도 이렇게 살아 있을 수 있는 거야.

자그마한 고키의 등이 생각나, 또다시 가슴이 찢어지는 듯했다. 모든 것을 잊고 태평하게 옆에 있던 나를 단 한 번도 탓하지 않았던 그 애의 강인함에 또다시 눈물이 쏟아졌다.

그런 나를 이해한다는 듯이 할머니는 옛이야기를 이어갔다.

"그날…… 네 엄마, 사쓰키한테 전화가 왔었단다. 무쓰키 네가 없어졌다고. 온 병원이 난리가 났었지. 그런데 너희 둘을 봤다는 간호사가 나타나서, 다 같이 필사적으로 찾아다녔어."

"……."

계단에서 마주친 그 사람이었다.

"도저히 찾을 수 없어서 경찰에 신고하려고 했을 때, 무쓰키 네가 모르는 사람의 차로 실려 왔단다. 그 남자아이…… 고키가 말이지, 지나가던 차를 세우고 태워달라고 했대."

"고키가……."

아무리 내가 평균보다 작았다고는 하지만, 초등학생 남자아이가 날 업은 채 병원까지 30분이나 걸어간다는 건 확실히 무리다. 분명 고키도 그렇게 생각했기 때문에 필사적으로 도움을 청했을 것이다.

"병원은 벌써 난리가 났으니까. 바로 응급 처치에 들어가려고 했는데, 무쓰키 네가 계속 고키의 손을 놓지 않는 거야."

"제가요……?"

그것도 전혀 기억나지 않는다. 놀란 나머지 나도 모르게 중얼거렸지만, 할머니는 신경 쓰지 않고 말을 이어갔다.

"고키도 진흙 범벅에 여기저기 상처투성이였는데, 무쓰키! 무쓰키! 하면서 온 힘을 다해 널 불렀어……. 이렇게 필사적으로 도와주려고 했구나, 생각하니 눈물이 났단다."

그런 일이 있었다니. 고키는 나를 구하려고, 계속 나를 부르고 있었어.

하아. 크게 한숨을 내쉰 할머니가 목소리를 낮추어 속삭였다.

"나중에 들은 이야기지만, 조금 더 늦게 발견했으면 정말 위험할 뻔했단다. 아이들끼리 엉뚱한 일을 벌였다간 돌이킬 수 없는 일이 일어날지도 모른다고, 제대로 알려줬어야 했는데."

할머니의 괴로운 목소리를 듣자 복잡한 기분이 들었다. 어린아이였다고는 하지만 선악의 판단 정도는 할 줄 안다. 실제로 반대당할 걸 알았기 때문에 고키에게 몰래 부탁했던 것이다.

과거의 일이 하나 떠오르자, 그다음부턴 얽힌 실타래가 풀려가듯 또 다른 기억으로 이어져갔다.

그러고 보면 고키는 언제부턴가 내 몸 상태에 민감해져 있었다. 대기실에서 놀다가도 조금이라도 기침을 하면 억지로 침대로 돌려보냈다.

게다가 병원에 올 때는 왠지 남의 시선을 신경 쓰는 것 같았다. "그냥 스파이 놀이하는 거야" 하고 얼버무리기도 했다. 그런데도 나는 "재밌겠다!" 하면서 함께 숨기나 하고, 아무런 의심도 하지 않았다. 틀림없이 고키는 우리 부모님과 마주치지 않도록 조심하고 있었던 것이다.

전부 내가 벌인 그 일 때문이었어. 그런데도 난 모든 걸 잊어버리고……, 그저 고키의 다정함에 기대고 있었어.

후회가 점점 커져만 갔다.

만약 과거로 돌아갈 수만 있다면 그렇게 이기적인 말은 절대 하지 않을 텐데. 그러면 고키도 그렇게 상처받지 않아도 됐을 텐데.

그때의 가슴 통증을 돌이켜보면 목숨이 위태로웠다는 것도 이해가 간다. 아무도 모르는 곳에 아이들만 가다니 최악의 상황이었다. 발작을 일으켰을 때 처치가 늦어지면 생명에 직결된다는 이야기는 계속 들어왔는데.

하지만 어린아이였던 나는 그게 얼마나 중대한 일인지 전혀 이해하지 못했다. 그래서 그토록 경솔하게, 내 소원을 이루는 걸 우선시하고 말았다.

"어쨌든 무사해서 다행이었단다. 그렇게 조그맣던 무쓰키가 이렇게 건강해져서 벌써 스무 살이 되다니."

자상한 할머니의 목소리에 다시 마음이 아파왔다. 그때의 통증이 되살아나는 것 같아 가슴을 움켜쥐었다.

오랫동안 잊고 있었지만, 옛날에는 계속 그 고통과 함께였다. 병이 나아서 평범하게 중학교에 다닐 수 있게 되었을 때 얼마나 기뻤는지 모른다.

"자, 무쓰키, 여기 탁상난로 쪽에 앉으렴. 바닥이 차갑잖니. 여자애는 몸을 차게 하면 안 돼."

울음을 터뜨리던 내가 진정된 것을 보고 할머니가 말했다. 나는 고개를 작게 끄덕이고 그 권유에 따랐다.

따뜻한 탁상난로의 온기에 감싸이자, 무척 그리운 기분이 들었다. 발끝에서부터 서서히 따뜻해지는 이 감각이 마음속의 앙금도 함께 녹여주면 좋을 텐데.

"차 한 잔 끓여줄 테니까 기다리렴. 귤도 있으니까 괜찮으면 먹고."

바구니에 담긴 귤을 탁상난로 위에 놓고 할머니는 일어섰다. 울어서 부은 눈에는 아직도 열기가 남아 있었다. 귤을 하나 집어들어 껍질을 벗기고 있는데, 문득 언젠가의 대화가 떠올랐다.

"무쓰키 손은 진짜 하얗다."

"고키는 좀 탔네. 노란빛을 띠는 건 귤을 너무 많이 먹어서 그런가?"

"무쓰키는 꼭 할머니 같은 소릴 하더라."

그런 바보 같은 이야기를 주고받으며 마주 보고 웃던 그 애가 괜히 보고 싶어 또다시 눈물이 흘렀다.

할머니가 끓여주신 뜨거운 차를 마신 뒤, 점심까지 먹고 집으로 돌아왔다.
집안은 조용해서 아직 부모님이 돌아오지 않은 걸 알 수 있었다. 안심하고 내 방으로 돌아와 침대에 쓰러지듯 몸을 맡겼다. 포근하게 감싸주는 이불의 감촉을 느끼며 눈을 감았다.
이제 정말 어떤 얼굴을 하고 부모님을 봐야 할지 모르겠다.
모든 건 내 탓이었다. 그렇게 쓰러지고 기억을 잃었던 것도, 고키와의 교제를 반대당하자 무서워서 포기했던 것도 포함해서, 전부 다.
내가 부모님을, 그리고 나 자신을, 제대로 마주하지 않았던 탓이다.
어렸을 때 부모님에게 걱정을 끼치고 불안하게 만든 건 사실이다. 딸이 의식불명으로 실려온다면 누구라도 제정신을 잃을 것이다.
그런데도 엄마가 고키에게 했던 말과 행동을 떠올리면 괴로워 견딜 수 없다. 하지만 부모님과 충돌하지 않으려면 모르는 척할 수밖에 없다는 생각이 동시에 든다.
과거의 이야기를 꺼내게 되면, 나는 틀림없이 엄마를 비난하게 될 것이다. 아빠와도 부딪치고 말 것이다.

왜 고키를 나무랐냐고. 왜 고키와 헤어지게 했냐고. 그것 때문에 나는 이렇게 고통스러운데.

온통 내 생각뿐이다. 생각해보면 나는 항상 그랬다. 갈등에 맞설 용기도 없었고, 누군가가 알아서 도와주기만을 기다렸다. 아무 말 하지 않아도 알아주기를 바랐다. 고키에 대한 것도, 부모님에 대한 것도.

"……알고 있어도, 어쩔 수가 없는걸……."

나직한 독백이 눈물과 함께 흘러 내렸다. 또 나약함에 져서 도망치려는 내가 고개를 내민다. 이런 내가 정말 싫다.


그만 잠들어 버렸나 보다.

"우리 왔다! 무쓰키? 집에 없니?"

큰 소리로 나를 부르는 엄마의 목소리에 잠에서 깼다. 황급히 일어나 아래층으로 내려갔다.

"다녀오셨어요."

"다녀왔……어머? 무슨 일 있었니?"

"어?"

"눈이 빨간데……."

"아, 응. 그냥 자고 있었어."

할머니 집에서 평펑 울었다는 말은 할 수 없었다. 웃으며 얼버무릴 수밖에 없다.

"그래? 푹 잤어?"

"응."

고개를 끄덕이자 엄마는 안심한 듯 다시 웃어주었다.

"자, 이거 선물이야. 오랜만이지? 여기 롤케이크."

"와, 고마워."

"지금 먹을래?"

"아니, 지금은 됐어."

"그래? 그럼 저녁 먹고 먹을까."

아무렇지 않게 대화하는 것만으로도 한계였다. 엄마는 아침과 똑같은데 내 상황만 다르니까, 지금은 정면으로 마주할 수가 없다.

"아, 피곤해."

그때 마침 아빠가 돌아왔다. 아마 주차하느라 엄마보다 늦게 온 거겠지. 아빠가 양손 가득 들고 있던 짐을 내려놓고 어깨를 주물렀다.

"다녀오셨어요."

"다녀왔다. 정말이지, 엄마는 항상 쇼핑을 오래 한다니까."

불평처럼 들리지만 싫은 내색은 없다. 사이가 좋으니까 할 수 있는 말일 것이다.

"케이크 고마워."

"아, 엄마가 무쓰키한테 사다 주고 싶어 하더라."
"그랬구나, 나중에 먹을게."

그렇게 말하고, 아빠 옆을 빠져나와 2층 방으로 돌아왔다. 저절로 한숨이 새어 나온다.

평소처럼 행동했을까. 아주 조금 불안해졌다.

좋은 가족이라고 생각했다. 나에게 있어서 둘도 없는 소중한 가족. 그건 분명히 알고 있다.

그런데 지금은 잘 안 된다. 조금은 시간이 필요하다. 내 마음을 가다듬을 시간이.

저녁 메뉴는 어젯밤 남은 음식과 갓 지은 밥, 그리고 든든한 된장국과 엄마가 잘하는 달걀말이였다. 엄마는 쇼핑하느라 상당히 즐거웠는지 신나게 이야기를 계속하고 있다. 아빠도 덩달아 말이 많아졌다.

우리 세 식구의 즐거운 식탁. 그런데도 말할 수 없는 일이 점점 늘어갔다. 어색한 티를 내지 않으려다 보니 버거웠다.

"잘 먹었습니다."

식사를 마치자 엄마가 케이크를 잘라 주셨다. 일부러 나를 위해 사다 주었다는 걸 알고 있었기에 애써 웃으며 기뻐하려 했다.

내가 옛날에 아주 좋아했던 폭신폭신한 롤케이크는 여전히 달콤하고 우유 향이 나서 맛있었다. 기분은 나아지지 않았지만······.

다 먹고 나서 바로 욕실로 들어가 머리를 감고 몸을 씻은 뒤, 뜨거운 욕조에 몸을 담갔다. 평소와는 다른 샴푸 냄새가 나한테서 풍겼다. 힘껏 숨을 들이마신 뒤, 뜨거운 물에 코까지 담갔다.

보글보글 거품이 올라오는 걸 멍하니 바라보며 생각했다.

나는 아무것도 할 수 없어. 아무것도 바꿀 수 없어. 새삼스럽게 옛날 일을 꺼내봤자 의미가 없어.

복잡한 마음으로 내 방에 돌아왔다. 침대에 걸터앉아 서랍에 넣어 둔 별사탕을 생각했다.

"이게, 계기가 되었을까······?"

혼잣말을 중얼거리고 침대에 몸을 던졌다.

과거의 꿈을 꾸는 건 별사탕을 먹은 다음이다.

이 별사탕을 입에 넣으면 어느새 과거의 세계로 시간 여행을 하는 듯한 일이 일어난다. 기억의 재현이라고나 할까. 추억을 되새기는 것과는 달리, 정말 그때로 돌아간 것처럼 굉장히 생생한 느낌이었다.

하지만 재현이라고 하기에는 좀 이상한 점도 있었다. 그 시절의 나라면 할 수 없는 말을 하거나 생각하고 있으니까. 마치 현실로 존재하는 과거의 사건 속에 지금의 내가 뛰어들고 있는 것처럼.

'그게 가능해?'

의문을 품어봤자 대답해 줄 상대는 없다.

후회만 늘어나고 부모님을 원망하는 마음도 남았다. 하지만 고키가 준 별사탕이, 나에게 꿈을 꾸게 해주고 있는 거라면 나쁘지 않을지도 모른다.

"고키에게 뭔가 신비한 힘이 있었나?"

아무에게도 들리지 않을 정도의 작은 혼잣말. 스스로 말하고 나도 모르게 웃어버렸다.

하지만 만약 지금의 내가 과거의 일에 간섭할 수 있다면.

우선 '비밀 기지' 탐험은 포기할 거야. 건강해지고 나서 데려다 달라고 하면 되니까.

중학생의 몸이라면 그 등산은 어떤 느낌이 들까? 중학교 때는 고키에게 딱 달라붙어 있었지만, 지금이라면 조금 더 폐를 끼치지 않도록 노력할 거다. 사귀게 되고 나서도 고키는 늘 일방적으로 날 이해해주는 쪽이었다. 고키의 상냥함에 너무 의지했던 것도 좋지 않았다.

그리고…… 고등학교 졸업식에서 이별 이야기 따위는 절대 하지 않을 거야.

아아, 바꾸고 싶은 과거가 끝없이 떠오른다.

만약에 정말 그럴 수만 있다면. 고키가 죽어버린 과거를 바꿀 수 있을 텐데.

말도 안 되겠지. 자조하듯 쓴웃음을 지었다.

방의 불을 끄고 이불 속으로 들어갔다. 부드러운 담요에 감싸이자, 곧바로 졸음이 엄습했다. 눈을 감자마자 순식간에 잠으로 빠져들었다.

## 1월 11일
# 별사탕 셋

깜박, 눈을 떠서 시계를 보자 아침 7시였다.

어제 실컷 자서 그런지 이상하게 일찍 눈이 떠졌다. 더 자고 싶은 마음은 없어서 몸을 일으켰다.

여전히 싸늘한 공기에 몸을 부르르 떨며 아래층으로 내려가자, 엄마가 거실에 큰 상자를 펼쳐놓고 있었다.

"어머, 무쓰키. 잘 잤니?"

"안녕히 주무셨어요. 그게 뭐야?"

"후훗, 이건 말이지……."

내가 묻자, 엄마는 기쁜 얼굴을 하고서 상자를 열어 그 안에 있던 종이를 펼쳤다. 그 안에 소중하게 보관되어 있던 건, 선명한 자수가 들어간 붉은색 기모노였다.

"후리소데\*?"

"맞아! 멋지지?"

엄마가 싱글벙글하며 기모노를 들어 무늬를 보여준다. 우리 집에 있다는 건 알고 있었지만, 실제로 보니 눈에 띄게 화려했다.

"너무 화려하지 않아? 나한테 어울릴까?"

"틀림없이 잘 어울릴 거야! 무쓰키는 항상 수수한 색만 입지만, 얼굴이 예쁘니까 이 정도로 화사한 색이 잘 받을 거야."

자신만만하게 대답하는 엄마에게 쓴웃음을 지었다. 평소 눈에 띄지 않는 무난한 색만 입는 걸 자연스럽게 비판당하고 말았다. 옛날에는 그렇지 않았지만, 대학생이 되고 나서는 특히 내가 고르는 옷은 검정이나 흰색, 회색 같은 색상뿐이었다.

"잠깐 와서 입어봐."

"됐어. 이제 막 일어난걸."

"그런 소리 하지 말고, 얼른."

이리 오라며 재촉하는 엄마의 목소리가 소녀처럼 들떠 있었다. 찬물을 끼얹는 것도 미안하다는 생각이 들어 엄마의 말에 따르기로 했다.

---

\*  젊은 여성이 주로 입는, 소매가 길고 화려한 기모노. 성인식이나 결혼식에서 특히 많이 입는다.

엄마가 들뜬 모습으로 일어나 내 어깨에 기모노를 걸쳐주었다. 그리고 정면으로 돌아와 황홀한 표정으로 중얼거렸다.
"봐, 역시 잘 어울려. 엄마가 생각한 대로야."
"그래?"
"무쓰키는 할머니를 닮아 눈이 크고 이목구비가 예쁜걸."
그렇게 말하며 엄마는 내 손을 잡았다. 그리고 가만히 보고 있다가 후후 웃는다.
"무쓰키는 얼굴 빼고는 나를 꼭 닮았지."
"엄마는 항상 그러더라."
"그야 사실인걸."
나는 쓴웃음을 지으며 어깨에 걸쳐진 옷을 조심스럽게 벗어들고 엄마에게 말했다.
"이제 됐지? 괜히 더럽힐까봐 무서운데."
"아, 그러네. 정리할게."
엄마가 내게서 기모노를 받아 조심조심 접어서 상자 속에 넣었다. 종이 가장자리에 달린 끈을 묶으면서 엄마는 감개무량한 듯 말했다.
"……여러 가지 일이 있었지, 20년 동안."
미소를 지으며 말한 그 한마디가 나에게 작은 가시처럼 다가와 박힌다. 과거를 돌아보면 거기에는 반드시 고키의 모습이 있기 때문이다.

"그렇게 작고 몸이 약했던 무쓰키가 이렇게 건강하게 성인식을 맞이하다니……. 엄만 정말 행복하단다."

"……뭐야, 새삼스럽게. 쑥스럽잖아."

"후후. 그러네, 엄마도 쑥스러워."

장난스럽게 웃으며 일어선 엄마가 주방으로 향했다.

"아침 식사 준비할게."

병 때문에 부모님을 걱정시키고 폐를 끼치던 나는 필시 불효자식이었을 것이다. 그래도 이렇게 성장한 나를 보고 엄마는 행복하다고 말해준다.

과거가 어떻든 우리에겐 미래가 있다. 괴로운 기억이 마음에 균열을 일으킨다 하더라도 부모를 멀리하는 건 잘못이라는 걸 머리로는 알고 있다. 제대로 효도하고 싶다는 마음도 있다. 그런 생각을 하고 있는데 주방에서 목소리가 들렸다.

"내일은 아빠랑 같이 회장까지 태워다 줄까 하는데, 혹시 같이 가기로 약속한 친구 있니?"

"아니, 선약 같은 거 없어. 이쪽 친구들하고는 전혀 연락 안 하는걸."

"그래."

고키 말고 내가 만나고 싶은 사람은 없다. 중학교 때도 고등학교 때도 나름대로 친구는 있었지만, 졸업하고 나서는 자주 연락을 주고받지도 않았고 자연스럽게 소원해지고 말았다.

"자, 오래 기다리셨습니다."

엄마가 내온 건 어제와 마찬가지로 토스트 세트였다. 오늘은 달걀프라이 대신 스크램블드에그가 있었다.

"잘 먹겠습니다."

"맛있게 먹으렴."

내가 식사를 시작하자 엄마는 따뜻한 차를 끓이고 나서 맞은편에 앉았다.

"오늘은? 어떻게 할 거야?"

"어?"

"외출할 예정이라든가?"

"아······. 으응."

어정쩡한 대답을 하면서 생각했다. 별사탕을 먹는 것 말고 오늘 하고 싶은 건 뭘까.

갑자기 어제의 기억이 스쳐 지나갔다. 고키와 함께 병원에서 빠져나와 대모험을 벌였던 그 길을 다시 한번 걸어보는 건 어떨까.

"이 주변이라도 산책할까?"

즉흥적으로 그렇게 말하자 엄마도 고개를 끄덕였다.

"그래. 엄마는 가스가다이에서 살 게 좀 있는데."

"아, 진짜?"

"같이 가줄 수 있니? 식료품만 사면 되니까."

"응, 알았어."

가스가다이는 내가 다니던 중학교가 있는 지역이다.

사카키자카에서 차로 약 10분.

"그럼 다 먹고 나면 준비해. 오전 중에 다녀오게."

"응."

고개를 끄덕이고 아침을 먹었다. 폭신폭신한 스크램블드에 그가 맛있었다.

가스가다이로 가려면 사카키자카의 차도를 따라 내려가다가 국도가 나오면 왼쪽으로 꺾어야 한다. 큰 다리를 건너면 바로 가스가다이가 나온다.

나는 거의 버스로 통학했지만, 이따금 고키와 이 길을 따라 집까지 걸어갈 때도 있었다. 나란히 돌아오는 길에 이 다리에서 보는 풍경은 탁 트인 느낌에 석양이 무척 아름다웠다.

"와, 너무 예쁘다."

"정말."

"저쪽에 아파트가 있으니까, 4번지 근처일까?"

"그럴걸. 그 앞에 있는 산이 초등학교 쪽일 거야."

"엄청 멀어보이네……. 으앗."

"왜 그래?"

"지금 엄청 흔들리지 않았어?"

"응. 큰 트럭이 지나가서 그런가. 이 다리, 많이 흔들리네."

"발밑이 흔들거려. 좀 무서운데."
"괜찮아. 이거 봐, 이렇게 손을 잡고 있잖아."

쓴웃음을 지으며 고키가 내민 손을 망설임 없이 잡을 수 있었던 그 시절이 그립다.

엄마가 운전하는 차는 막힘없이 나아가 목적지인 쇼핑센터에 도착했다. 옛날에는 정육점이나 서점 등 작은 상점이 몇 군데 모여 있는 장소였는데, 지금은 깨끗하게 재건축되어 가게들도 많이 늘었다.

차에서 내려 슈퍼로 가는 길에 엄마가 "어머?" 하고 놀란 목소리로 말했다.

"저쪽에서 우릴 보는 거 같은데, 친구니?"
"응?"

엄마가 말한 쪽을 보니 확실히 낯익은 사람이 이쪽을 보고 있었다. 기억 속에서는 검은 머리지만 지금은 꽤 눈에 띄는 금발을 한 여자였다.

"아……."

예전에 같은 반이었던 이와시타 루미다. 누군지 알아차린 순간, 불쾌한 감정이 가슴속을 지배했다. 그쪽도 내가 눈치챈 걸 알아챘는지, 눈을 살짝 가늘게 떴다.

이와시타 루미와 결정적으로 관계가 나빠진 건, 과거의 어떤 사건 때문이었다. 벌써 몇 년이나 지났는데도 그녀에 대한 감정은 여전히 해결되지 않은 채였다.

"아는 애야? 인사 안 해도 돼?"

엄마의 목소리에 정신을 차렸다.

"아니, 괜찮아."

그렇게만 대답하고 시선을 돌렸다. 딱히 이상하다고 생각하지 않았는지 엄마는 "그래?" 하면서 걷기 시작했고, 나도 그 뒤를 따랐다.

이와시타 루미. 중학교 1, 2학년 때 고키와 같은 반이었는데, 학급의 중심에 있는 타입의 아이였다.

활발하고 자기주장이 분명하며, 누구에게도 기죽지 않고 당당했다. 나로서는 믿을 수 없는 일이지만, 자신이 납득할 수 없을 때는 선생님에게 대드는 일도 있었다.

하지만 누구에게도 휘둘리지 않고 정면으로 부딪치며 관계를 진전시키던 그녀는 남녀 불문하고 인기가 있었던 것 같다.

나와는 완전히 정반대인 그녀가 고키를 좋아한다는 것도, 나를 어떻게 생각하는지도 알고 있었다. 하지만 나는 아무것도 모르는 척 도망치고 있었다.

그러자…… 그녀는 당당하게 나를 공격해 왔다. 쓰라린 기억에 가슴이 욱신거렸다.

쇼핑을 마치고, 올 때와 같은 길을 통해 사카키자카로 돌아갔다. 눈 깜짝할 사이에 집에 도착하자, 엄마는 곧바로 점심을 준비하겠다고 했다.

그다지 배가 고프지 않아서 간단히 먹어도 된다고 대답했다. 거실에서 하는 일 없이 멍하니 있다 보니 어느새 식사 준비가 되어 있었다.

두 손을 모아 인사하고 젓가락을 들었다. 점심은 따끈따끈한 김을 내는 쓰키미우동*이다. 육수는 도쿄 쪽보다 훨씬 색이 옅다. 엄마는 도쿄에서 자랐지만, 여기로 이사 오고 나서는 간사이**풍 육수가 마음에 든 모양이다. 그래서 나도 이 맛이 더 친숙하고 좋다.

"아, 맛있다. 몸이 따끈따끈해져."

"많이 남았으니까 더 먹어."

입에서 목으로, 목에서 위로, 뜨거운 육수가 스며든다.

오후에는 예정대로 산책에 나서기로 했다. 방으로 돌아와 겉옷을 걸치고, 바깥 추위에 견디기 위해 이어머프도 했다. 계단을 내려가 현관에서 신발을 신고 있는데 엄마가 다가왔다.

"산책 가니? 조심해서 다녀와."

"응. 다녀오겠습니다."

손을 흔들고 문을 열었다. 차가운 겨울바람이 내 뺨을 찔

---

\*　달걀이 들어간 우동.
\*\*　오사카, 교토 등이 위치한 일본의 서쪽 지역. 도쿄는 동쪽에 있다.

렸다.

집을 나선 뒤 먼저 언덕 아래 있는 병원으로 향했다. 어제 본 기억의 여운이 남아 있는 동안 다시 한번 확인하고 싶었다. 고키와 걸었던 길을, 그리고 그 '비밀 기지'로 가는 길을.

오늘도 흐린 하늘이지만 어제보다는 아직 밝다. 때때로 빛이 비쳐서 그런 걸까. 이따금 세차게 불어오는 바람에 몸이 움츠러들었다.

이어머프를 하고 와서 다행이었다. 가스가다이에서 이 추위를 의식하지 못했던 건, 자동차나 가게 안에만 있었기 때문인지도 모른다.

병원 앞에 서자 이상한 느낌이 들었다. 오랫동안 입원해 있었고, 그 후에도 여러 번 다녔던, 내가 잘 알고 있는 곳. 그곳이 너무나도 작아 보여서였다.

기억 속에서는 병원 문도 더 크고 주차장도 넓었는데……, 원래 이렇게 아담했나?

"……여기가, 시작인가."

병원을 등지고 서서 언덕길을 올려다보았다. 차도 양옆으로 늘어선 가로수는 사카키 나무*였다.

이 지역 이름에서 따온 상징물이란 걸, 알게 된 게 언제였

---

\*　우리나라에서는 '비쭈기나무'라고 하는 상록활엽수다.

더라.

눈 깜짝할 새 언덕을 끝까지 오르자 중앙공원 입구가 나타났다. 붉은 조형물도 내가 기억하는 그대로 그곳에 있었다.

그때 우리가 공원으로 지나간 건 옳은 판단이었다. 차도로 걸어갔으면 훨씬 눈에 띄었을 테고, 더 일찍 누군가에게 들켰을지도 모른다.

공원에 들어서자마자 등나무 덩굴이 있는 곳에 도착했다.

"역시."

무심코 중얼거린 건, 두더지 놀이기구가 있던 자리가 모래밭으로 바뀌어 있었기 때문이다. 철거된 건 알고 있었지만, 기억 속의 공원과 달라진 건 역시 조금 쓸쓸하다.

마음을 다잡고 다시 걷기 시작해 통나무집이 있는 커다란 미끄럼틀 옆 인도로 나왔다. 여기는 별 변화가 없다. '미끄럼틀 길이가 이렇게 짧았구나. 놀이기구가 훨씬 작아 보인다' 하는 정도다.

미끄럼틀에서 왼쪽으로 꺾어 운동장 쪽으로 올라갔다. 변함없이 축구 골대 하나만 덩그러니 있는 광장에는 아무도 없었다.

마을회관은 거들떠보지 않고 테니스장과 농구 코트 옆을 빠져나가 지하도로 나아갔다.

최대한 빠른 걸음으로 어두컴컴한 지하도를 빠져나와, 불빛이 비치는 계단을 오르자 초등학교로 이어지는 인도가 나왔다.

이제 쭉 가기만 하면 된다. 완만하게 경사진 인도를 따라 초등학교 반대 방향에 있는 공원으로 향했다. 여기까지는 옛날 기억만 가지고도 충분했다.

흘끗, 스마트폰으로 시간을 확인하자 약 20분도 걸리지 않았다. 어린 시절에 비해 10분 이상 빨리 도착한 셈이다. 눈에 보이는 것들이 모두 작아 보이는 것도 이해가 간다. 그때와는 다른 거야, 모든 것이.

기억보다 훨씬 작은 공원을 둘러보며 꿈에서 본 것처럼 화단이 끊어진 장소를 찾았다. '저긴가?' 주의 깊게 살피다 누군가 지나간 흔적이 있는 곳을 발견했다.

"여기다……."

기억과 똑같은 장소를 찾았다는 기쁨과 말로 표현할 수 없는 그리움이 밀려들었다.

여기를 넘어서 흙벽을 올라가면 고키의 '비밀 기지'가 있을 것이다.

발걸음을 떼어놓으려던 순간.

"잠깐, 아가씨! 어디 가는 거야!"

"……!"

갑자기 외치는 소리에 깜짝 놀라 휙 돌아보았다. 강아지를 데리고 산책하던 아저씨가 나를 보고 수상쩍다는 표정을 지었다.

"그쪽에는 산밖에 없어! 위험하니까 마음대로 들어가면 안 돼!"

"아, 네. 죄송합니다."

기세등등한 노성에 못 이겨 순순히 사과했다. 그러자 아저씨는 용서해주겠다는 태도로 고개를 주억거렸다.

"조심해야 해. 요전에도 산에 들어가려던 애들이 있었거든. 한마디 했더니 도망치더군."

"아이들이요?"

"그래. 자기들끼리 속닥거리더라고. 아마 산에서 놀려는 거였겠지."

기가 찬다는 듯 말하는 아저씨는 불쾌하다는 기색이 역력해서 조금 무서웠다.

나는 산을 돌아보며 고키를 따라 올랐던 절벽을 응시했다. 확실치는 않지만, 길처럼 보이는 곳이 있었다. 누군가가 몇 번이나 발로 밟아다져서 생긴 듯한 느낌이었다.

어쩌면 그 아이들은 어떤 계기로 고키의 '비밀 기지'를 발견하게 된 건 아닐까.

산으로 둘러싸인 사카키자카는 번화가와 달리 자연이 풍부하다. 공원도 여러 곳 있고, 여기저기 공터도 많이 남아 있다.

이런 산은 아이들에게 안성맞춤인 놀이터다.

어쩌면 고키의 '비밀 기지'는 그 시절의 모습이 남아 있지 않을지도 모른다. 조금 쓸쓸하지만, 다른 아이들이 또 반짝반짝한 눈을 하고 새로운 비밀 기지를 만들고 있다면, 그것도 무척 근사한 일이라는 생각이 들었다.

다시 한번 산 쪽으로 시선을 보내자, 아까 그 아저씨가 여전히 수상쩍다는 표정으로 나를 쳐다보고 있었다. 또 호통을 치면 견딜 수 없을 것 같아 황급히 발길을 돌렸다.

어제의 꿈에서처럼 짓밟힌 화단도 흙벽도 정말 존재했다. 그 끝에는 분명히, 그 '비밀 기지'도 있을 것이다. 다음 기회엔 꼭 가봐야지.

집에 돌아오는 길에도 지하도를 지났다. 그러고 보니 고키는 여기 벽화 작업에도 참여했었지. 우리랑 나이 차이가 많이 나는 선배가 그렸던 그림이 노후화로 벗겨져서 새로 그리게 되었다고 했어. 큰 주제는 학교에서 다 같이 정하고, 각자 좋아하는 그림을 그렸다고 했다. 물론 나는 그 자리에 없었지만, 고키가 작업에 대해 많이 이야기해주었기 때문에 나도 함께 참가한 듯한 기분이었다.

지하도 벽에 그려진 그림을 다시 바라보았다. 다양한 생물이 있는 망망대해, 태양과 달이 혼재하고 있는 넓디넓은 하늘. 섬도 있고, 산도 있고, 숲도 있고, 거리도 있다.

이 중에서 고키가 그린 건······.

"혹시 이건가?"

밤하늘에 별사탕처럼 컬러풀한 별들이 흩어져 있다. 맞아, 고키는 별을 그렸다고 했어.

이유를 물었더니, "그야 무쓰키가 별을 좋아하잖아?" 하면서 웃어주어서······.

지하도를 빠져나와 하늘을 올려다보았다. 눈물이 나려는 걸 눈에 힘을 주어 꾹 참으며 한숨을 내쉬었다.

이 마을을 걷다 보면 여기저기에서 고키의 모습이 떠오른다. 내 추억에는 언제나 어디서나 고키가 있었다. 그 애가 계속 내 중심에 있어주었기 때문에 지금의 내가 있다.

천천히 산책을 즐기고 해가 지기 전에 집으로 돌아갔다.

방으로 돌아오자마자 침대 밑 서랍을 열고, 이제 하루의 일과가 되다시피 한 별사탕의 시간을 맞이하기로 했다.

"고키, 오늘은 가스가다이에 갔었어."

작은 병을 향해 살며시 중얼거렸다. 그러자 동시에 이와시타 루미가 떠올랐다. 씁쓸한 기억이 되살아나는 바람에 세차게 고개를 흔들었다.

지금은 고키와 한 '약속'만 생각하자. 오늘은 어떤 꿈을 꾸게 될까. 그곳에 '약속'의 힌트는 있을까? 나는 조금은 더 고키의 생각에 가까워지고 있는 걸까?

 기억 속의 고키를 만날 수 있다는 기쁨과 그 애의 마음에 응하고 있는 걸까 하는 불안감이 교차했다. 그래도 별사탕을 하나, 손바닥에 올려놓는다.

 손가락으로 집어 입으로 던져 넣고 침대에 몸을 맡겼다. 달콤한 맛이 퍼지는 것과 동시에, 언제나처럼 아찔한 감각을 느끼며 나는 꿈속으로 빠져들었다.

*

 눈을 뜨자 나는 딱딱한 의자에 앉아 있었다.

 눈앞에 보이는 뒤통수들. 교탁 앞에서는 낯익은 얼굴의 교사가 이야기하고 있었다.

 저 선생님이 담임이라면…… 중학교 2학년 때인가?

 칠판 오른쪽 끝에 적힌 날짜는 4월 25일. 당번은 나카무라와 노다 두 사람이다.

 너무도 쉽게 기억이 되살아났다.

 "그럼 오늘은 여기까지. 그럼 반장, 인사하고 끝내자."

 "네. 기립!"

 덜컹. 일제히 의자를 끄는 소리가 울려서 나도 급히 일어섰다. 한 박자 늦어버렸어.

"경례!"

"감사합니다."

마지막 인사를 마치자, 다들 분주히 움직이기 시작했다. 동아리에 가는 아이, 교실에 남아 친구들과 수다를 떠는 아이, 반장 회의에 가는 아이. 그런 친구들 틈바구니에서 그때의 나라면 무엇을 하고 있었을지 필사적으로 머리를 굴렸다.

초등학교 6학년 때 받은 수술이 성공하며, 거의 완치되다시피 한 나는, 정상적으로 중학교에 다닐 수 있게 되었다.

어릴수록 병의 진행이 빨라 초등학생 시절에는 곧잘 위험한 상태가 되곤 했지만, 수술로 호전되고 나서는 회복 속도도 빨랐다고 들었다. 그래도 정기적으로 병원은 다녀야 하지만, 다른 아이들과 마찬가지로 학교생활을 즐길 수 있었다.

중1 때는 고키와 같은 반이었지만, 중2 때는 다른 반이 되었다. 모르는 애들밖에 없어서 많이 불안했지만, 얼마 지나지 않아 친한 여자애들도 몇 명 생겼다.

음, 이름이 아마…….

"무쓰키."

앳되고 사랑스러운 목소리가 들려 돌아보자, 교복 차림의 고키가 서 있었다.

어제의 조그만 아이가 아니었다. 키도 크고 이목구비도 좀 달라진 느낌이 든다. 그 애가 눈부신 미소를 지으며 내 책상으로 걸어왔다. 그 미소에 가슴이 두근거렸다. 고키도 참, 늘 이렇게 다정한 눈빛을 하고 날 데리러 와주었던가. 그 사실을 깨닫자, 새삼스럽게 심장이 두근두근 소란스러워졌다.

"집에 가자. 오늘은 버스지?"

"아, 그게……."

어떻게 하지? 중학교 때는 기본적으로 버스로 통학했지만, 가끔 고키와 걸어서 집에 가기도 했었다.

"오늘은…… 걸어가지 않을래?"

이왕이면 천천히 고키와의 시간을 즐기고 싶었다.

"하지만 무쓰키, 오늘 체육 수업 있었잖아. 피곤하지 않아?"

"괜찮아."

평소처럼 대답하고 나서 흠칫했다. 저번에 괜찮다고 우기다 쓰러진 안 좋은 기억이 떠올랐기 때문이다.

괜찮은 거 맞나? 정말?

자신에게 물어봐도 분명하게 답이 나오지 않았다. 내가 망설이자 고키는 내 가방을 손에 들고 웃었다.

"무리하지 말고 그냥 버스 타자."

"하지만……."

내가 미련을 버리지 못하자, 그 애는 특별한 제안을 해왔다.

"그 대신 중앙공원의 등나무 덩굴에 들르는 건 어때? 슬슬 만개할 때잖아."

"그래!"

힘껏 고개를 끄덕이자, 고키는 웃으며 "소리가 너무 커" 하고 나를 살짝 콕 찔렀다.

고키를 따라 교실을 나와 복도를 걸었다. 이때 우리 사이는 아마……

"하야세! 잠깐만!"

생각에 잠겨 있는데, 뒤에서 고키를 부르는 소리가 났다. 돌아보자 고키의 담임 선생님이 달려오고 있었다.

"왜요?"

"미안한데 너 미화부원이었지? 부탁 하나 해도 될까?"

"뭔데요?"

"준비실 정리와 기구 준비. 내일 써야 하니까 좀 도와줘. 부탁한다."

"알겠습니다."

"진짜지? 역시 하야세야. 덕분에 살았어! 그럼 먼저 가서 문 열어둘 테니까 부탁할게."

"네, 청소 도구 준비해서 갈게요."

선생님의 부탁을 흔쾌히 수락한 고키는 나를 향해 돌아서서 두 손을 모았다.

"무쓰키, 미안. 선생님 좀 도와드리고 올 테니까, 조금만 기다려주지 않을래?"

아아, 고키는 이런 애였지. 다시금 실감했다.

다른 사람의 부탁을 마다하지 않고, 누구에게나 친절했다. 자신이 짐을 지는 걸 꺼리지 않는다. 흔들림 없이 다정했던, 너무도 그리웠던 고키의 모습을 보자 나도 그 애의 힘이 되고 싶다는 생각이 들었다.

"나도 도와줄게."

하지만 고키의 표정은 살짝 험해졌다.

"안 돼. 준비실은 먼지가 많으니까. 무쓰키는 마스크도 없잖아. 그러다 몸이 안 좋아질 수도 있어."

내 몸을 걱정해서 하는 반대다. 이렇게 되면 나에게 반론의 여지는 없다.

"……알았어."

마지못해 고개를 끄덕이자 고키는 다시 자상한 표정이 되었다.

"기다리게 만들어서 미안. 최대한 빨리 끝내도록 할게."

"응, 파이팅."

"고마워. 그럼 갔다 올게."

"잘 다녀와."

작게 손을 흔들며 그 뒷모습을 배웅했다. 고키의 가방과 내 가방을 양손에 들자, 생각보다 꽤 무거워서 놀랐다.

"중학교 때 가방이 이렇게 무거웠던가……?"

교과서랑 공책, 어쩌면 사전도 들어있을지 모른다. 상당한 무게다. 2인분이라 더 그런가.

빨리 교실로 돌아가서 짐을 놓아야겠다. 오랜만에 교과서도 한번 펴볼까. 그렇게 생각하며 서두르던 중, 아는 얼굴의 여자아이가 갑자기 내 앞을 막아섰다.

"기타노 무쓰키, 잠깐 시간 돼?"

"어……?"

팔짱을 낀 채 적의를 드러내고 있는 그녀, 이와시타 루미를 보는 순간 나도 모르게 주눅이 들었다. 물론 머리는 선명한 금발…… 이 아니라 검은색이었지만.

"따라와. 할 말이 있으니까."

"……"

이 상황은 똑똑히 기억한다. 씁쓸한 기억에 얼굴이 일그러졌다.

거짓말이지? 왜 하필 이 날이야……?

고키와 함께 즐겁게 집에 돌아갈 예정이었는데, 그녀와 대결 모드로 바뀌다니 너무 우울했다. 이 자리를 모면할 방법이 없을까 궁리했지만…… 좋은 생각이 떠오르지 않았다. 망설이고 있는데, 앞서가던 그녀가 돌아보며 소리쳤다.

"빨리 좀 와! 너 진짜 느려터졌다."

"……"

이와시타 루미의 막말에 혐오감이 더욱 커졌다.

그녀의 이런 점이 싫었다. 모든 사람이 자기처럼 시원시원하고 활발하고 요령 있게 뭐든 척척 해낼 수 있는 건 아닌데.

그 한마디에 내가 얼마나 상처를 받는지는 아랑곳하지도 않는다. 기가 세고 자신감이 넘치고, 누구에게든 무슨 일이든 하고 싶은 말을 마음대로 할 수 있는 사람. 나와는 정반대다. 나를 싫어하면 그냥 내버려두면 좋을 텐데. 몇 번이나 그렇게 생각했는지 모른다.

이와시타 루미에게 끌려간 곳은 체육관 2층으로 이어지는 계단의 층계참이었다. 동아리 활동에 열중하는 학생들의 목소리가 여기저기서 들려왔다. 조용하다고는 말하기 어렵지만, 아무도 지나갈 것 같지 않은 장소라 그녀가 선택했을 것이다.

아아…… 싫다. 불편한 마음이 더더욱 커졌다.

그녀에게 무슨 말을 들었는지 세세하게는 기억나지 않는다. 하지만 심한 막말을 듣고도 아무런 반격도 하지 못했던 나는, 분노와 억울함을 주체하지 못하고 고키에게 화풀이했던 기억이 난다.

나를 정면으로 마주한 이와시타 루미는 찰랑거리는 단발머리를 흔들며 말했다.

"너 말이야, 고키와 사귀는 거 아니지?"

단도직입적인 질문에 나는 "……응" 하고 작게 고개를 끄덕였다.

고키와 내가 사귀기로 한 건 중학교 2학년 사카키자카 여름 축제 때였다. 부모님 모두 집에 안 계셔서 처음으로 고키와 단둘이 가기로 했다.

고키와 특별한 추억을 만들고 싶어서, 할머니한테 유카타 입는 법을 배우고 열심히 연습했었다. 어설프지만 혼자서 유카타를 차려입은 나를 보고, 고키는 예쁘다고 말해주었다.

축제 장소가 중앙공원 운동장이다 보니 규모는 작은 편이었다. 그래도 나는 지역 주민들이 직접 운영하는 그 축제가 좋았다. 똑같은 일상 속에서 축제라는 특별한 순간이 생길 때마다 두근두근 설렜기 때문이다.

……그날, 고키가 날 좋아한다고 말해주었고, 나도 그 고백을 받아들이며 서로의 마음이 통했다.

소중한 추억이다.

그러니까 그 직전에 해당하는 중2의 이 시기, 우리는 매우 미묘한 관계였다. 그런 상황에서 나는 이와시타 루미의 습격을 받은 것이었다.

"답답하게 구는 건 딱 질색이니까 분명히 말해두겠는데, 너 완전 민폐야."

"……."

"너도 알고 있겠지만, 난 1학년 때부터 고키를 좋아했어. 사귀고 싶다는 의미로 말이야. 그러니까 방해하지 않았으면 좋겠어."

"……방해, 라니."

무심코 중얼거린 말에, 이와시타 루미의 눈이 더욱 날카로워졌다.

"방해 맞잖아. 매일매일 고키 뒤에 숨어가지고. 몸이 얼마나 약한지는 모르겠지만, 그런 이유로 고키를 구속하는 건 그만두지 그래? 이제 고키 좀 놔줘."

"으……."

욱신, 가슴이 아파왔다. 이와시타 루미 때문이 아니다. 내 안에 작은 의심이 싹텄기 때문이다.

혹시 나, 고키에게 짐이 되고 있었어?

듣고 보면 확실히 그 애는 늘 내 몸 상태를 걱정하고 있었다. 아까만 해도 그렇다. 체육 수업 때문에 체력이 떨어졌을 테니까 버스로 돌아가자고 했고, 준비실의 먼지를 이유로 청소를 돕겠다는 제안도 거절했다. 달리기를 하다가 조금만 숨이 차도 심각하게 걱정했고, 내 몸의 변화도 누구보다 빨리 알아차렸다. 친구들이 과보호라고 수군거릴 정도로 그 애는 늘 나를 챙겼다.

어제의 기억으로 인해, 그 이유는 알았다.

고키는 자신이 병원에서 데리고 나온 날에 내가 쓰러졌던 일을 계속 신경 쓰고 있었다. 두 번 다시 같은 일이 되풀이되지 않도록, 내가 항상 웃을 수 있도록, 밝고 즐겁게 지낼 수 있도록, 나를 소중히 아껴주고 있었다. ……이토록 오랫동안.

"그런 얼굴을 하는 것도 치사해."

"그게 무슨……."

"상처받았다는 얼굴. 엄청 티 내고 있잖아. 혼자 착한 척은 다 하면서."

"……."

그럴 생각은 없었다. 하지만 짚이는 구석은 있다.

이 무렵 나는 그녀에 대한 울분을 고키에게 터뜨리곤 했다. 이렇게 이와시타 루미한테 공격당하는 건 내 잘못이 아니라고 생각했으니까.

고키가 분명한 태도를 보이지 않아서 그렇잖아, 딱 잘라서 거절하지 않으니까 그렇잖아, 하면서.

그것도 대놓고 확실하게 말하는 게 아니라, 기분이 나쁘다는 걸 고키에게 태도로 드러낼 뿐이었다. 말로 하지 않으면 아무것도 알 수 없는데. 입을 꾹 다물고 언짢은 기색만 보이던 내 모습이 떠올랐다.

"1학년 때부터 생각했는데, 넌 자기 의사가 없어? 언제까지 고키에게 지켜달라고 할 건데? 맨날 움찔움찔하기나 하고……. 널 보고 있으면 화가 나. 고키도 너 때문에 엄청 피해 보고 있을걸?"

이와시타 루미는 과거의 나의 약한 부분을 정확히 찌르고 있었다.

과거의 나는 아무런 반박도 할 수 없었다. 정곡을 찔렀기 때문이었다. 그래서 싸우는 걸 포기하고, 전부 남의 탓으로 돌리고, 그저 도망쳤다.

하지만 지금은 아니야. 고키가 죽어버린 지금, 수없이 반복했던 그 후회를 되풀이하고 싶지 않아.

"고키는…… 나 때문에 불편하다면 나한테 직접 말할 거야."

내가 그렇게 말하자, 눈앞의 이와시타 루미는 "뭐?" 하며 눈썹을 치켜세웠다.

"그 애는 거짓말 같은 건 안 하니까. 물론 의무감도 있을지 몰라. 그래도 그 이유만으로 내 옆에 있는 건 아니라고 믿어."

"뭐야, 갑자기 말 잘하네."

놀란 얼굴을 한 그녀의 눈을 똑바로 쳐다보았다.

나라고 고키의 성격이나 생각을 전부 다 아는 건 아니야. 그래도 난 10년 가까이 고키 옆에 있으면서 고키만을 바라봐 왔다.

"미안하지만 이와시타 네 말대로는 못 하겠어. 고키에서 떨어지라니 절대 못 해. 왜냐하면……"

과거의 나는 그녀의 요구를 받아들이지도 받아치지도 못한 채 그저 울기만 했다.

하지만 이때의 고키와 함께했던 시간이 얼마나 행복했는지 절절히 깨달은 지금은, 이런 말에 가만히 있을 수 없었다.

이제 고개 숙이지 않을 거야. 하나도 무섭지 않아. 왜냐하면.

"나도 고키를 좋아하니까. 나에게는 고키뿐인걸. 처음 만났을 때부터 지금까지 쭉."

이것만은 절대 양보할 수 없다. 누구한테 무슨 말을 들어도, 결코 바꿀 수 없어.

말없이 듣고 있던 이와시타 루미는 가만히 내 얼굴을 응시했다. 또 무슨 말을 하려나 긴장한 채 기다리고 있는데, 그녀는 "뭐야" 하고 맥빠진 목소리를 냈다.

"너도 자기 의견을 분명히 말할 줄 아는 애구나."

"어?"

"어차피 훌쩍훌쩍 울기나 하겠지 싶었는데……. 내가 오해했나봐."

"으음……" 하고 머리를 긁적이는 이와시타 루미. 그녀를 둘러싼 공기가 갑작스럽게 달라진 걸 느끼고 당황할 수밖에 없었다. 아무 말도 하지 못하고 있는 나를 콕 찌르며, 이와시타 루미가 말했다.

"지금 그거, 선전포고로 받아들일게."

"뭐?"

"이제부터 우리는 라이벌이야. 뭐, 내가 좀 불리한 것 같긴 하지만……. 나는 나대로 열심히 할 테니까, 너도 열심히 해."

그렇게 말하고 그녀는 발길을 돌렸다.

……잠깐만, 이게 무슨 상황이야?

갑작스러운 라이벌 선언의 의미도 모르겠다. 나는 혼란스러운 나머지 무심코 그녀의 손을 잡아당겼다.

"우왓, 뭐야. 깜짝 놀랐잖아."

"아, 미안."

생각보다 힘이 셌는지, 이와시타 루미는 넘어질 뻔했다. 그래도 화난 기색은 없다. 조금 전까지의 그녀와 너무 다른 분위기에 여전히 혼란스러워 일단 질문을 던졌다.

"저기…… 라이벌이라니, 그게 무슨 말이야?"

"라이벌이 라이벌이지. 상대를 원망하지 않는 진짜 싸움. 둘 중 누가 고키의 여자친구가 될지, 정정당당하게 승부하자고."

알기 쉽게 파이팅 포즈를 취하는 이와시타 루미. 시원시원한 태도였다.

나를 싫어하는 거 아니었나? 갑자기 왜 저러지?

의문은 풀리지 않았지만, 그녀는 "으쌰!" 하면서 기합을 넣고는 천연덕스러운 얼굴로 말했다.

"그럼 당장 고백하러 가야지."

"뭐엇?!"

나도 모르게 소리를 지르고 말았다. 하지만 이와시타 루미는 개의치 않는다는 듯이 말을 이었다.

"네가 여기 있는 걸 보면 고키는 혼자 있을 거 아냐. 지금이 기회야."

"하, 하지만 그렇게 갑자기……?"

"나로서는 많이 기다린 셈인데. 짝사랑을 1년이나 끄는 건 내 성미에 안 맞아."

그렇게 말하고 가벼운 발걸음으로 계단을 뛰어내려갔다.

"그럼 먼저 갈게."

팔랑팔랑 손을 흔들며 떠나가는 그녀를, 나는 멍하니 지켜보았다. 그 모습이 보이지 않게 된 순간 나는 털썩 그 자리에 주저앉고 말았다.

"……저런 애였구나……."

기세등등하고, 직설적이고, 거침없이 말하면서도, 비겁하지도 않고, 남을 속이지도 않는다.

이와시타 루미를 향한 부정적 감정이 스르륵 녹아내렸다. 하고 싶은 말을 했더니 기분도 상쾌했다.

"……어라?"

이거, 기억의 재현이었지? 그런데 이렇게 되면 열아홉 살의 내 뜻대로 과거가 바뀐 거 아닌가?

뭐가 뭔지 모르겠다.

"일단 교실로 돌아가자······."

고키가 기다리라고 했으니 얌전히 기다려야지. 하지만 정말 이와시타 루미가 고백한다면, 그 애는 뭐라고 대답했을까.

미묘한 마음이 되어 나는 교실로 향했다.

"무쓰키, 늦어서 미안."

몇십 분 후 교실로 달려온 고키는 약간 땀을 흘리고 있었다. 나는 가방에서 손수건을 꺼내 그 애에게 내밀었다.

"아냐, 괜찮아. 고생했어."

"고마워. 그럼 갈까?"

"응."

내 손수건으로 땀을 닦은 고키가 후우, 숨을 내쉬었다. 이렇게 서둘렀구나 생각하자 사랑스럽다는 감정이 더욱 커졌다.

"청소 많이 힘들었어?"

"청소는 괜찮은데 정리하는 게 좀. 오래된 프린트 뭉치 같은 게 대량으로 쌓여 있고 그래서."

"그래?"

"엄청 먼지투성이였어. 무쓰키가 안 와서 다행이더라."

"그렇구나······."

문득 이와시타 루미의 일이 머리를 스쳤다.

내가 없었기 때문에 고백을 받을 수 있어서? 그래서 안 오길 잘했다…… 라는 뜻은 아니겠지?

이런, 너무 비굴한 생각이다. 머릿속에 떠오른 생각을 황급히 부정했다. 고키는 절대 그런 생각을 할 애가 아니야.

우리가 다니는 가스가다이 중학교가 있는 마을은 중심부에 큰 국도가 지나간다. 당연히 사카키자카보다 훨씬 번화하고 편의점도 있다.

사카키자카 출신 아이들의 통학 수단은 도보나 버스다. 도보로 40분 정도 거리긴 하지만, 버스가 자주 다니지 않아서 그런지 도보로 통학하는 아이들이 더 많았다.

중학교 후문을 나와 좁고 긴 계단을 내려갔다. 버스 정류장으로 가려면 정문보다 이쪽이 더 가깝다.

"무쓰키, 난간 잡으면서 가."

"괜찮아."

"안 돼. 발을 헛디디면 위험하잖아."

"……넵."

꼭 아빠 같아, 생각하면서 고키를 따랐다.

서늘한 난간을 의지하며 계단을 내려갔다. 확실히 후문 계단은 가파르다. 남자애들은 아무렇지 않게 뛰어 내려가지만 나한테는 도저히 무리다.

계단을 내려와 등 뒤로 태양의 열기를 느끼면서 주택가를 빠져나갔다. 그림자가 꽤 길어져 있다. 시간을 보니 벌써 5시가 다 되어 있었다.

"등나무 덩굴까지 갈 수 있을까?"

"으음, 글쎄. 해지기 전까지는 집에 가야 하는데."

"뭐어?"

불만스럽게 목소리를 높이자 고키는 쓴웃음을 짓는다.

"하는 수 없지. 내일 보러 가자."

"내일……?"

지금의 나에게 '중학교 2학년, 4월 26일'이라는 내일은 오지 않을 것이다. 어제도, 그전에도 순식간에 현실로 돌아와 버렸으니까.

이렇게 고키 옆에 있을 수 있는 건 꿈처럼 덧없는 시간이다. 쉽게 포기할 수 없어서 나는 끈질기게 매달렸다.

"등나무꽃이 활짝 피는 게 오늘일 수도 있잖아? 잠깐만 보고 가자, 응?"

"으음."

"제발! 잠깐이면 돼."

"왜 그래, 오늘따라 엄청 끈질기네. 내일이면 안 되는 거야?"

"내일은 안 돼. 꼭 오늘이어야 해!"

크게 외친 내 목소리에 나도 깜짝 놀랐다. 고키도 마찬가지였는지 눈을 동그랗게 뜨고 걸음을 멈추었다. 정신이 들자 갑자기 부끄러워졌다.

이래서야 고집불통 어린애 같잖아. 이렇게 필사적으로 굴다니, 얼마나 바보 같을까. 역시 됐어, 그렇게 말하려던 찰나, 고키가 먼저 웃으며 물러났다.

"알았어. 그럼 가자. 등나무 덩굴."

"앗……."

진짜 괜찮아? 그런 마음이 얼굴에 드러난 게 틀림없다. 작게 웃음을 터뜨린 고키가 "하지만." 하고 덧붙였다.

"잠깐만 보고 가는 거다? 해가 지기 전까지."

"응……!"

기뻤다. 고키와 조금 더 오래 있을 수 있다고 생각하니 마음이 들떴다.

버스를 타고 15분도 안 되어 사카키자카에 도착했다. 늘 가던 버스 정류장에서 내려 언덕길을 조금 오르면 공원 입구다. 거기서 짧은 계단을 올라가면 바로 등나무 덩굴이 보인다.

"와아, 예쁘다."

"그러게."

나는 넋을 잃고 등나무 덩굴 아래로 들어갔다. 연보라색 그러데이션이 머리 위로 펼쳐졌다.

어렸을 때는 송이송이 늘어진 꽃이 포도처럼 보여서 맛있을 것 같다고 생각했는데, 지금 이렇게 고키와 함께 보는 등나무꽃은 훨씬 더 아름다웠다.

"앉을까?"

"응."

등나무 덩굴 밑에 있는 정사각형의 큰 벤치에 나란히 앉았다. 기울어진 태양의 빛깔과 등나무꽃의 색이 대조적이면서도 아름다워서 액자에 넣어 장식해 두고 싶을 정도였다.

"오길 잘했네. 꽃이 활짝 피었어."

"응, 정말 예쁘다. 고키랑 같이 볼 수 있어서 다행이야……."

사카키자카에 이렇게 멋진 장소가 있다는 것도 잊고 있었다. 등나무꽃, 석양, 그늘을 만드는 나무들, 모래밭의 두더지, 작은 그네, 그리고 내 옆에 있는 고키.

눈에 비치는 모든 것을, 냄새까지도 전부, 두 번 다시 잊지 않도록 필사적으로 가슴에 새겼다.

"왜 그래? 엄청 진지한 얼굴인데."

"어? 응……. 그냥."

"무쓰키 오늘 좀 이상해."

고키는 웃으면서 말했지만, 나는 가슴이 철렁 내려앉았다.

지금의 나는 중학교 2학년인 내가 아니야. 앞으로 너한테 수많은 행복을 받을 걸 알고 있어. 그리고 그걸 전부 내 거짓말 때문에 잃어버리게 될 거라는 것도…….

내가 가만히 고키를 바라보고 있어서 그런지, 그 애도 나에게서 눈을 떼지 않았다.

태양이 윤곽을 비추어 오렌지색으로 물들인 얼굴도, 짧게 정돈된 검은 머리도, 조금 갑갑해 보이기도 하는 옷깃 사이로 들여다보이는 목덜미도. 고키를 이루고 있는 모든 것이 기적 같아서 울고 싶어졌다.

"……무쓰키?"

눈동자가 젖어드는 걸 알아챘는지 그 애의 눈썹이 미세하게 일그러졌다. 나는 코를 훌쩍이며 웃어 보였다.

"……하하, 아무것도 아니야. 괜찮아."

"무쓰키의 '괜찮아'는 '괜찮아'가 아니잖아."

"안 믿네."

농담 섞인 대화가 편안했다. 이렇게 계속 옆에 있고 싶었다. 전부 다시 시작하고 싶었다.

"이와시타랑 친구가 됐다며?"

"응?"

갑자기 이와시타 루미의 이름이 나와 동요하고 말았다.

친구가 됐다고? 내가? 금시초문인데. 라이벌 선언은 당했지만…….

"무쓰키를 다시 봤다고 하더라고. 무슨 얘기 했어?"

"아, 그게……."

어떻게 대답해야 할지 몰라 말문이 막혔다.

중학교 때 고키와 이런 대화를 한 적이 있었나? 필사적으로 기억을 더듬었지만, 짐작 가는 곳이 없다. 이와시타 루미와의 대화를 되짚어보아도 친구가 되었다는 기억은 없었다.

"그게…… 그냥 하고 싶은 말을 했을 뿐이야."

"하고 싶은 말? 그게 뭔데?"

"그, 그건 비밀이야! 여자들만의 이야기니까!"

"흐음……."

납득한 건지 아닌지 복잡한 표정을 짓는 고키. 하지만 이 이상은 말할 수 없었다.

"무쓰키가 하고 싶은 말을 다 하다니 별일이네."

"그런…… 가?"

"그렇지. 항상 참는 편이잖아."

"그래?"

"응. 언제 폭발할까 걱정스러울 정도였어."

하하, 가볍게 웃는 고키는 전부 다 알고 있었는지도 모른다. 내가 멋대로 토라져 있던 이유도, 이와시타 루미와 맞부딪친 것도.

그러고 보니 이와시타 루미의 고백은 어떻게 됐을까? 정말 그 후에 고키를 만나러 갔다면 역시 말했겠지? 좋아한다고. 고키는 대체 뭐라고 대답했을까……?

힐끗, 그 애를 쳐다보자 눈이 딱 마주쳐서 깜짝 놀랐다. 진지한 표정으로 고키는 내 손을 꼭 잡았다.

"있지, 무쓰키."

"응?"

"나, 무쓰키를 좋아해."

"어……?!"

놀란 나머지 반응이 늦어졌다.

정식으로 고백받는 건 여름 축제 때니까. 이 타이밍에 말하는 건 분명 지금의 내가 품고 있는 감정과는 다를 거야. 마음을 가다듬고 가볍게 대답했다.

"알아, 나도 고키가 좋아."

잘 알고 있어. 고키가 나를 소중히 여긴다는 것도. 고키는 나에게 있어 첫 '친구'니까, 그런 의미로 좋아해주는 것도.

다만 내 마음은 그런 의미의 '좋아해'와는 이미 다르다. 그래도 새삼 입에 담은 말에 심장이 뛰었다.

그런데 평정을 가장하고 있는 나를 향해 고키는 "아, 그게 아니야" 하고 정정했다.

"친구로서 좋아한다는 게 아니라, 여자친구가 되어달라는 뜻이야."

"뭐? 지금 이거…… 고백이야……?"

"응. 무쓰키, 나랑 사귀어줘."

내가 가장 좋아하는 그 미소를 하고, 고키가 나를 바라보고 있다. 하지만.

"자, 잠깐만! 아니야……! 그건 여름 축제 때……!"

"여름 축제?"

"아, 그, 그게 아니라…!"

지금의 고키한테는 의미가 없는 말을 엉겁결에 내뱉고 말았다. 하지만 갑자기 앞당겨진 고백의 타이밍에 동요만 가득했다.

왜 오늘이지? 갑자기?

패닉에 빠진 나를 돌려놓은 건 떨리는 손길이었다. 내가 아니라, 듬직하게 내 손을 감싼 고키의 손이 희미하게 떨리고 있었던 것이다.

태연한 얼굴을 하고 있지만, 그 애도 틀림없이 긴장하고 있는 거야.

여름 축제 날도 그랬어. 처음으로 손깍지를 끼고 손을 잡았던 그때도, 고키는 내게 보이지 않게 조금 앞서 걷고 있었지만, 나는 알고 있었다. 그 애의 귀까지 새빨갛게 달아올랐다는 걸.

"무쓰키. 대답해줘."

"아…… 그러니까."

차분한 어조였지만, 내 의식을 그 애의 고백으로 되돌리기에는 충분했다.

내가 좋아하는 고키에게 받은 고백. 답은 하나밖에 없다.

"나도⋯⋯ 고키를 좋아해. 고키와 사귀고 싶어."

그렇게 말하며 손을 꼭 마주 잡았다. 고키가 좋아. 예전에도 지금도, 나에게는 고키뿐이었어.

두근두근 두근두근. 마치 온몸이 심장이 된 것처럼 머리끝에서 손가락 끝까지 전류가 흘렀다. 처음 고백받았을 때와 마찬가지로⋯⋯. 아니, 두 번 다시 들을 수 없으리라 생각했던 '좋아해'라는 말을 들은 만큼, 그때보다 훨씬 더 기쁘고 행복했다. 하지만 어딘가에서, 이제 이런 시간은 다시는 찾아오지 않으리라는 걸 알고 있는 나도 있어서, 가슴이 꽉 조여들었다.

기억과는 전혀 다른 상황이고, 고백의 말도 내 대답도 전부 다르다. 그래도 역시 마음만은 똑같았다.

"⋯⋯다행이다."

그렇게 중얼거리며 고키는 조금 쑥스러운 듯 웃었다. 나도 덩달아 웃었다. 기쁘고도 이상한 기분이 뒤죽박죽이 된 채로.

후우, 크게 숨을 내쉰 고키가 머리를 긁적였다.

"아⋯⋯. 엄청 긴장했어⋯⋯."

"정말?"

"당연하지. 어쩌다 보니 자연스럽게 말해버렸지만."

"정말, 엄청 자연스럽게 말했지."

"무쓰키는 처음에 무슨 뜻인지도 모를 정도였으니까."

"그야 갑작스러웠는걸! 그런 식으로 들을 줄은 생각도 못 했으니까……."

"응, 그건 미안. 하지만 이 경치를 보고 있었더니 말이야."

아까보다도 색이 짙어진 석양, 활짝 핀 등나무꽃, 놀이기구의 그림자. 이 세계는 아름다운 것들로 이루어져 있다고, 지금이라면 믿을 수 있다.

"말해야 할 것 같았어. 여러 가지 모습의 무쓰키를, 친구가 아닌 무쓰키를 보고 싶다는 마음을."

"……응."

나도 마찬가지야. 더 많은 고키를 보고 싶어. 알고 싶어.

처음으로 친구가 되어준 그 애는 남자친구가 되고 나서…… 훨씬 더 나를 아껴준다는 걸 알고 있으니까.

"그리고 마음도 좀 급했고. 무쓰키, 남자들한테 꽤 인기 있으니까."

"뭐?! 말도 안 돼……!"

"무쓰키가 몰라서 그래. 남자들을 대할 때는 여자애들보다 더 낯가림이 심하잖아. 멀리서 포위하듯 지켜보는 녀석들도 몇 명 있고."

"그, 그래……?"

몰랐다. 고키 이외의 남자는 왠지 무서워서 가까이 가지 않으려고 했었다. 고키밖에 보이지 않았던 내가 다른 남자에게 마음을 줄 리가 없는데.

조금 심술을 부리고 싶은 마음이 들어서 콕콕 찔러보았다.

"하지만 고키도…… 이와시타에게 고백받았잖아."

"어, 어떻게 알았어?"

"정말 했구나……."

내가 말해놓고도 놀란 나머지 할 말을 잃어버렸다. 너무 속공 아니야? 이와시타 루미. 역시 자기가 한 말은 지키는 사람이구나.

어이가 없다기보다 감탄하고 있는 나에게 고키는 분명하게 말했다.

"하지만 거절했어. 나에게는 무쓰키밖에 없으니까."

……나를 사로잡는 최고의 말. 늘 상냥하기만 한 고키의 생각지도 못한 군건한 말에 울컥해서 아득한 기분이 들었다.

옛날에 다른 여자애들을 질투했던 마음도 몇 년 만에 깨끗이 사라져버렸다. 이렇게 분명하게 '나밖에 없다'고 말해주면 불안할 틈도 없다.

고키는 이렇게 달콤한 말을 해주는 사람이었구나. 알고 있었지만 몰랐던 고키의 새로운 면모를 이제 와서 발견하다니.

이때의 내가 부러웠다. 앞으로 5년 동안 계속 고키 곁에 있을 수 있으니까. 시시한 대화를 하며 즐거워하기도 하고, 때로는 티격태격하면서, 함께 있는 것만으로도 벅차오르는 그 행복한 시간을 앞으로도 한참 누릴 수 있다. 지금의 내가 영원히 잃어버린 고키와의 일상. 무엇과도 바꿀 수 없는 그 나날을…… 매 순간 가슴에 새기며 더 소중히 보냈으면 좋았을 텐데.

눈물을 애써 참고 있는데 시야가 일그러졌다. 순간 현기증이 엄습했다. 현실로 돌아가는구나, 직감했다.

제발 조금만 더. 조금만 더 이 여운에 젖어 있고 싶다.

"무쓰키? 무슨 일이야?"

고키의 목소리가 멀어져 갔다. 저항을 시도하지만 소용없었다. 곧 세계가 암전했다.

## 1월 12일

# 별사탕 넷

커튼을 열자 더없이 화창한 날씨가 펼쳐졌다.

한겨울인데도 따뜻한 빛이 방안에 들어오고 있다. 바람도 별로 없는 것 같다. 잠에서 깬 채 가만히 밖을 바라보고 있는데, 문을 두드리는 소리가 났다.

"무쓰키, 일어났니? 10분 뒤에 출발할 거야."

"알았어."

엄마에게 대답하고 커튼을 닫았다. 저절로 한숨이 새어나왔다.

오늘은 성인식 날이다. 고키는 착실하니까 틀림없이 성인식에 오겠지. 2년 만에 얼굴을 볼 수 있어. 잘하면 조금쯤은 이야기를 나눌 수도 있을 거야.

며칠 전까지만 해도 그렇게 생각했는데, 그 옅디옅은 기대감이 이제는 공허하기 그지없다.

어제의 꿈에서 가슴이 벅차올랐던 만큼, 지금은 마음에 구멍이 뻥 뚫린 것만 같다.

등나무 덩굴 아래서 맞잡았던 그 손의 온기가 아직 남아 있다. 여름 축제의 고백도 행복했지만, 옅은 보랏빛을 띤 석양에 비치는 고키의 모습도 근사했다. 다시 한번 고백을 받은 것 같아서, 정말 행복했다.

생각하면 생각할수록 어제의 두근거림 때문에 쓸데없이 더 괴로워졌다. 성인식에 대한 기대 같은 건 하나도 남아 있지 않았다.

아빠가 운전하는 차를 타고 예약한 헤어 살롱으로 향했다. 안에 들어서자 이른 아침인데도 사람들로 북적거렸다. 다들 성인식 때문에 온 사람들이다. 여기 있는 건 다 내 또래 동갑내기들이라고 생각하니 어쩐지 이상한 기분이 들었다.

직원의 안내를 받아 자리에 앉는 동시에 메이크업이 시작됐다. 붉은 기모노에 맞추어 핑크 계열로 구성된 메이크업.

너무 화려하지 않았으면 좋겠다는 나의 희망 사항대로, 기모노 차림에 어울리면서도 자연스러운 느낌으로 완성되었다.

역시 프로다. 손길에 망설임이 없고 빠르다. 헤어 세팅도 마찬가지로 20분도 채 되지 않아 완성되어서 놀랐다. 눈 깜짝할 사이에 헤어 메이크를 끝내고 기모노 입기에 들어갔다. 여기까지 아마 30분도 안 걸린 것 같다.

주위는 다들 분주해서 공장식 같다는 느낌은 부정할 수 없지만, 완성도가 좋아서 불만은 없었다.

기모노를 입혀주시는 분은 엄마보다 나이가 지긋한 여성이었다. 내 기모노를 들고 감탄한 듯 중얼거렸다.

"와, 좋은 기모노네요. 무늬도 화사하면서 귀엽고."

"감사합니다."

"요즘은 검은색이나 한색이 유행인 것 같은데, 역시 붉은색은 특별해요. 화려함이 다르달까."

엄마의 안목은 이분에게 인정받은 것 같다. 내가 선택한 건 아니지만, 이렇게 칭찬받으니 기분이 나쁘진 않았다.

그렇게 시작된 기모노 입기는…… 헤어 메이크보다 더 빨랐다. 지반*을 입었나 싶었는데 순식간에 오비**까지 묶여 있었다. 10분 정도밖에 안 지났는데 "다 됐어요" 하면서 기모노를 입혀주시던 분이 오비를 톡 쳤다.

"불편한 곳은 없나요?"

"아……, 네."

---

\* 기모노 밑에 받쳐 입는 내의의 일종.
\*\* 기모노 위에 두르는 허리띠.

기모노의 올바른 착용감은 잘 모르겠지만, 숨쉬기 힘들다거나 위화감이 느껴지지는 않았다.

직원을 따라 가게 출구로 향했다. 헤어 살롱인 만큼 여기저기에 거울이 놓여 있었고, 변신한 내 모습에 저절로 눈길이 갔다.

머리 모양도, 화장도, 옷차림도 평소와는 전혀 다르다. 만약 고키가 본다면 뭐라고 말해줬을까.

나보다 생일이 빠른 고키는 이미 스무 살을 맞이한 상태였다. 어떤 어른이 되었을까? 성인식에는 정장을 입고 왔을까? 아니면 하카마\*? 분명히 둘 다 잘 어울렸을 거야.

……어른이 된 고키를, 만나고 싶었는데.

"무쓰키, 너무 예쁘다! 잘 어울려!"

입구 근처에서 나를 기다리던 엄마가 신난 듯 소리를 질렀다. 조금 부끄러워져서 나는 "그런가?" 하며 고개를 갸웃해 보였다.

"화장도 귀엽네. 무쓰키는 피부가 희니까 핑크가 잘 받는 거야."

"너무 칭찬하는 거 아냐? 부끄럽잖아."

"딸을 칭찬하는 게 뭐가 나빠? 진짜로 귀여우니까 괜찮아."

---

\*   하의에 해당하는 일본 전통 복식 중 하나.

"아, 진짜. 과찬이라고."

쑥스러울 정도로 너무 칭찬하는 바람에, 괜히 마음이 불편했다.

차로 돌아가자 운전석에 앉아 있던 아빠가 놀란 얼굴로 문을 열었다.

"굉장하네, 무쓰키가 갑자기 어른이 된 것 같아."

"그래?"

"응. 아주 예뻐. 잘 어울려."

"엄마도 똑같은 말을 했어."

"사실이니까."

풋, 웃음을 터뜨린 아빠가 나를 위해 뒷좌석 문을 열어주었다.

"고마워."

감사 인사를 하고 오비가 눌리지 않도록 조심하며 자리에 앉았다.

"이제 사진 찍을 차례야."

"늘 가던 사진관 말하는 거지?"

"응. 예약 시간보다 좀 빠르긴 한데 괜찮겠지 뭐."

어쩐지 들뜬 모습의 부모님과 함께 다음 목적지인 사진관으로 향했다.

사진 촬영은 예상보다 더 긴장되었다. 몇 번이나 셔터를 누르는 것도, 그 모습을 부모님이 지켜보는 것도 부끄러웠다.

"무쓰키! 웃어!"

엄마가 그렇게 한마디씩 하니까 괜히 더 그랬다.

마지막으로 가족사진도 찍었다. 의자에 앉은 나와 뒷줄에 나란히 선 부모님. 액자 속 가족은 '행복' 그 자체의 형태를 띠고 있는 것 같다고 어렴풋이 생각했다.

성인식 회장은 선명하고 화려한 색채로 장식되어 있었다.

가지각색의 기모노를 입은 여자들이 중앙 자리를 차지하고 있었고, 정장 차림의 남자들은 화단이나 벽 쪽에 흩어져 서 있었다.

시내에 내 또래가 이렇게 많았다는 사실이 새삼 놀라웠다. 중학교에서도 고등학교에서도 친구는 몇 명 있었지만, 지난 2년간 거의 아무와도 연락을 하지 않았기 때문에 말을 걸 만한 상대도 없었다.

일단 회장 안쪽으로 들어가자 드문드문 낯익은 얼굴이 보였다. 하지만 그 당시라면 모를까, 몇 년간의 공백 탓에 왠지 거리감이 느껴졌다. 낯가림이 재발해서 내가 먼저 말을 걸 수는 없었다.

할 수 없이 접수를 마친 뒤 회장 끝자락 자리에 앉았다. 무대 위에는 금박 병풍과 꽃이 장식되어 있었다. 일본 국기와 시의 깃발이 나란히 붙어 있어 조금 격식을 차린 느낌이 들었다.

"우와! 오랜만이야!"

"지난번에 걔랑 만났는데 말이야."

"요새 뭐 하고 지내?"

여기저기서 동창들의 떠들썩한 목소리가 들려왔지만, 나는 눈을 감고 가만히 흘려보냈다.

혼자 있는 건 익숙하다. 그래도 여기에 고키가 있었다면, 하고 생각하지 않을 수 없다.

"무쓰키, 왜 자고 있어."

그렇게 웃음을 터뜨리면서 자상하게 날 챙겨주었겠지. 그런 망상을 수없이 반복해도 현실은 변하지 않는데.

성인식은 차질 없이 무사히 끝났다.

줄줄이 나가는 사람들을 따라 나도 회장 밖으로 나왔다.

익숙하지 않은 후리소데는 움직이기 힘들다. 혼잡한 파도에 휩쓸리는 바람에 몇 번이나 넘어질 뻔했다. 천천히 발걸음을 옮기면서 겨우 회장에서 나왔다. 그때였다.

"무쓰키?!"

갑자기 나를 부르는 소리에 놀라서 걸음을 멈추었다. 소리가 난 방향을 돌아보자, 짙은 녹색의 후리소데를 입은 사람이 나를 가리키고 있었다. 그 손의 주인.

"……혹시, 이와시타?"

"맞아! 아니, 이와시타라니! 너무 서먹하잖아! 전처럼 루미라고 불러줘."

환하게 웃으며 나에게 달려온 건, 어제 꿈에서 대치했던 이와시타 루미였다.

이제는 검은 단발이 아니라, 땋아서 장식한 금색 단발머리가 햇빛을 받아 반짝반짝 빛나고 있었다.

"중학교 졸업 이후로 처음인가? 옛날 생각난다."

"아……, 응. 그렇지……?"

친근하게 말을 걸어오는 그녀의 태도에 위화감이 커졌다.

어라? 이와시타는 날 싫어하지 않았던가……?

어제 쇼핑센터에서 만났을 때도 날 노려보고 있었는데, 왜 갑자기 이렇게 스스럼없이 말을 걸어오는 거지?

이상하게 생각하면서도, 눈앞의 이와시타 루미에게 장단을 맞추었다.

"기모노 귀엽다. 딱 무쓰키라는 느낌이야."

"아, 고마워. 이와…… 가 아니라, 루미. 루미도 멋있어."

"그치? 너무 눈에 띄는 거 아닐까 했는데, 의외로 비슷한 사람이 많아서 놀랐어."

"아하하."

말은 그렇게 해도 금발 때문에 이와시타 루미는 유독 눈에 띄었다. 짙은 녹색을 바탕으로 한 큼직한 무늬의 기모노도 개

성적이어서, 지금 그녀의 분위기와 잘 어울렸다.

"무쓰키는 어떻게 지내고 있어?"

"대학생이야. 도쿄에 있는 대학이지만."

"그럼 혼자 살아?"

"응. 꽤 익숙해졌어."

"헐, 무쓰키가 자취라니 괜찮아? 왠지 걱정되는걸."

이와시타 루미는 짓궂은 표정으로 말하더니, 까르르 웃음을 터뜨렸다. 역시 남들 눈에 난 못 미더운 사람으로 보이나 보다. 어쩐지 좀 부끄러웠다.

한바탕 웃은 뒤, 그녀는 "그래도, 뭐" 하면서 내 어깨에 툭 손을 얹었다.

"무쓰키는 할 때는 하는 애잖아! 중2 때 나한테 정면으로 반박해왔을 정도니까!"

"어……?"

'옛날 생각난다!' 이와시타 루미는 밝게 웃으며 말했지만, 나는 그대로 얼어붙었다. 중학교 2학년 때라면 어제의 꿈밖에 짚이는 데가 없다.

확실히 꿈속에서 이와시타 루미에게 끌려간 나는 여차여차 라이벌로 인정받았고, 고키의 말에 따르면 나도 모르는 새 친구가 되어 있었다.

하지만 실제로는 그저 막말만 듣고 울기만 하다가, 오히려 더 미움을 샀을 뿐이었다.

혼란스러워 아무 말도 할 수 없었다. 하지만 이와시타 루미는 눈치채지 못했는지, "그래도" 하면서 말을 이었다.

"설마 내가 고백한 날 바로 고키와 사귈 줄은 생각도 못 했어. 너무 빠른 거 아냐? 내 입으로 말하긴 좀 그렇지만 말이야."

……잠깐만.

그날 바로 사귀었다고? 그건 어제 내가 꾼 꿈이었잖아?

현실하고는 달라. 실제로는 여름 축제 날 밤에 집에 돌아오는 길에 들었어.

"무쓰키, 좋아해. 나랑 사귀어줘."

"응."

그래서 그날이 우리의 기념일이 되었을 텐데.

어제 꾸었던 꿈이 이와시타 루미의 기억에 영향을 미치고 있다고?

말도 안 돼. 하지만 그게 아니라면 이 현상을 설명할 수가 없어……!

머리가 빙빙 도는 것 같았다. 풀리지 않는 의문과 수수께끼 때문에 어질어질한 가운데, 이와시타 루미가 문득 생각났다는 듯 말했다.

"참. 고키 일은 충격이었어……."

"아……. 응."

"오쓰야* 때는 못 봤는데, 장례식에만 갔어?"

"응. 오쓰야 시간에는 못 맞춰서."

"그렇구나. 도쿄에서 오기엔 멀지."

이와시타 루미의 표정이 순식간에 가라앉았다. 나도 틀림없이 똑같은 얼굴을 하고 있겠지.

하지만 루미는 루미답게 거기서 멈추지 않고, 내 손을 잡고 후후 웃었다.

"무쓰키가 건강해 보여서 다행이야. 오랜만에 얼굴을 보니까 마음이 놓이네."

"응……. 나도."

과거의 나와 이와시타 루미 사이에 좋은 추억이라고는 없었다. 하지만 어제의 꿈으로 인해 달라졌다.

어제 그녀와 정면 대결을 벌인 덕분에 조금은 자신감이 생겼다. 하고 싶은 말을 했다. 단지 그것뿐인데, 이토록 달라진 기분이 들다니 신기했다.

"오쓰야 때 친구들이 엄청 많이 왔었어. 고키의 인품 덕분이겠지. 다들 고키를 많이 아꼈으니까."

"그렇구나……."

---

\* お通夜. 일본의 장례 절차 중 가까운 사람들이 고인의 시신을 지키며 하룻밤을 지새우는 것.

"무쓰키에게 라이벌 선언을 하고 나서 곧바로 차였지만 고키를 좋아했던 거나 중학교 때 일들이 생각나서……. 그 기억이 떠오르니까 나도 모르게 눈물이 막 나더라. 괜히 그때로 돌아가고 싶다는 생각이 들었어."

이와시타 루미는 눈물을 글썽거리며 미소 지었지만, 나는 그 말에 충격을 받았다. 라이벌 선언을 하자마자 차였다고? 그건 내가 어제 겪은 꿈속의 일이잖아.

'설마' 하는 마음과 '정말?' 하는 마음이 교차했다.

한 번쯤은 의심했어야 했다. 별사탕이 보여주는 꿈. 그게 단순히 옛날 일을 보여주는 게 아니라, 정말로 과거로 돌아가는 거라면. 내가 꿈을 꾸었던 게 아니라 정말 과거를 바꾸고 있었던 거라면.

"그때로 돌아가고 싶어."

……그 소원이…… 정말로 이루어진다면……!

심장의 고동 소리가 거세게 울려퍼지기 시작했다. 형언할 수 없는 초조함에 나는 가방에서 스마트폰을 꺼냈다.

"무쓰키?"

내가 갑자기 전화기를 꺼내들자 이와시타 루미는 의아한 듯이 나를 바라봤다. 스마트폰을 조작하던 손을 멈추고, 그녀를 향해 돌아서서 손을 꽉 잡았다.

"이와…… 가 아니라, 루미. 고마워!"

"어?"

"루미랑 만나서 정말 다행이야! 그런데 급한 일이 좀 생겼어. 다음엔 여유 있게 만나자. 아, 연락처……. 이거 지금 등록해줄래?"

"어, 그, 그래. 그런데 갑자기 왜……."

당혹감을 감추지 못하면서도 이와시타 루미가 스마트폰을 내밀었다. 메시지 앱에서 바로 친구 등록을 했다. 여전히 의아한 표정을 한 그녀를 향해 웃어보였다.

"어쩌면 고키를 만날 수 있을지도 몰라. 아직은 확실하진 않지만……."

"뭐?!"

이와시타 루미의 목소리가 뒤집어졌다. 루미의 손을 다시 꼭 잡으며 말했다. 마치 결의를 표하듯이.

"그러니까 나, 열심히 할게! 오늘 정말 고마워! 루미 덕분에 여러 가지를 깨달았어!"

"으, 응……."

"그럼 또 연락할게!"

손을 흔들고 그 자리를 떠났다. 마음이 급해지고 저절로 발걸음도 빨라졌다.

엄마에게 전화를 걸자 신호음 세 번 만에 연결되었다.

"여보세요, 엄마? 지금 어디야?"

"어머나, 무쓰키. 성인식 벌써 끝났니?"

"응, 집에 바로 가고 싶은데."

"미안, 조금 더 기다릴 수 있어? 아직 쇼핑 중이야. 오늘 밤 파티 준비 때문에……."

"그럼 그냥 버스 타고 갈게. 끊어!"

"잠깐, 무쓰키……."

엄마의 말이 다 끝나기도 전에 나는 멋대로 통화를 끊었다.

미안한 마음보다 서둘러야 한다는 생각이 앞섰다. 부모님이 데리러 올 때까지 기다릴 시간이 없었다.

시민회관을 나와 바로 앞 버스 정류장에서 시간표를 확인했다. 마침 사카키자카행 버스가 저만치 오고 있는 게 보였다.

한 시간에 한 대밖에 없는 노선인데 기적 같은 타이밍이었다. 살짝 흥분한 채로 정차한 버스에 올라탔다. 빈자리는 없었지만 어차피 느긋하게 앉아 있을 기분이 아니었다.

빨리 집에 가서 그 병을 열어야 해.

집에 도착하고 나서부터는 모든 게 순식간이었다.

기모노 차림이라 움직임이 자유롭지 않아 답답했지만, 계단을 마구 뛰어 올라갔다. 내 방에 도착해서야 겨우 숨을 제대로 쉴 수 있었다.

오늘 만나야 했는데. 얼굴을 보고 이야기해야 했는데. 그 선물의 의미와 약속에 대해서도, 알려달라고 해야 했는데.

그런데 그 고키를…… 나처럼 어른이 된 고키를 만날 수 있을지도 모른다.

기대가 너무 커서 다른 생각은 할 수도 없었다. 침대 밑 서랍에서 별사탕 병을 꺼냈다.

이 별사탕의 신비한 힘을 알아채게 해준 사람은 이와시타 루미였다.

아까는 친근하게 굴었지만 원래 루미는 나를 싫어했다. 이 별사탕으로 인해 시작되는 불가사의한 시간이 단지 기억의 재현이라면, 루미가 달라진 것도 말과 행동도 전부 말이 안 된다. 내가 이와시타 루미와 맞서 싸운 건, 이 별사탕을 먹은 뒤 지금의 내가 꿈속에서 벌인 일이니까.

루미의 말에 따르면, 나와 고키가 사귀기 시작한 시기가 여름에서 봄으로 바뀐 것 같다. 그 말이 다 맞는지는 모르겠지만, 원래의 추억과 다른 건 틀림없다.

기억과는 다른 추억. 바뀌어버린 과거. 이 사실이 의미하고 있는 건…….

"……타임 리프라는 거지."

내가 말해놓고도 말도 안 되는 이야기라 놀랐다. 갑작스러워 믿기 어렵지만, 그렇게 생각할 수밖에 없었다. 그게 아니라면 설명이 안 되는 일이 너무 많다.

내가 과거를 바꾸는 거야. 고키와 보낸 나날도 새롭게……
다시 시작할 수 있어. 별사탕을 쥔 손이 떨렸다. 공상과학 영화 같은 일이 나에게 일어나고 있다니.

조금 무섭게 느껴지는 부분도 분명히 있다. 어떻게 이런 일이 가능한지 의심스럽기도 하다.

그래도 기대가 불안을 앞섰다.

만약 정말로 과거를 바꿀 수 있다면, 줄곧 후회해왔던 그 거짓말을 없던 일로 만들 수 있을지도 모른다.

그리고…… 고키가 죽지 않고 끝나는 미래를 맞이할 수 있을지도 몰라!

별사탕은 네 개 남았다.

그 애를 만날 수 있는 건 앞으로 네 번. 이 현실을 바꿀 수 있는 기회도 이제 네 번뿐이다.

지금까지의 세 번을 목적 없이 무의미하게 흘려보낸 것이 후회되었다. 하지만 지금은 지난 일을 후회할 때가 아니다. 고키가 남겨준 선물이 내 유일한 미래의 희망이야.

"……고키, 기다려줘."

작게 중얼거리며 별사탕 하나를 입에 넣었다.

예상대로의 달콤함이 입안에서 녹아내리고, 그 감각이 찾아왔다.

＊

나는 혼자서 학교 복도에 서 있었다. 내가 처한 상황을 확인하기 위해 주위를 둘러보았다. 여기는 내가 다녔던 중학교 같은데.

나는 중학교 교복을 입고 가방을 들고 있었다. 좀 쌀쌀한 걸 보니 가을쯤일지도 몰라.

복도 양옆으로 벽보가 잔뜩 붙어 있는 게시판이 보였다. 오른쪽에는 사무실과 보건실이 나란히 있고 맞은편은 교무실. 복도 끝에는 밖으로 연결되는 통로가 있다.

어…… 어째서 이런 곳에……?

"실례했습니다."

드르륵, 미닫이문이 닫히는 소리와 함께 남학생이 교무실에서 나왔다.

"고키!"

그리운 그 얼굴에 안도하며 달려갔다.

"기다리게 해서 미안."

고키가 나에게 사과했다.

"교무실엔 무슨 일이야?"

지금 상황에 대해 조금이라도 힌트를 얻고 싶어서 물어보았다.

"응, 그냥 좀."

고키는 조금 복잡한 표정을 보이며 말끝을 흐렸다. 무슨 일인지 궁금하지만 더 이상 물어보기 힘든 분위기였다.

나는 말을 삼키고 그 애 옆에 나란히 섰다. 그 순간, 누군가 갑자기 내 등을 내리쳤다.

"고키, 잘 가!"

나와 고키의 등을 때리고 그 사이로 빠져나간 건 이와시타 루미였다.

"여전히 사이좋네! 열 받아!"

메롱하고 혀를 내밀어보이는 그녀는 밝은 표정이었다. 진심으로 화가 난 게 아니라, 그녀 나름대로 친근감을 표시하는 것 같았다.

"이와시타, 앞은 좀 보고 달려라. 위험하잖아."

"괜, 찮, 아! 그럼 무쓰키도 안녕!"

"아, 응. 안녕······."

그 기세에 압도당해서 작게 손을 흔들었다.

그녀는 푸핫, 웃음을 터뜨리며 크게 손을 흔들었다. 모습이 보이지 않게 된 후에 고키가 중얼거렸다.

"저 녀석, 무쓰키 친구치고는 시끄러워."

"그, 그러게······."

무심코 긍정하고 말았다. 듣고 보니 확실히 그렇다. 이때의 내가 이와시타 루미 같은 타입과 친해졌다니 믿기지 않는다. 이것도 열아홉 살의 내가 과거를 바꿔버려서 그런 거지만.

"그럼 집에 갈까?"

"응."

고키의 재촉을 받아 신발을 갈아신는다. 밖으로 나가자 강한 바람이 휙 불어왔다.

"추워!"

"괜찮아? 감기 안 걸리게 조심해."

"응."

언제나처럼 내 몸 상태를 신경 쓰는 고키의 자상함이 지금은 조금 애틋했다. 고키를 그렇게 만든 건 다름 아닌 나였으니까.

오늘도 버스를 타고 가기로 했다. 가스가다이의 주택가를 빠져나가는 동안, 현 상황을 탐색하려는 시도를 시작했다.

"지금이 몇 월이더라?"

"응? 갑자기 무슨 소리야."

"그냥, 그런 생각이 들어서."

"11월이야. 조금 있으면 12월."

"11월……."

내 명찰을 흘끗 본다. '3-2'라고 쓰여진 배지가 달린 걸 보니 중학교 3학년 11월인가 보다.

"그럼 고입 시험도 얼마 안 남았네."

"그렇지……."

고등학교는 부모님의 의견을 따라 아오바다이 고등학교에 지원했다. 고키도 함께였다. 사립학교에 보험 삼아 지원하지는 않았기 때문에 무사히 공립 고등학교에 합격해서 안심했던 기억이 난다.

이 시기에 고키와 무슨 일이 있었더라……? 지금부터 무슨 일이 일어날지 예상해 보려다 곧 소용없는 일이라는 걸 깨달았다.

이제부터 벌어질 일을 바꾸지 않으면 고키와의 미래는 없다. 그 부담감은 크다.

그렇게 긴장하고 있는 가운데, 당연하다는 듯 잡은 손의 온기가 내 마음을 달래주었다.

그런 소소함에서 행복을 느끼며 고키의 얼굴을 훔쳐보았다. 눈이 마주치자, 그 애가 진지한 표정으로 이쪽을 보고 있어서 어쩐지 가슴이 철렁했다.

"무쓰키, 잠깐 할 말이 있어."

"어?"

"공원은 추우니까 우리 집에 들렀다 가지 않을래?"

"으응……. 알겠어."

뭐지, 생각이 날 듯 말 듯한데. 이런 식으로 그 애가 이야기를 꺼낸 적이 있던가?

내 대답에 안심한 듯한 얼굴을 한 고키에게 지금 당장 물어보기도 그래서, 일단 상황을 지켜보기로 했다.

고키의 집은 사카키자카의 입구에 해당하는 1번지에 있다.

산을 개척해 만든 지형이라 대부분은 언덕길이다. 산기슭에는 초등학교가 있고, 거기서 조금 올라가면 작은 상점과 중앙공원이 있고, 1번지는 끝자락 쪽이었다.

작은 상점 앞에 있는 1번지 버스 정류장에 내려서, 왔던 길로 조금 내려가면 작은 공원이 있다. 그 뒤편이 고키의 집이었다.

"부모님은?"

"일하러 가셨어. 미나미도 오늘은 피아노 가는 날이라 아무도 없을 거야."

"그렇구나······."

그럼 우리 둘뿐인가. 새삼스럽게 가슴이 두근거렸다.

"실례하겠습니다."

"네, 네."

고키의 집 냄새는 오랜만이다.

그렇게 자주는 아니었지만, 이렇게 춥거나 더운 날에는 날 집으로 데려오곤 했다. 이런 날씨에 무쓰키를 밖에 있게 할 수는 없다면서. 그렇게 날 과보호했었구나, 문득 그리워졌다.

"잠깐 마실 것 좀 가져올게. 먼저 방에 올라가 있어."

"응."

고키가 시키는 대로 계단을 올라 2층으로 향했다. 맨 앞이 미나미의 방이고, 고키의 방은 그 옆이다. 살며시 문을 밀고 천천히 발을 들여놓았다.

"그리워라……."

책상과 책장, 그리고 침대. 내 방과 구성은 그리 다르지 않다. 소파가 없고 바닥 매트 위에 동그란 테이블이 놓여 있는 정도다.

벽 쪽에 가방을 내려놓았다. 책장에는 교과서와 참고서, 그리고 사진집이 가득 꽂혀 있었다.

"그렇구나, 이때부터 벌써 모으고 있었어……"

두껍고 중후한 장정의 책은 대부분 건축물 사진집이었다. 나는 잘 모르지만, 고키가 좋아하는 건축가의 자료들일 것 같다.

고등학생 때는 훨씬 책이 많았던 걸 보면 이때부터 꾸준히 모으고 있었나 보다.

맨 앞에 있던 책을 한 권을 꺼내 펼쳐보았다. 콘크리트로 뒤덮인 듯한 투박한 건물이 나왔다.

고키의 꿈을 떠올리면 조금 가슴이 아프다. 왜냐하면 꿈을 이루기도 전에 그 애는…….

"무쓰키, 기다렸지."

그때 고키가 들어왔다. 쟁반 위에는 모락모락 김이 나는 머그잔이 놓여 있었다.

"뭐 보고 있었어? 책?"

"응. 고키가 이런 거 좋아했었는데, 하고."

"좋아했었는데?"

"아니, 그러니까, 좋아하는구나 하고!"

"응, 그래."

위험해, 위험해. 무심코 과거형으로 이야기해버렸다.

"자, 마셔."

"고마워."

고키가 타온 건 따뜻한 코코아였다. 한 모금 마시자 달콤함이 서서히 퍼져나가서 맛있었다. 오랜만에 마시는 코코아. 옛날에 정말 좋아했었는데.

고키가 코코아를 마시는 모습을 가만히 바라보다가 눈이 마주쳤다.

"뭐야, 왜 빤히 쳐다봐."

"고키야말로."

"나는 흘끗 봤거든?"

"치이, 거짓말."

시시한 대화가 오히려 마음을 편안하게 만들어주었다. 한

바탕 서로 웃은 후, 고키는 일어서서 책상 위에 있던 큰 봉투를 내밀었다.

"이게 뭐야?"

"응. 실은…… 할 얘기라는 게 이건데."

"……?"

무슨 일이지, 의아해하면서 봉투를 받아들었다. 두께가 있으니까 책자 같은 게 들어있으려나.

내용물을 확인하자 고등학교 안내 책자였다. 처음 보는 학교였다.

"이건……."

"무쓰키. 나, 이 고등학교로 진학하려고 해."

"아……."

더 이상 말이 나오지 않았다. 같은 고등학교에 다니며 행복했던 기억들이 스쳐 지나갔다.

"부모님이랑 선생님하고도 의논해봤는데, 반응은 미묘해. 일반 학과에 가는 게 낫지 않겠냐는 식이어서……."

책자에 나와 있는 학과명은 '건축과'였다. 그런데 왜 갑자기.

"역시 빨리 꿈에 가까워지고 싶어서. 꿈을 위해 할 수 있는 건 뭐든 다 하고 싶어."

그 애의 올곧은 눈동자가 반짝반짝 빛났다. 이 눈빛에 늘 구원받았었다. 하지만.

"……같은 학교에 가려고, 이제까지 노력해 왔는데……?"

나도 모르게 중얼거리고는 퍼뜩 정신이 들었다.

이런 말을 하면 그 애를 몰아세우게 된다. 또다시 같은 일이 반복될 거야. ……그렇게 생각한 순간, 조금씩 기억의 문이 열리는 걸 느꼈다.

맞아, 옛날에도 이런 일이 있었어. 고키가 건축과가 있는 고등학교에 가고 싶다고 털어놓았어. 전문적인 지식을 배울 수 있는 곳에서 실력을 쌓고 싶다고 했었어.

그런데 내가 울면서 고집을 부렸다.

"같은 학교에 가려고 이제까지 노력해 왔는데, 대체 왜?!"

"고키와 떨어지는 건 싫어!"

그런 말들로 그 애의 의지를 꺾은 건 나였다.

그 기억이 떠오르는 순간, 가슴속에 씁쓸함이 퍼져나갔다. 그때와 같은 말을 듣고 고키는 쓴웃음을 지으며 대답했다.

"……그러게. 같이 아오바다이에 가기로 했지. 미안, 무쓰키. 지금 한 얘기는 잊어버려……."

"잠깐만!"

이야기를 끝내려는 그 애를 막았다.

또, 같은 실수를 되풀이할 뻔했다. 내가 무엇 때문에 지금 여기 있는지 잊으면 안 돼.

고키와 보낸 고등학교 생활이 실수였다고는 생각하지 않는다. 하지만…… 내 생각만 하면서, 그 애의 마음은 무시하고 울면서 이기적으로 구는 것도 옳지 않다.

분명 이게 '후회'의 씨앗이다. 뭔가를 바꾸지 않으면 미래는 변하지 않는다. 이 세상에 없는 고키를 위해서 이 순간으로 돌아온 거라면, 나는…….

"미안해, 고키."

"응……?"

"나, 잘 들을게. 그러니 고키가 생각하는 걸 전부 말해줘."

"무쓰키……."

놀란 듯한 얼굴을 한 그 애에게 나는 빙그레 웃었다.

"솔직히 말하면 고키와 같은 고등학교에 가고 싶어. 하지만 고키가 나중에 후회하는 건 싫어. 그러니까 고키가 원하는 대로, 고키가 하고 싶은 일을 했으면 좋겠어."

속마음을 말하자면 고교 시절의 추억을 포기하는 건 괴롭다. 그래도 그 애가 나를 위해 무언가를 포기하는 건 더 싫다. 계속 받기만 하던 입장에서 벗어나지 않으면, 지금까지와 다른 미래를 만들 수 없다.

"……오늘의 무쓰키는 꼭 옛날 무쓰키 같네."

고키가 쿡쿡 웃으며 그렇게 말하는 바람에, 이번에는 내가 놀랐다. 무슨 뜻일까 생각하는데, 그 애가 이유를 알려주었다.

"사투리 억양이 안 나오고 있어."

"그, 그래?"

"응, 왠지 그리운 느낌이야."

미소 짓는 고키를 보고 있자니 눈물이 날 것 같았다.

고키의 부드러운 간사이 사투리를 정말 좋아했다. 그 말투에 조금씩 영향을 받아가는 것도 나쁘지 않다고 생각했었다. 나야말로 너무 그리워, 그렇게 외치고 싶어진다.

하지만 지금은 울고 있을 때가 아니었다. 간신히 눈물을 참고 있는데, "사실 나도" 하면서 고키가 나를 향해 돌아섰다.

"무쓰키의 곁을 떠나는 건…… 솔직히 걱정스러워. 항상 무쓰키 옆에 있으면서 지켜주고 싶고, 이러다 혹시 무쓰키가 사라져버리면 어떡하지, 하는 생각도 들고."

"고키……."

아닌데. 멀리 가버리는 건 그쪽인데. 나는 사라지지 않아. 계속 고키만 바라보고 있단 말이야.

눈물이 쏟아질 것 같아 필사적으로 버텼다. 눈물을 보이면 또다시 같은 일이 반복될 뿐이다. 고키는 내 눈물에 약하니까. 내가 울면 항상 자신을 억누르며 나를 지켜주었으니까.

나를 똑바로 바라보던 고키가 "하지만" 하면서 눈을 내리깔았다.

"하고 싶은 걸 할 수 있는 환경이 있고, 도전할 기회가 있다면…… 해보고 싶어. 꿈을 위해서도 그렇고, 약속을 지키는

데도 도움이 될 것 같고."

심장이 철렁 내려앉는다.

"약속……?"

놓칠 수 없는 키워드에 반응한 나를 보며 그 애는 웃었다.

"무쓰키는 잊어도 돼. 내가 기억하고 있으니까. 나중에 다시 말해줄게."

"하지만……."

"지금은 아직 무리니까. 조금만 더 기다려줘."

"……."

스무 살의 고키가 준 편지에 있던 '약속'은 분명 이거다.

하지만 열다섯 살의 고키는 그 이상 알려줄 생각은 없는 것 같다. 자연스럽게 이야기해줄 때까지 기다리자…… 하면서 여유를 부릴 수는 없었다. 나에게 남은 기회는 앞으로 세 번밖에 없으니까……!

초조함을 감추지 못하는 나를 보며, 고키가 내 머리를 쓰다듬었다.

"있잖아, 무쓰키. 거리가 멀어지면 우리 사이도 끝날 거라고 생각해?"

"뭐……?"

"지금까지 한 번도 떨어져 지낸 적 없잖아. 불안하지?"

"……."

새삼스럽게 묻자 자신이 없었다. 제멋대로에 응석받이였고, 고키에게 의지하기만 했던 내가…… 혼자서 새로운 환경에 잘 적응할 수 있을까. 그런 내 마음을 꿰뚫어본 듯 고키가 웃었다.

"나도 불안해. 하지만 꼭 불가능하다고는 생각하지 않아."

"응……?"

"떨어져 있어도 우리는 변하지 않을 거야. 나는 그건 믿을 수 있어."

떨어져 있어도 우리는 변하지 않을 거라고? 그게 무슨 뜻이지?

고키가 내 옆으로 다가왔다. 그 애의 손이 내 뺨을 감쌌다. 천천히 얼굴이 다가오고…… 입술이 맞닿았다.

……첫 키스.

다정하고 달콤하고 부드럽다. 엄청 두근거리면서도 무척 안심이 된다. 나와 고키의 마음의 거리가 더욱 줄어든 걸 실감할 수 있었다. 떨어지는 건 싫다고 울던 나를 달래려 했던 과거의 첫 키스와는 전혀 달랐다.

"나한테 제일 중요한 건 무쓰키고, 무쓰키를 좋아하는 마음도 변치 않을 거야. 앞으로도 계속 함께 있고 싶다고 생각하는 건 무쓰키뿐이니까."

눈을 마주치고 천천히 확인하듯 고키가 말해주었다. 키스의 온기가 채 가시기도 전에 더해오는 다정함에, 참았던 눈물을 결국 쏟고 말았다.

"그러니까 무쓰키가 싫다고 하면…… 같은 고등학교에 갈 거야. 무쓰키를 울리면서까지 이루고 싶은 꿈은 있을 수 없으니까."

나도 그래. 나한테 제일 중요한 사람도 고키야. 앞으로도 계속 좋아할 거고, 영원히 함께하고 싶어. 이 마음은 절대 변하지 않아. 하지만.

"……괜찮아. 괜찮아. 이제 충분해."

내 뺨을 감싼 고키의 손에 내 손을 겹쳤다. 그리고 그 손에 기대듯 뺨을 갖다대었다. 또다시 눈물이 흘러내렸지만 신경 쓸 틈은 없었다.

"나도 고키가 제일 중요해. 고키랑 떨어지게 되더라도, 무슨 일이 있더라도 계속 좋아할 거야. 그러니까."

지금 제대로 웃고 있으면 좋겠다. 울면서 웃다니 좀 한심하지만. 그동안 고키한테 보호받기만 했던 나라도, 지금 그 애에게 힘이 될 수 있다면.

"고키의 꿈을 방해하고 싶지 않아. 마음이 이어져 있으면 괜찮을 거야. 고키가 가고 싶은 고등학교에 가. 나도 응원할 테니까."

강한 척이 조금 포함되어 있는 건 금방 들키고 말겠지만.

그래도 거짓말이 아니야. 진심으로 고키를 응원하고 싶어.

생각해보면, 과거 아오바다이 고등학교에서도 고키는 도서실에 드나들며 건축 쪽 서적을 많이 읽곤 했다.

휴일이면 미술관이나 박물관을 자주 찾았고, 내가 지루해하지 않게 재미있는 이야기를 이것저것 조사해서 들려주었다. 이 건물의 어떤 부분이 굉장하다든가, 일본 전역의 유명한 건축물을 둘러보고 싶다든가 하는 꿈도 말해주곤 했다.

그 애가 꿈을 이루기 위해 거듭해온 노력을 망치고 싶지는 않다. 언제나 똑바로 꿈을 좇는 그 애의 모습을 동경하고 있었으니까.

"무쓰키…… 고마워!"

그렇게 말하며 고키가 나를 끌어안았다. 온몸에 퍼져나가는 그 애의 온기에 가슴이 뜨거워지며 또다시 눈물이 났다.

이제 괜찮겠지……?

아주 조금 불안해졌다. 이 과거의 변화가 어떤 일을 불러일으킬지는 알 수 없다. 하지만 지금 내 눈앞에서 나를 안고 있는 그 애의 목소리는 무척 밝고 기뻐보였다.

괜찮아, 틀리지 않았을 거야. 고키의 힘이 되어주었을 거야. 그렇게 마음속으로 중얼거리며 눈을 감았다.

나를 끌어안고 있던 고키의 손이 떠나갔나 싶더니 이마를 콩 부딪치는 모양이 되었다.

"귀여워, 무쓰키."

"우는 얼굴인데도?"

"응. 최고로 귀여워."

이런 말을 들은 건 처음이다. 그렇게 생각하면서 고키를 바라보았다. 고키의 부드러운 미소에 기쁘면서도 조금 부끄러워서, 나도 눈물을 글썽이며 웃었다.

그러자 고키의 얼굴이 다시 다가오고, 과거에는 없었던 두 번째 키스가 시작되었다.

그 키스를 조용히 받아들이는 동시에 나는 다시 현실로 돌아오고 있었다.

# 1월 13일
# 별사탕 다섯

눈을 뜨니 어째선지 이불 속에 있었다. 깜빡 잠이 들었나 싶어 몸을 일으켰다.

그제야 내가 지반 차림인 걸 깨달았다. 화장을 제대로 지우지 않은 탓에 얼굴이 버석버석하고 기분이 나빴다. 목욕도 한 기억이 없고, 밥도 안 먹고 잠들어버린 것 같다.

거울을 보니 얼굴이 엉망이었다. 어제 있었던 일을 돌이켜 보았다.

중3 가을로 돌아가 다른 고등학교에 가고 싶다는 고키를 지지해주었다. 귀엽다는 말을 듣고 키스도 했다. 이토록 행복한데도 아주 조금 불안하고도 쓸쓸한 듯한, 복잡한 기분이 든다. 그 이유는 이미 알고 있다.

내 안에 있는, 아오바다이 고등학교에 같이 다니던 고키와의 추억은 어떻게 되었을까? 고백받았을 때처럼 원래의 기억은 나한테만 남고, 이 세상에서 없었던 일이 되어버리는 걸까?

여름 축제에서 보았던 고키의 수줍은 옆모습이 이제는 아득히 멀게 느껴진다. 그 소중했던 순간들도 이대로 나 혼자만의 추억이 되어버리는 걸까.

고등학교 시절엔 매일 같이 하교했었다. 체육대회 달리기에서 고키가 1등을 차지했는데, 너무 멋있어서 두근거렸었다. 시험 전에는 같은 문제집을 풀며 공부했었다.

그런 기억들도 전부 통째로 바뀌어…… 끝내 잊어버리게 되는 것일까.

거기까지 생각하자 몸서리가 쳐졌다. 그런 건 마치 이 세계에 혼자 남은 것만 같잖아.

자리에서 일어나 책장에 있는 졸업 앨범을 꺼냈다. '시립 아오바다이 고등학교'라고 새겨진 두꺼운 앨범을 급히 펼쳤다.

전체 사진보다 반 사진이 알아보기 쉽겠지. 긴장감에 사로잡힌 채 책장을 넘겨 3학년 2반에 이르렀다. 내 사진과 이름이 있는 걸 확인하고 입술을 꽉 깨물었다.

고키는 3학년 5반이었다. 거기에 그 애의 모습이 없다면…….

"성공…… 했다는 거겠지……."

나의 행동은 현재와 어떻게 연결되었을까? 내가 응원한 덕분에 고키가 다른 고등학교로 진학했다면, 어떤 변화가 일어나게 될까.

……고키가 죽었다는 사실도 없던 일이 될까.

과거를 바꾼다. 그런 당치도 않은 일을 내가 할 수 있을지 모르겠다. 하지만 이건 분명 나에게만 주어진 기회다. 결코 헛되이 할 수 없다.

긴장하면서 책장을 넘겼다. 3학년 3반, 3학년 4반……, 그리고 3학년 5반.

"……어째서……?"

하야세 고키. 그 이름과 함께 '훌륭한 건축가가 되도록 노력하겠습니다'라는 한마디가 실려 있었다. 사진 속의 고키는 평소와 다름없이 조금 수줍은 듯한 미소를 띠고 있었다.

몸에서 힘이 빠져나갔다. 망연자실해 앨범을 바닥에 떨어뜨렸지만 주울 기운도 없었다.

과거는 변하지 않았다. 고키는 아오바다이 고등학교에 다녔다. 그럼…… 고키가 죽은 것도?

황급히 일어나 계단을 뛰어내려갔다. "무쓰키?" 날 부르는 엄마의 목소리가 들렸지만 대답 없이 거실로 달려갔다.

분명히, 그날……. 고키의 장례식에서 받은 답례품이 있었을 텐데. 방에 들어가 자질구레한 물건들을 보관하는 선반을 보았다. 그곳에는 나와 엄마 두 명분의 답례품이 가지런히 놓여 있었다.

나도 모르게 그 자리에 주저앉았다.

"무쓰키? 왜 그러니?!"

"……."

바뀌지 않았다. 그 애는 여전히 죽은 채다. 장례식도 끝났다.

눈물이 주르르 흘러내렸다. 깜짝 놀란 엄마가 달려와 등을 쓰다듬어주었다.

"대체 무슨 일이야. 성인식에서 무슨 일이 있었어?"

"……."

"어제 많이 피곤했었니? 말을 걸어도 못 일어날 정도로 아주 깊이 잠들었던데."

엄마가 나를 꼭 끌어안았다. 그 품속에서 나의 의식은 다른 곳으로 날아가고 있었다.

"……고키가, 죽어버렸어…"

"……!"

무심코 중얼거린 말에 엄마가 몸을 움찔했다. 알고는 있지만 아무 말도 할 수 없었다.

"무쓰키……."

나는 고개를 숙인 채 자리에서 일어나, 엄마의 조심스러운 목소리에 대답하지 않은 채 방으로 돌아왔다.

간신히 한 걸음씩 떼어놓는데, 오늘따라 계단이 너무도 길고 발걸음이 무거웠다. 기대했던 만큼 실패했다는 충격이 너무나 컸다.

이렇게 열심히 했는데. 고키가 다른 고등학교에 가는 게 사실은 쓸쓸해서 견딜 수 없었는데. 그런데도 꾹 참고 제대로 고키를 응원해주었는데.

고키는 건축학과가 있는 고등학교에 지원한 거 아니었어? 그런데 대체 왜?

수많은 의문이 떠올라 머릿속을 빙글빙글 맴돈다. 아무리 생각해도 답은 나오지 않는다. 고등학교 시절의 추억이 사라지지 않아 기쁘다는 마음은 전혀 없었다. 조금 전까지 외롭다고 생각했지만, 지금 여기에 고키가 없다면⋯⋯ 그게 다 무슨 소용이겠어.

별사탕을 또 하나, 낭비해 버렸다.

오늘따라 무겁게 느껴지는 방문을 열고 손을 뒤로 돌려 문을 닫았다. 펼쳐둔 앨범을 향해 비틀비틀 걸어서, 사진 속에서 웃고 있는 고키의 모습을 손가락으로 덧그렸다.

'훌륭한 건축가'가 되기 전에, 넌 죽고 말아. 모든 걸 뒤로한 채 사라지는 거야.

왜 같은 고등학교에 가게 되었는지는 모르겠다. 하지만 졸업 앨범에 소신 표명을 할 정도니 꿈을 포기하지 않은 건 분명하다.

2년 동안 떨어져 지냈지만 알 수 있다. 고키는 분명 열심히 노력하고 꿈을 이루기 위해 최선을 다했을 것이다.

신이 있다면 왜 이런 심술을 부릴까. 고키는 이렇게 사라져도 되는 사람이 아니잖아? 나뿐만 아니라, 많은 사람들이 고키를 필요로 했었으니까…….

그때 갑자기 똑똑, 조심스러운 노크 소리가 들렸다.

"무쓰키……? 괜찮니……?"

문 너머에서 엄마의 목소리가 들렸다. 나는 "응"이라고만 대답했다.

"뜨거운 물 받아놨는데, 느긋하게 목욕이라도 하는 게 어때?"

"……응."

"수건도 갖다 놨어. 엄마는 거실에 있을 테니까…… 무쓰키가 원할 때 들어가렴."

"……응. 고마워."

그렇게 대답하자, 엄마의 목소리가 조금 안도한 기색으로 바뀌었다.

"점심도 다 됐으니까, 배고프면 내려오고."

"알았어."

"그리고…… 무쓰키?"

"응?"

"너무 실망하지 마. 넌 살아 있으니까……."

"……."

대답할 말이 없었다. 엄마는 나를 걱정하고 있을 뿐이야. 머리로는 알지만 마음이 따라가지 않았다.

내가 대답이 없는 걸 확인하고 엄마는 계단을 내려갔다. 멀어지는 발소리에 다시 눈물이 나는 걸 필사적으로 참았다.

나는 살아 있다. 하지만 고키는……? 어째서 고키가 죽어야 하는데?

아무리 많은 '어째서'를 거듭해도, 아무것도 모르겠고, 아무것도 변하지 않는다.

나에게 남은 기회는 이제 세 번. 별사탕을 다 먹기 전에 이 현실을 바꾸어야 한다.

"……목욕, 하자."

눈물이 말라붙어 버석거리는 데다 계속 우는 바람에 모습이 엉망진창이다. 거울을 볼 엄두가 나지 않는다. 재빨리 목욕 준비를 하고 엄마의 기척이 없는 걸 확인하면서 욕실로 향했다.

욕조에 몸을 담그고 느긋이 있었더니, 머리가 조금 맑아진 것 같다. 몸의 더러움이나 피로는 마음까지 거칠어지게 하는 걸지도 모른다.

목욕을 마친 뒤 거실로 발을 디뎠다. 엄마가 깜짝 놀란 듯이 고개를 들었다.

"점심 먹어도 돼?"

"물론이지. 금방 할 수 있으니까 앉아 있어."

"응. 고마워."

엄마가 분주히 일어나 부엌으로 이동했다. 나는 살짝 고개를 숙이고 식탁에 앉았다.

지금은 포기할 수 없어. 제대로 생각하고 움직일 수 있도록 힘부터 비축해야지.

엄마가 준비해준 점심은 엊저녁에 남은 재료로 만든 덮밥이었다. 달짝지근한 간장에 절인 생선회가 듬뿍 담겨 있었는데, 가운데 있던 달걀노른자를 터뜨리자 더 맛있었다.

"진수성찬이네."

무심코 말했더니 엄마가 쓴웃음을 지으며, 사실 어제 축하 파티를 하려 했다고 설명했다. 조금 미안한 마음이 들었다. 부모님도 성인식을 맞은 딸을 제대로 축하해주고 싶었을 텐데.

"잠들어서 미안."

그렇게 말하자 엄마는 웃었다.

"괜찮아. 무쓰키 생일날 제대로 축하하자."

"응."

나도 미소 지으며 고개를 끄덕였다. 듣고 나니 생각났다. 이제 이틀 후면 내 생일이라는 걸.

그렇구나, 나도 드디어 스무 살이 된다.

하지만 딱히 중학생 때부터 조금도 달라진 기분이 들지 않는다. 그래도 조금씩 성장하는 중이겠지. 몸도, 마음도.

지금이기에 고키를 위해서 내 기분을 억누를 수 있다. 고집부리며 그 애를 곤란하게 하던 그때와는 다르다. 아직 기회는 있다.

엄마가 지켜보는 가운데 든든하게 밥을 먹었다. 부정적인 생각을 그만두자 저절로 힘이 솟는 듯했다. 아직 포기하면 안 돼. 남은 별사탕으로 내가 미래를 바꾸는 거야.

식사를 마치고 방으로 돌아왔다. 작은 병을 손에 들고 소파에 앉았다.

과거를 다시 시작할 수 있는 신기한 별사탕. 어릴 적 내가 좋아했던 별의 조각을 닮은 과자. 여기에 고키가 어떤 마음을 담았을지 상상해보았다.

정작 나는 좋아했던 것조차 잊고 있었을 만큼 오래된 일인데, 고키는 제대로 기억해주었다.

주문에 대해서도 기억하고 있었을까? 혹시 약속의 단서가 그건가? 어떤 약속인지는 여전히 기억나지 않지만.

물끄러미 별사탕을 바라보고 있는데 문득 병의 공백이 신경 쓰였다. 병 자체가 작긴 작지만, 그래도 남는 공간이 너무 많다. 내가 받았을 때부터 별사탕은 일곱 개뿐이었잖아. 일반적으로 생각해도 적은 양이다.

고키는 일부러 일곱 개만 담은 건가? 대체 왜?

"이왕이면 더 많이 주지 그랬어······."

그러면 별사탕 수만큼 더 많이 고키를 만날 수 있었을 텐데. 고키와 더 많은 시간을 보낼 수 있었을 텐데.

과거를 바꿔서 그 애를 돕는 것도 더 수월했을지도 몰라. 이렇게 투덜거려봤자 소용없지만.

"······오늘은 언제일까?"

남은 별사탕은 세 개.

살짝 뚜껑을 열고 거꾸로 들자 별사탕 하나가 도르르 굴러 떨어졌다. 손바닥으로 받아서 손끝으로 집는다.

심호흡하고 입에 넣었다.

\*

현기증과 함께 눈을 뜨자 눈앞에 낯선 사람의 뒤통수가 보였다.

······이건 뭐지?

상황 파악에 힘쓰려고 주위를 둘러보려다 갑작스러운 흔들림에 몸이 휘청거렸다. 순식간에 받쳐주는 손이 뻗어나온다.

"무쓰키? 괜찮아?"

걱정스럽게 말을 걸어 준 건, 고키다. 나와 나란히 앉아 있는 그 애는 사복 차림이었고, 얼마 전보다 조금 더 성장한 듯했다.

"아, 응. 괜찮아, 고마워."

"그렇다면 다행인데, 혹시라도 어지럽거나 기분이 나빠지면 바로 말해야 해."

"응, 알았어."

제대로 고개를 끄덕이자 고키는 조금 안심한 듯 얼굴을 앞으로 돌렸다. 아까 시야에 비쳤던 건 앞좌석에 앉은 사람의 머리였다.

불규칙한 흔들림을 반복하는 건 버스를 타고 있기 때문이었다. 통학할 때 늘 타던 노선의 버스가 틀림없다.

어디로 가고 있는지 창밖을 통해 확인하려고 할 때 타이밍 좋게 안내 방송이 나왔다.

"다음은 후지가오카, 후지가오카입니다. 내리실 분은 벨을 눌러주세요."

그렇구나, 역 앞 터미널 쪽으로 가는 노선인가 보다. 나도 사복을 입고 있고 바깥이 밝은 걸 보면 점심 무렵이니까, 학교는 아마 쉬는 날이겠지.

고키는 셔츠에 니트 카디건을 걸치고 짙은 색의 데님을 입고 있다. 나는 원피스에 긴 카디건, 그리고 부츠 차림을 하고 있었다. 평소보다 약간 기합이 들어간 듯하다.

계절은…… 가을 정도일까? 가로수의 색이 물들고 있었다.

언덕을 오른 뒤에는 긴 내리막길이 이어졌다. 도로변 점포로 들어가는 차량 때문에 버스가 다니는 왼쪽 차선은 늘 막히기 일쑤였다. 천천히 움직이는 버스 안에서 나는 열심히 머리를 굴렸다.

둘이서 역 앞에 나가려고 하는 모양인데. 목적이 뭐지? 짐도 별로 없는 걸 보면 수험 공부는 아닌데. 복장을 생각하면 그냥 데이트인가?

"뭐야, 왜 그래?"

"어?"

"아까부터 할 말 있는 것처럼 쳐다보길래."

"그, 그런 거 아냐."

흘끔흘끔 고키의 모습을 엿보던 게 본인한테 들킨 모양이다. 황급히 부정했지만 그 애의 눈은 점점 가늘어졌다.

"무슨 사고 친 거 아냐? 혹시 뭐 잃어버렸어? 아, 알겠다. 정기권 놓고 왔지."

"치, 아니야!"

순간적으로 부정했지만, 지금 내 가방 안에 뭐가 들어 있는지 나도 모르겠다. 슬금슬금 열어보니 고등학교 때 쓰던 그리운 정기권 지갑이 제대로 들어 있었다.

"봐, 있잖아."

"지금 확인했잖아. 불안했던 거 맞지?"

"아, 아니야! 자신 있었어. 제대로 가져왔다고!"

힘주어 말했지만, 고키는 믿지 못하겠다는 듯 의심스러운 눈초리를 거두지 않았다.

"정말?"

"정말!"

거듭 단언하자 고키가 흐뭇하다는 듯 부드러운 표정을 지으며, 내 머리를 쓰다듬었다.

"그럼, 뭐 그런 걸로 해두지."

"……좀 치사해."

토라진 듯 뺨을 부풀리자, 고키가 부푼 볼을 찔렀다.

"아, 다코야키* 발견!"

"다코야키 아니거든."

"무쓰키의 다코야키, 엄청 동글동글하다."

"동글동글하다고 하지 마!"

고키가 짓궂게 웃으며 나를 놀렸고, 나 역시 장난스럽게 화내며 토라진 척을 했다.

---

\* 문어가 들어간 동글동글한 모양의 풀빵. 오사카를 대표하는 길거리 음식이다.

그리움을 느낄 새도 없이, 순식간에 고키와 함께 있는 것이 자연스러웠던 그 시절로 돌아와 있었다. 그 애가 놀리는 바람에 토라지거나, 별것 아닌 일로 바보처럼 웃거나, 함께 어울리는 것만으로도 행복했던 그 시절.

익숙해진다고 해야 할까. 그 애 옆에 있는 게 당연했다. 떨어져 있으면 숨도 못 쉬지 않을까 싶을 정도로.

이때 그토록 세계의 중심에 있던 사람이 열아홉 살의 내 곁에는 더 이상 없다. 눈시울이 뜨거워지며 눈물이 쏟아지려는 걸 간신히 참았다.

조금 전까지 장난치던 고키가 화들짝 놀란 얼굴로 내 얼굴을 들여다보았다.

"무쓰키, 미안. 농담이었어."

"응, 알아."

"그래도 눈물이 그렁그렁한걸. 미안해."

"이건……."

아니야. 이런 장난이 싫은 게 아니야. 오히려 이런 시간이 계속 이어지면 좋겠어.

예전의 나에게 말해주고 싶다. 고키가 옆에 있다는 것이 얼마나 행복한 일인지 잘 알아두라고. 무리라는 건 알지만, 그 생각이 머릿속을 떠나질 않는다.

내 몸을 잡아주었을 때보다 훨씬 심각한 표정으로 나를 바라보는 고키.

  그 엉뚱한 걱정이 기뻐서, 하지만 가슴이 아파서…… 나는 그 애의 뺨을 꼬집었다.

"아얏."

"……복수야."

"그게 뭐야."

"고키 바보."

"무쓰키 멍청이."

"나 멍청이 아니야, 고키가 바보잖아!"

"무쓰키는 멍청이야. 멍~~한 모습도 사랑스러운걸."

"뭐야. 지금 그게 칭찬이야?"

"칭찬이지. 칭찬 맞아. 무쓰키가 엄청 귀엽다는 뜻이니까."

  한쪽 눈썹을 씰룩이며 웃는 고키가 나를 귀엽다고 말해준다. 낯간지럽지만 기뻐서, 조금 전까지 말다툼을 하던 건 없던 일이 되었다. 치사해, 생각하면서도 마음이 따뜻해졌다.

  아마카와 역 앞에서 내린 우리는 먼저 빵집으로 향했다.

  버스 정류장 근처에 있는 그 빵집은 조금 좁지만 카페 공간도 있어 가끔 들렀던 기억이 난다.

"점심으로 먹을 거야?"

"응. 오늘은 강변에서 먹자."

"좋아! 날씨도 좋고."

빵집에 들어서자 달짝지근한 빵 냄새가 식욕을 자극했다. 나도 오랜만이라 들떴는지, 진열대에 빼곡히 놓인 빵 사이를 돌아다녔다.

"치즈도 좋고, 샌드위치도 좋아. 아, 베이글 샌드도 맛있을 것 같아!"

쟁반과 집게를 든 고키가 쓴웃음을 지으며 내 옆으로 다가왔다.

"먹을 수 있는 만큼만 고르는 거다? 욕심부리면 감당이 안 되니까."

"나도 알아."

"알면 다행이고."

그렇게 말하며 고키는 비엔나가 올라간 빵을 집게로 집었다. 그다음에는 햄과 양상추가 든 샌드위치. 마지막으로 오렌지 주스를 고른 뒤 나를 본다.

"무쓰키는 뭘로 할 거야?"

"어, 고키는 엄청 빨리 골랐네!"

"무쓰키가 우유부단한 거 아닐까?"

"으으, 기다려. 금방 고를 테니까."

그렇게 말하긴 했지만 하나같이 맛있어보여서 시선을 주체할 수 없었다.

빵들과 눈싸움을 하면서 가게 안을 한 바퀴 돌았다. 그리고 고키를 돌아보았다.

"결정했어! 이거랑 이거!"

"응, 알았어. 마실 건?"

"사과 주스로 할까?"

"그래."

고키가 재빨리 내가 고른 빵을 쟁반에 담아 계산대로 향했다. 계산은 늘 각자 했을 것이다. 지갑에서 동전을 꺼내 고키에게 건넸다.

"나중에 줘."

"응. 그래도 혹시 깜박할까봐."

그렇게 말하고 계산을 하는 고키의 지갑에 동전을 넣었다.

나중에 받겠다고 하면서 안 받을 때도 많았다. "큰 금액도 아니니까" 하면서 고키는 늘 내 몫까지 대신 내곤 했다.

두 사람 몫의 빵 봉투를 한 손에 든 고키가 비어 있는 다른 손으로 내 손을 잡았다.

"그럼 갈까?"

"응."

자연스럽게 잡고 있는 손이 그리웠다. 며칠 전 만난 작은 고키와는 비교할 수 없이 큰 손.

이렇게 내 손을 폭 감싸는 온기에 언제나 안심하고 있었지, 옛 추억을 되새겼다.

고키가 말하는 강변은 현 경계를 지나는 시카노강의 하천 부지다. 여름에는 불꽃놀이가 열려서 고키와도 몇 번 간 적이 있다.

고키와 나란히 고가 다리 밑 횡단보도를 건너고 선로를 따라 길을 걸었다.

깔끔하게 정비된 길이지만, 옛날에 있었다는 상가의 흔적이 조금 남아 있어 향수를 불러일으킨다. 고가 다리 밑에는 술집들이 즐비하고, 주변에 드문드문 개인 상점이 보였다. 역 앞이 개발되어 대형 슈퍼가 생기는 바람에 이 근방의 가게들은 거의 없어진 것 같다.

국도에 다다르자 교차로가 나왔다. 이웃 마을로 이어지는 이 길은 늘 혼잡했다.

"저 차 귀엽다."

내가 불쑥 중얼거리자 고키는 나를 돌아보았다.

"어디?"

"저기, 아파트 쪽에서 오는 차."

우리가 건너려는 횡단보도 맞은편에서 신호대기 중인 차를 가리켰다. 연파랑 색상과 아담한 형태가 귀여웠다.

"하늘색?"

"맞아. 귀엽지 않아?"

"응. 무쓰키 같아."

"나 같다는 게 무슨 뜻이야?"

무심코 질문하자 고키는 살짝 짓궂은 얼굴을 하고 웃었다.

"작고 귀엽다는 뜻."

"작다는 말은 필요 없지 않아?"

"내가 봤을 때는 쬐끄매."

"고키가 너무 큰 거야. 지금 키가 몇이야?"

"아마 178 정도 될걸."

"……크네."

"무쓰키는?"

고등학생 때는 아마…… 하고 생각하다, 키는 그때와 거의 변하지 않았다는 걸 깨달았다.

"153…… 정도."

"역시 쬐끄매."

"뭐라는 거야."

이래 봬도 평균보다 조금 작을 뿐이거든. 아마도.

대놓고 불만스러운 표정으로 입을 내밀자 고키는 웃으며 내 손을 다시 잡았다.

"에이, 삐지지 마. 모처럼의 데이트잖아."

"……나도 알아."

데이트라고 해봤자 특별한 건 아무것도 없었다. 보통은 사카키자카를 산책하거나 역 앞에 나가서 가게를 둘러보거나 이런 식으로 강변에서 느긋하게 보내곤 했다.

그다지 멀리 나가지는 않았다. 학교 규칙상 아르바이트는 금지였기에, 우리가 자유롭게 쓸 수 있는 돈은 용돈밖에 없었다.

하지만 돈이 없어도 충분히 즐거웠다. 고키와 함께라면 뭐든지 좋았다.

"왜 그래? 복잡한 표정인걸."

"…아무것도 아니야."

조금 걱정스러워 보이는 고키의 얼굴이 더 이상 흐려지지 않도록, 나는 헤헤 웃었다.

잃어버린 것에 대한 복잡한 심정은 일단 가슴속에 깊이 묻어두자. 고키와 보낼 수 있는 시간은 한정되어 있으니까.

지금은 미래를 조금이라도 바꾸기 위해, 할 수 있는 모든 노력을 기울여야 할 때였다.

신호등이 파란색으로 바뀐 걸 보고 나는 고키 앞에 나섰다.

"자, 빨리 가자!"

잡은 손을 확 끌어당겼더니 고키의 상반신이 앞으로 고꾸라질 뻔했다. 불시의 습격을 당한 느낌이 우스워서 다시 웃었다.

"무쓰키, 앞을 봐. 위험해."

"괜찮아. 고키가 지켜보고 있을 거잖아?"

"그건 그렇지만……. 봐, 똑바로 걸을 수가 없잖아."

뒤돌아서서 고키의 손을 잡아당긴다. 저 앞에 뭐가 있을지 몰라도 불안함은 없었다.

"무쓰키, 잠깐만."

"어?"

내 걸음을 멈추게 한 고키가 빙글, 내 몸을 올바른 방향으로 돌려놓는다.

"계단이야. 퐈당 넘어질 뻔했어."

인도는 횡단보도보다 한 계단 높다. 나는 순순히 고키에게 고맙다고 말하고 인도로 올라갔다. 뒤돌아서 걸어도 두렵지 않았던 건, 그 애와 있으면 위험한 일을 당할 리 없다고 믿기 때문이었다.

그대로 아파트를 따라 인도를 걷다 보면 고속도로 고가 다리가 나온다. 아래쪽으로 공원이 길게 이어져 있었다. 나와 고키는 남쪽에 있는 공원 입구를 통해 하천 부지로 들어갔다.

시카노강은 빛을 반사해 반짝반짝 빛나고 있었다. 하천 부지에는 우리 말고도 가족끼리 오거나 산책을 즐기는 사람들이 드문드문 보였다. 고키와 적당한 장소를 찾아 계단 위에 앉았다.

"자, 빵 먹을까?"

"응!"

오늘은 날씨가 너무 좋다. 마치 소풍을 나온 기분이라 어쩐지 설렜다.

먼저 갓 구운 치즈 프랑스 빵을 봉투에서 꺼냈다.

"아직 좀 따뜻해. 고키도 먹을래?"

"응, 고마워."

고키는 내가 내민 빵을 뜯어서 "진짜 따뜻하다" 하며 입에 넣었다.

"와, 맛있다."

"정말? 나도 먹을래!"

한 입 베어 문 순간부터 치즈의 근사한 냄새가 풍겼다. 약간 짭짤하면서 쫄깃한 빵은 씹는 동안 은은한 단맛이 배어나왔다.

"와아, 맛있어."

"다행이다. 난 이거부터 먹어야지."

고키는 샌드위치와 주스 두 개를 꺼낸 뒤, 사과 주스에 빨대를 꽂아서 나에게 건넸다.

"고마워."

"응."

그리고 자기의 오렌지 주스도 똑같이 마실 준비를 했다. 너무도 자연스럽게 나를 먼저 챙겨주는 고키. 그런 작은 배려를 그 시절의 나는 제대로 깨닫고 있었을까. 지금이기에, 고키의 사소한 다정함을 알아차리고 고맙다는 말을 할 수 있는 건지도 모른다.

"고키는 정말 다정하네. 나한텐 늘 자상했었지."

무심코 중얼거리자 샌드위치를 베어 물던 고키는 목이 막힌 모양이었다. 당황해서 사과 주스를 내밀자, 가볍게 고개를 끄덕인 그 애가 주스를 받아들고는 꿀꺽 삼켰다.

괜찮은지 고키를 들여다보자, 조금 얼굴이 붉어져 있었다. 콜록, 작게 기침을 하고 나서 고키가 크게 숨을 내쉬었다.

"……아, 깜짝 놀랐네. 갑자기 왜 그래."

"……아니, 그냥 생각난 대로 말한 것뿐인데."

"미안. 무쓰키 주스인데 내가 엄청 마셔버렸어. 오렌지라도 괜찮으면 이거 마셔."

"신경 쓰지 마. 목은 좀 괜찮아?"

"괜찮아. 그런데 빵 먹다 목에 걸리는 거 진짜 위험하구나. 지금 보니 알겠지?"

"……응, 확실히."

우리는 얼굴을 마주 보며 웃었다. 아무것도 아닌 일인데 너무 우스웠다.

둘이서 한참을 웃고 나서 보니 고키의 얼굴에도 붉은 기가 가신 뒤였다.

"무쓰키는 가끔씩 그런 말을 하더라."

"그런 말이 뭔데?"

"그런 말이 그런 말이지. 갑자기 그런 말을 하면 두근거리잖아."

고키가 그렇게 말하자 나는 멍한 얼굴이 되고 말았다.

"두근두근해? 고키가?"

"당연하지. 무쓰키랑 있을 때는 항상 두근두근해."

고키는 쑥스러운 듯 웃고는 다시 말했다. 그런 표정을 하면 나까지 두근두근하잖아.

"……거짓말."

"정말이라니까. 봐봐."

고키가 내 왼손을 잡았다. 그리고 그대로 왼쪽 가슴에 가져다 댔다.

"엄청 두근두근하고 있지? 내 심장."

"……."

쿵, 쿵, 고키의 심장 소리가 손끝에서, 손바닥에서 전해져 온다. 고키가 여기에 있다는 걸, 살아 있다는 걸 조용히 알려주는 리듬.

그 애는 그 심장 박동이 평소보다 빠르다는 걸 알려주려는 거겠지. 두근두근한다는 건 그런 뜻이다.

하지만 나는 그대로 받아들일 수 없었다. 다른 감정이 솟아올라 눈물샘이 자극되었다.

"……무쓰키?"

고개를 갸우뚱하는 고키. 나는 그 애의 고동을 손바닥 전체로 느끼며, 입술을 꽉 깨물고 눈물을 참았다. 그리고 그 애에게 질문을 던졌다.

"고키……. 입시 준비할 때, 그 건축과…… 지원 안 했어?"

"어?"

"가고 싶다고…… 아니, 가겠다고 했었잖아?"

고키가 의아한 표정으로 나를 보고 있다. 그야 그렇겠지. 원래대로라면 내가 그 이유를 모를 리가 없는데. 이렇게 시간이 한참 지난 뒤에 굳이 묻다니 이상하잖아.

하지만 나는 이럴 수밖에 없다. 내가 바꾸었을 과거가 왜 달라지지 않았는지, 고키가 왜 나랑 같은 고등학교에 다니고 있는지, 나는 모르니까. 고키가 가르쳐 주지 않으면 알 도리가 없다.

내 눈빛이 진지하다는 걸 고키도 눈치챈 모양이다. 조금 난처한 듯 입을 연다.

"건축과는…… 결국 지원 못 했잖아."

"뭐?"

할 말을 잃었다. 지원했더라면 분명히 합격했을 것이다. 고키의 성적이라면 틀림없다.

그런데…… 왜?

"아, 전에도 말했지만 절대 무쓰키 탓은 아니야. 건축가를 포기한 것도 아니고, 그냥 좀 너무 서둘렀나 싶어서. 고등학교 나오고 나서 시작해도 늦지 않을 것 같고, 고향을 떠나는 것도 좀 망설여져서."

"하지만……."

하루빨리 꿈을 향해 나아가고 싶다고 했었잖아. 그 꿈을 이룰 수만 있다면 뭐든 하겠다고. 그 때문에 나랑 떨어지게 되더라도, 우리 둘이라면 괜찮을 거라고 했잖아.

"무쓰키, 아직도 신경 쓰고 있었어? 정말 무쓰키 때문에 그런 건 아니야."

"……정말, 이야?"

"정말이야. 지금은 아오바다이 고등학교에 가서 다행이라고 생각하고 있어. 친구들도 다들 재미있고, 무쓰키와도 이렇게 함께할 수 있고."

고키의 가슴에 닿아 있던 손을 살짝 떼어내서는, 다시 꼭 잡아주었다.

생긋 웃어주는 그 얼굴에 그늘이라고는 없다. 그 온기도 거짓이 아니라는 걸 알 수 있었다. 그런데도 혹시나 하는 마음이 떠올랐다 사라지며, 나를 혼란스럽게 만들었다.

얼마 전, 열아홉 살의 내가 개입하면서 고키의 지망 학교는 바뀌었을 거라고 생각했다. 하지만 그렇지 않았다. 고키와 같은 고등학교에 다닐 수 있어서 과거의 나는 틀림없이 기뻐했을 것이다. 나와 고키의 고교 시절의 추억도 전부 그대로 남아 있게 된다.

그 대신, 스무 살의 고키는 미래에서 그대로 죽고 말 것이다.

"하지만…… 그럼……."

이대로는 미래가 바뀌지 않는다. 무슨 수를 써야만 해. 이대로 고키의 인생을 끝낼 수는 없다.

그렇지만 도대체 어떻게 해야 하지……?

머릿속이 엉망진창이 된 건, 격하게 요동치는 감정 때문이었다.

고키 본인은 고등학교 수험에 대한 후회 같은 건 없어 보였다. 조급해하는 건 나뿐이다.

"무쓰키, 무슨 생각을 그렇게 해?"

"……아니야. 고키가…… 사실은 다른 고등학교에 가고 싶었던 게 아닐까 싶어서."

"그, 러, 니, 까."

쓴웃음을 지으며 고키가 내 볼을 살짝 꼬집었다.

"무쓰키 탓이 아니라니까. 내가 결정한 일인걸. 아니면 무쓰키는 나랑 아오바다이에 다니는 게 그렇게 싫어?"

"훗……."

서서히 눈물이 차오르는 바람에 말이 나오지 않았다. 그 대신 나는 세차게 고개를 가로저었다.

싫을 리가 없다. 솔직히 말하면 기쁘다. 고키와 함께했던 고등학교 생활은 더없이 행복했으니까. 하지만.

내 뺨을 꼬집던 손끝에서 힘이 빠져나가더니, 고키의 손이 그대로 내 뺨을 감쌌다.

"나, 사실 기뻤어. 무쓰키가 내 진로를 응원하겠다고 말해줘서."

"어?"

"내가 다른 고등학교에 가고 싶다고 하면 분명히 울음을 터뜨릴 줄 알았거든. 그런데 고키가 후회하지 않길 바란다고 말해줘서……. 정말 감동했다고 할까, 다시금 반했다고 할까."

쑥스러운 듯 말하는 고키의 손이 내 뺨에서 머리로 옮겨갔다. 그리운 손길에 정신이 아득해질 것만 같았다. 그대로 고키의 온기를 받아들였다.

"항상 내가 무쓰키를 지켜줘야 한다고 생각했는데, 반대일지도 모른다는 생각이 들었어. 엄청 기뻤고 믿음직스러웠어."

고키의 손이 내 머리에서 떨어져나갔다. 그렇게 생각하자마자, 멋대로 흘러넘치기 시작한 눈물을 살짝 닦아주었다.

다정한 손길. 고키는 언제나, 모든 면에서 상냥했다.

나를 그런 식으로 생각해주고 있었는지 미처 몰랐다.

옛날 같았으면 틀림없이 싫다고 울면서 억지를 부렸겠지. 하지만 지금의 나이기 때문에, 고키를 응원할 수 있었다.

그 일이 고키에게 이런 식으로 영향을 미치고 있다니. 아무 것도 변하지 않은 건 아닐지도 모른다.

내 눈물이 그친 걸 확인하고 나서 고키는 "뭐어……" 하며 한숨을 내쉬었다.

"대학에 간 다음에는 열심히 건축 공부를 하려고 생각하고 있어. 그러니까 이렇게 느긋하게 놀 수 있는 것도 올해까지야. 내년부터는 공부 모드로 전환해야 해."

"대학……."

내년부터 공부한다는 건 지금은 2학년인가. 이런 대화를 주고받은 기억은 없지만, 고키는 자기의 말에 책임을 지겠다는 듯이 3학년 때부터는 공부에 집중하고 있었다. 그러다 보니 나도 덩달아 공부에 매진하게 되었다. 그 애와 달리, 무엇을 목표로 해야 할지 모르는 채로.

"그러니까 무쓰키는 아무 걱정 안 해도 돼. 알았지?"

"……."

내 머리를 쓰다듬으며 고키가 웃었다. 든든하고 믿음직한 미소. 예전의 나라면 주저 없이 "응!" 하고 고개를 끄덕였을 것이다. 그런데 지금은 아니다.

"무쓰키?"

의아한 듯 나를 보는 그 애에게, 숨김없이 대답하고 싶었다. 그런데 그게 잘 안 됐다. 걱정하지 않아도 된다고 말해봤자 소용없는걸. 왜냐하면 고키는 사라질 테니까.

"……걱정, 돼."

"어?"

"이대로는, 아무것도 달라지지 않는걸."

"응? 무슨 소리야, 무쓰키?"

"……."

엉망진창이다. 나도 안다. 하지만 나도 모르게 입 밖으로 내뱉고 말았다.

사실은 내가 지금 여기 있는 이유를 전부 털어놓고, 최악의 미래를 피할 수 있는 방법을 같이 의논했으면 좋겠다. 나 혼자서는 어떻게 해야 할지 모르겠어. 불안감만 커지고 무서워져. 고키가 손을 빌려준다면 얼마나 든든할까.

"있잖아, 고키. 지금 어떤 노력을 해서 미래를 바꿀 수 있다면, 내가 뭘 해야 한다고 생각해?"

"응? 그게 무슨 말이야?"

"그러니까……."

입을 열었다가 다시 다물었다. 자세하게 설명하려면 고키의 죽음에 대해 언급하지 않으면 안 된다. 아무래도 좀 거부감이 들었다. 게다가.

"나는 열아홉 살의 무쓰키야."

"성인식을 맞이하기 전에 고키는 죽고 말 거야."

"난 미래를 바꾸기 위해 여기에 왔어."

아무리 고키라고 해도, 그런 설명을 듣고 이해할 수 있을 리가 없다.

결국 말없이 고개를 떨굴 수밖에 없었다. 그런 날 보며 고키가 중얼거렸다.

"음……. 그치만 다들 그러잖아? 지금 어떤 노력을 하느냐에 따라 미래가 달라진다고."

"……어?"

나도 모르게 고개를 들었다. 의외로 진지한 얼굴을 한 그 애의 시선은 시카노강의 흐름을 향하고 있었다.

"누구나 노력한 결과가 나오는 건 지금이 아니라 나중이잖아? 미래라고 하면 뭔가 상상이 잘 안 되지만……. 하고 싶은 일이나 바꾸고 싶은 게 있으면, 어쨌든 지금 할 수 있는 일에 최선을 다하면 되지 않을까?"

시야가 탁 트이는 듯한 고키의 말은 정석 그대로였다.

하지만 기분이 따라가지 않는다. 나에겐 그런 여유를 부릴 시간이 없었다. 지금 당장 무언가를 바꾸지 않으면 미래는 변하지 않는다. 나는 그저 고키가 죽기를 바라지 않을 뿐인데.

그렇게 생각하다가 깜짝 놀랐다. 또다시 고키에게 의지하려고 하고 있다. 항상 나를 지켜주고 있던 고키에게 기대서 짐이 되었다. 특히 지금은 나랑 정신 연령도 다른 그 애에게

"내가 뭘 해야 한다고 생각해?" 하면서 곤란하게 만들고 대답을 조르고 있다.

이래선 과거가 반복될 뿐이다. 아무것도 달라지지 않는다. 내가 바꿔야 해. 지금까지 도움만 받고 있던 내가 변해야만 해.

"아직…… 방법은 모르겠지만."

"응?"

"노력할게. 제대로, 바꾸고 말 테니까."

고키를 위해서. 고키가 있는 미래를 위해서.

결의를 담은 나의 시선에 고키는 조금 고개를 갸웃하면서도 웃었다.

"잘은 모르겠지만, 무쓰키가 노력하고 싶은 일이 있다면, 나는 응원할게."

"……응, 고마워."

"별말씀을."

공기가 누그러진다. 고키 곁에 있을 때면 느껴지는 이 온화한 분위기가 너무 좋았다.

둘이 마주 보며 웃은 뒤, "아, 그래도" 하면서 고키가 내게 다짐했다.

"무리하면 안 돼. 무쓰키가 무리하다가 힘들어질 정도라면 말릴 테니까."

"……응."

나는 말을 삼키며 애매하게 고개를 끄덕였다. 고키가 날 걱정해서 그렇게 말해주는 건 알고 있다. 하지만 순순히 받아들일 수는 없었다.

"그럼 슬슬 갈까?"

"응? 어디로?"

"산책. 날씨도 좋은데 가볍게 걷자."

"응."

이번에는 제대로 고개를 끄덕였다. 쓰레기를 치우고 자리에서 일어났다.

"일단 이쪽으로 가자."

고키는 그렇게 말하며 강변의 산책로를 따라 북쪽으로 걷기 시작했다.

수면에 빛이 반사되어 반짝반짝 눈부셨다. 등 뒤로 느껴지는 따뜻한 햇볕을 받으며 걷는 기분이 어쩐지 상쾌했다.

잡고 있던 손에 자연스럽게 힘이 들어갔다. 고키는 눈치채지 못했는지, 나에게 이런저런 이야기를 해주고 있었다. 적당히 대답하면서도, 생각은 다른 곳으로 향하고 있었다.

고키는 내가 힘들어할 정도가 되면 말리겠다고 했다. 하지만 과거를 바꿔서 내가 힘들어질 일이라고 해봤자…… 그 여름 축제의 고백처럼 지금까지의 추억이 바뀌어버리는 정도다. 두 사람의 것이었던 추억이 나만의 것이 되어버린다. 그것뿐이다.

고키가 겪을 괴로움과는 비교할 수 없다.

어릴 적 고키가 내 소망을 들어주고 목숨을 구해주었듯이, 이번에는 내가 고키가 원하던 미래로 이끌어주고 싶다. 고키를 구하고 싶다. 그렇게 간절히 바랐다.

시카노강을 거슬러 올라가는 건 고속도로 고가 다리를 따라가는 것과 비슷하다. 조금 가다 보면 갈림길이 나오는데, 그 앞에서 고키는 강변을 벗어났다.

"아래쪽에서 올려다보는 것도 좋지만, 역시 옆에서 보고 싶어서."

고키의 목표는 고속도로 출구 바로 앞에 있는 현수교였다. 거꾸로 된 부채 모양으로 펼쳐진 흰 장대들이 길을 떠받치고 있는 것처럼 보이는 이 건축물을 고키는 옛날부터 좋아했다.

강변에서 멀어져 다리 전경이 보이는 곳까지 오자, 고키는 걸음을 멈추었다.

나도 고키 옆에서 웅장한 다리를 함께 바라본다.

"건축 공부가 돼?"

"글쎄. 그냥 보는 것만으로도 좋은 것 같아."

"저렇게 큰 다리를 만들어 보고 싶다는 생각은 안 들어?"

"음, 딱히 다리나 도로를 만들고 싶은 건 아니야."

"어? 그럼 고키가 건축가가 돼서 만들고 싶은 건 뭔데?"

나도 모르게 미간을 좁히자, 고키는 쓴웃음을 지었다.

"내가 관심 있는 건 평범한 집이야."

"집?"

"응. 매일매일 살아가는 장소는 특별하잖아. 사는 사람이 행복할 수 있는 집을 만들 수 있다면 최고일 것 같아."

"아……."

"게다가 모든 사람이 집을 짓는 데 마음껏 돈을 쓸 수 있는 건 아니고, 공간도 한정되어 있잖아? 그런 만큼 이것저것 고민하는 재미도 있을 것 같아."

몰랐다. 고키의 방에 있는 건축 관련 사진집을 보면 훨씬 크고 눈에 띄는 건축물이 가득했으니까. 고키도 그렇게 전국에서 사람들이 보러 올 건축물을 만들고 싶어하겠지, 하고 내 마음대로 생각하고 있었다.

"……고키라면 멋진 집을 지어줄 것 같아."

"어?"

"왜냐하면 다른 사람을 엄청 잘 관찰하고 있으니까. 다른 사람의 기분도 잘 헤아리고, 언제나 다정하고. 그러니 틀림없이 전국에서 주문이 쇄도하는 대단한 건축가가 될 거야."

자연스럽게 입에 담은 말은 진심이었다. 하지만 말을 마치자마자 씁쓸한 기운이 입안에 퍼졌다.

고키가 건축가가 된다면…….

내가 아는 고키는 '건축가가 되기 전'에 목숨을 잃고 만다.

현실을 떠올리자 마음이 더더욱 무거워졌다. 가볍게 '건축가가 될 수 있다'라는 말을 꺼낸 것에 후회가 소용돌이쳤다.

"무쓰키."

고키가 부르는 소리에 고개를 들었다. 무책임한 나 자신을 향한 부정적 감정이 한순간에 날아가버렸다. 왜냐하면 고키가…… 새빨간 얼굴을 하고서 내 머리를 끌어안았으니까.

"그런 거, 안 된다니까. 아까도 말했잖아……."

"어? 어어?"

"너무 기뻐서 쑥스럽단 말이야. 아, 진짜. 지금 얼굴 빨개졌을 거야."

응, 빨개졌어. 그렇게 말할 수는 없었다. 고키의 어깨에 이마가 닿지 않을 정도의 키 차이로는 그 애의 체온을 느끼는 것만으로도 한계였다.

"무쓰키의 기습, 진짜 장난 아니라니까."

"하, 하지만…… 진심인걸…….."

"그래서 더 위험하단 말이야."

하하, 고키가 웃으며 내 머리를 놓아주었다.

고키의 냄새로 가득하던 공간에 부드러운 바람이 불어온다.

"그래도 고마워. 무쓰키가 그렇게 말해주니까 정말 될 수 있을 것 같단 생각이 들었어."

내 머리를 쓰다듬으며 말하던 그 애가 쑥스러운 듯 미소지었다.

"인기 많은, 훌륭한 건축가."

욱신, 가슴이 아려왔다.

기쁘면서도 안타까웠다. 마주 웃어주고 싶은데 그럴 수가 없었다. 앞으로 무슨 일이 일어날지는 모두 알고 있는데, 정작 내가 어떻게 해야 하는지는 알 수가 없다.

눈시울이 뜨거워지며 또다시 울음이 터질 것만 같았다. 나는 늘 이렇다.

눈물을 보이면 내가 아닌 누군가가 도와주니까. 그걸 기대해버린다. 이 일을 해결할 수 있는 건 나뿐인데.

그런 나를 알아채지 못한 고키는 다시 한번 내 머리를 쓰다듬고 나서 손을 잡고 걷기 시작했다. 나는 말없이 그 뒤를 따랐다.

아무것도 알지 못했던 고등학교 2학년의 나라면, 아마 천진하게 대답했겠지.

"고키는 훌륭한 건축가가 될 거야! 틀림없어!"

고키가 꿈을 향해 얼마나 노력하는지 알고 있었기 때문에, 반드시 이루어질 것이라고 확신하고 있었다. 그 애가 내 곁에 있는 미래를 믿어 의심치 않았다. 내가 한 거짓말 때문에 모든 것이 무너지리라고는 상상도 하지 못했는데······.

"아, 맞아."

무슨 생각이 떠오른 듯 고키가 말했다.

"무쓰키, 오늘 야경 보러 갈래?"

"앗……."

갑작스러운 제안에 나도 모르게 발걸음을 멈추었다. 야경이라니…… 고키와 보러 간 적이 있었던가? 축제나 불꽃놀이 때 말고는 항상 밤이 되기 전에 집에 돌아갔을 텐데.

말문이 막힌 내 얼굴을 고키가 들여다본다.

"어? 싫어?"

"시, 싫지 않아! 하지만 어디로……?"

"산 쪽. 어두워지기 전에 가자."

천천히 걸어서 상가의 흔적이 남아 있는 옛 시가지를 벗어나 큰길가 버스 정류장으로 향했다.

"10분 뒤에 버스 온대."

"시간이 딱 맞았네."

"그러게. 무쓰키, 다리 아프진 않아? 괜찮아?"

많이 걸었기 때문에 조금 지치긴 했다. 하지만 고키가 걱정하는 만큼 힘들지는 않았다.

"괜찮아."

"정말? 무리하는 거 아냐?"

걱정 많은 그 애의 모습에 나도 모르게 쓴웃음을 지었다.

"아무렇지도 않아. 어릴 때랑 달리 지금은 건강하니까."

아무렇지도 않게 그렇게 말하고 나서 실수했다는 생각이 들었다. 고키의 표정이 약간 일그러졌기 때문이다.

"아, 그게 아니라……."

어색한 공기를 무마시키려 했지만, 말이 제대로 나오지 않았다. 그러자 고키가 먼저 입을 열었다.

"무쓰키, 미안해."

"어?"

갑자기 사과를 받는 바람에 나는 얼빠진 소리를 낼 수밖에 없었다. 고키는 진지한 표정으로 나를 바라보았다.

"사실은 계속…… 무쓰키에게 사과해야 한다고 생각하고 있었어."

그때 우리 앞에 버스가 멈춰섰다. 큰 소음과 함께 버스 문이 열렸다.

"무쓰키, 타자."

"으, 응……."

무슨 말인지 물어보려다 말고, 입을 다문 채 얌전히 계단을 올랐다. 고키도 뒤이어 버스에 올랐다. 2인용 자리가 있어서 그쪽에 나란히 앉았다.

문이 닫히자마자 버스는 달리기 시작했다. 나는 흘끗 고키의 얼굴을 살폈다.

"……왜 그래?"

"아……, 아까……."

"그 얘기는 나중에 하자. 운 좋게 앉았으니까 일단 푹 쉬어."

"……응."

그렇게 15분쯤 지났다. 우리가 내린 곳은 평소 내리던 사카키자카 2번지보다 한 정거장 전이었다.

"조금 더 올라가야 하는데 괜찮겠어?"

"응."

고키를 따라 비탈길을 걸었다. 조금씩 기울어지는 태양이 두 사람의 그림자를 길어지게 했다. 나는 거의 가본 적 없는 방향이었다. 하지만 고키의 발걸음에 망설임은 없었다.

"무쓰키, 괜찮아? 힘들지 않아?"

잠자코 있어서 그런지 고키가 걱정스러운 얼굴로 걸음을 멈추었다. 나는 고개를 들어 그 애의 시선에 대답했다.

"아, 으응. 괜찮아."

고등학생이 된 지금, 내 몸은 건강 그 자체였다. 병원에 가는 일도 거의 없게 되었고, 체육 수업도 대부분 참석했다.

고키가 걱정해주는 건 고마웠지만, 과거의 내가 그렇게 만들었다는 것도 알고 있기에 가슴이 아팠다.

"무리하는 거 아니지?"

"응. 정말 아무렇지도 않아."

고개를 끄덕이자 그 애는 가볍게 안도의 한숨을 내쉬었다. 인도가 없는 길이다. 그러자 고키는 나를 지키듯이 차도 쪽으로 걸었다. 눈치채지 못할 만큼 자연스럽게.

이런 점이다. 티 나지 않게 다정하게 나를 보호해준다. 그런 점도 지금은 눈물이 날 만큼 애틋하게 느껴졌다.

조금 더 걷자, 산책로가 나오고 안쪽으로 테라스 같은 장소가 보였다.

문득 걸음을 멈춘 고키는, 살며시 내 손을 잡았다.

"뭐야?"

"잠깐 눈 좀 감고 있어. 금방이니까."

"어? 으, 응……."

당황했지만 시키는 대로 눈을 감고 고키에게 몸을 맡겼다.

다정하게 내 손을 잡은 고키가 살며시 앞으로 이끌었다.

"자, 도착했어."

"어? ……와아."

걸음을 멈춘 고키에게 재촉받아 눈을 뜬다. 손가락이 가리키는 곳에는, 멀리 가정집의 불빛이 만들어낸 빛의 물결이 펼쳐져 있었다. 아직 캄캄한 밤이 되기 전, 은은한 밝음이 남아 있는 세계. 오렌지색 불빛이 여기저기서 반짝인다.

"저긴 어디쯤일까?"

"으음, 방향을 보면 아오바다이나 히나타다이 근처일 것 같은데."

 우리가 지금 있는 장소는 산에서 조금 솟아 있는 공간이었다. 시야가 넓게 탁 트여 있어, 아득히 먼 곳까지 내다볼 수 있었다. 사카키자카에 이런 장소가 있는지 전혀 몰랐다.
"예쁘다."
"마음에 들어?"
"응. 왠지 신기해."

 대도시처럼 불빛이 어마어마하게 많아 압도될 정도는 아니다. 분명 도쿄의 빌딩에서 내려다보는 야경 쪽이 훨씬 압권일 것이다. 그래도 이곳의 야경은 어쩐지 마음을 편안하게 만들어주었다.

 아까 고키가 말했던 것처럼 인간의 삶이 담겨 있다고 할까. 내가 고키와 만나고 자란 이 사카키자카에서 보고 있기 때문에 그렇게 느끼는 걸지도 모르지만.

"다행이다. 무쓰키는 반짝반짝한 걸 좋아하니까 기뻐할 것 같았어."
"데려와줘서 고마워."

 감사의 마음을 전하자 고키는 내 손을 잡았다.

"고등학교 졸업하고 면허 따면, 옆 마을 야경도 같이 보러 가자."
"옆 마을에서도 야경을 볼 수 있어?"

"응. 꽤 멋지다고 유명하더라."

"그렇구나. 기대된다."

내가 미래를 바꾸기만 하면 꼭 이루어질 거야. 희망을 가슴에 품고 나는 미소지었다.

고키는 똑같이 미소를 지어준 후, 진지한 눈빛으로 나를 보았다.

"아까 하던 얘기 말인데."

"……응."

드디어 왔다는 생각이 들었다. 어중간하게 던져진 고키의 사과의 그 뒷이야기. 나는 듣는 자세가 되어, 그 애를 향해 돌아섰다.

"나…… 옛날에 무쓰키를 죽일 뻔한 적이 있어."

"……."

숨을 삼켰다. 지금의 나이기 때문에 바로 알 수 있다. 그 '비밀 기지'의 모험을 말한다는 걸.

그건 고키 때문이 아니야. 그런데 설마 그런 표현을 쓰다니.

"무쓰키는 기억 못 할지도 모르지만, 초등학교 때 같이 병원을 빠져나온 적이 있었어. 하지만 나, 무쓰키가 쓰러질 때까지 무쓰키의 몸 상태가 나빠지고 있다는 걸 눈치채지 못했어. 입원해 있다는 게 얼마나 심각한 일인지 전혀 몰랐으니까."

살짝 눈을 내리깐 고키의 얼굴이 괴로운 듯 일그러졌다. 보고만 있을 수 없어서 끼어들고 말았다.

"그렇지 않아! 그건 내가 잘못한 거잖아. 밖에 나가고 싶다고 고키를 조른 것도, 병원을 빠져나간 것도……."

"……무쓰키, 기억하고 있었어?"

놀란 표정을 짓는 그 애를 향해 세차게 고개를 끄덕였다. 과거의 나는 잊었더라도, 지금의 나는 기억하고 있다.

"기억해. ……아니, 생각났어. 고키가 나 때문에…… 많이 상처받은 것도."

"……."

"미안해, 고키. 사과해야 할 사람은 나야. 엄마 아빠가…… 고키에게 심한 말을 해서……."

"괜찮아, 무쓰키 부모님이 그렇게 반응하신 것도 당연하다고 생각해. 나도 같은 입장이었으면……."

"그래도."

그때의 부모님, 특히 이성을 잃은 엄마는 정상이 아니었다. 고키를, 고키의 마음을 죽여버리는 게 아닐까 싶을 정도로 차갑고 날카로운 말의 칼날이었다.

병원에서 본 광경이 지금 생생히 떠올라 눈물이 날 것만 같았다. 엄마의 폭언도, 아빠의 시선도, 자그마한 고키의 등이 떨리고 있던 것도…….

"무쓰키, 부모님을 탓하면 안 돼. 무쓰키가 쓰러진 건, 내가 경솔하게 행동했기 때문이야."

고키는 똑바로 나를 바라보며 말했다.

상상할 수 없을 만큼 큰 상처를 입었을 것이다. 그런데도 그 애는 나를 타이르려고 한다. 대체 어째서······.

"하지만 너무 심했는걸. 그렇게 말하지 않아도 되는데. 나 때문이었는데 전부 고키가 잘못한 것처럼······!"

"아냐, 무쓰키. 들어봐."

내 말을 가로막으며 고키는 내 어깨를 잡았다. 진정시키기 위해서라기보다 무심코 붙잡았다는 느낌이었다.

고키의 손이 닿은 곳이 열기를 띠며 주장하기 시작했다.

입을 다문 나에게 고키는 안타까운 표정으로 말했다.

"그때보다 지금 더, 무쓰키의 부모님의 심정을 이해하게 됐어. 왜냐하면 무쓰키가 없어진다고 생각하면······ 정말 미칠 것 같거든."

"흣······."

참을 수가 없었다. 꾹꾹 눌러참고 있던 것들이 눈물이 되어 흘러내렸다.

그냥 비유일 뿐인데. 이런 대화 정도는 분명 셀 수 없을 만큼 반복하며, 서로의 존재가 얼마나 중요한지 확인했을 텐데. 그냥 연인 사이의 장난이나 마찬가지라는 걸 잘 알 텐데.

고키가 그런 말을 하니까 소리를 지르고 싶어진다.

나도 마찬가지야. 고키가 없어지고 나니까 세상에서 색채가 사라진 것 같았어. 고키 곁에 있을 때는 사카키자카의 모든 것이 그렇게 선명하고 예뻤는데. 고키가 없어지고 나서는 모든 게 칙칙해 보여.

"울지 마, 무쓰키. 그냥 무쓰키가 그만큼 소중하다는 얘기니까."

"읏, 흐읏……."

눈물을 그치고 싶은데 오열만 새어나올 뿐이다. 한심하기 그지없는 나.

그런 나와는 정반대로 고키는 상냥하고 강하다. 어떻게 그럴 수 있지. 나를 지켜주고, 계속 아무 말 없이 모든 걸 책임지고 있었다.

고키에게 그날의 일을 사과받다니, 이런 기억은 과거에 없었다.

어떤 게 계기가 되어 이런 일이 일어난 걸까. 이것도 미래의 변화로 이어질까. 어떤 영향이 있을까.

……나는 고키를 구할 수 있을까.

거기까지 생각한 순간, 눈앞이 아찔해졌다. 현실로 돌아간다는 징후다. 그 순간, 나는 고키의 품속에 뛰어들었다.

"……좋아해, 고키."

"응?"

당황한 기색의 그 애의 새끼손가락에, 내 손가락을 걸고 계속해서 말했다.

"아주 많이 좋아해. 그러니까 약속해줘. 앞으로도 쭉, 어른이 되어도 계속…… 옆에 있어주겠다고."

엉망진창인 '약속'을 내세웠다.

그래도 '약속'을 하면 미래가 바뀔지도 모른다. 그런 기대가 있었다.

고키는 손가락을 걸고 한 약속을 반드시 지켜줄 테니까. 내게 남은 길은 그것밖에 없었다.

현기증이 다시 심해진다. 이제 시간이 된 거겠지.

두 팔로 매달리듯 그 애를 힘껏 껴안았다. 고키의 몸은 내 체격과는 전혀 다르다. 다부지고 탄탄한 등은 내가 아무리 힘을 줘도 부서지지 않을 것 같다.

살며시 내 등을 감싸는 손길이 느껴졌다. 고키의 손이 내 머리를 쓰다듬고는 화답하듯 마주 안아준다.

"응. 알았어. 무쓰키 곁에 있을게, 언제까지나."

부드러운 목소리가 귓가에 맴돈다. 그 목소리에 진심으로 안도하면서, 나는 의식을 잃었다.

# 1월 14일
# 별사탕 여섯

 눈을 떴을 때는 아침이었다. 이번에도 별사탕을 먹고 그대로 잠들어 버린 것 같다.
 천천히 몸을 일으켰다. 침대가 아닌 소파에서 잠들었는지, 몸이 뻣뻣하다.
 문득 내가 별사탕 병을 손에 쥐고 있다는 걸 깨달았다. 얼마나 필사적이었던 걸까. 조금 이상한 기분이 들었다.
 일어나서 기지개를 켰다. 크게 숨을 들이쉬고 내쉬며 고개를 들었다.
 어제의 타임 리프에서 뭐가 달라졌는지 확인해봐야 한다.
 졸업 앨범은 어제 놔둔 그대로였다. 고키네 반이 있는 페이지가 펼쳐져 있어 금방 찾을 수 있었다. '하야세 고키'라는 이름과 그 애의 웃는 얼굴을.

같은 고등학교에 진학한 건 틀림없다. 졸업할 때까지 함께였다. 앨범에 적힌 문구가 변하지 않았으니 꿈도 포기하지 않았을 것이다.

나는 앨범을 재빨리 책장에 꽂아 넣고 방을 나섰다. 계단을 내려가 거실로 발을 들여놓았다. 심장의 고동이 빨라진다.

"무쓰키, 일어났니? 좋은 아침이야."

"안녕히 주무셨어요."

엄마의 인사에 대답하고 나서 어제와 마찬가지로 선반을 확인했다.

답례품이…… 없다.

장례식이 없었던 건가? 그럼 고키는…… 살아 있는 거야?

희망이 서서히 솟아올랐다. 고키와 함께 산책하고 야경을 보러 갔다. 돌이켜보면 평범하기 그지없는 하루였던 것 같다.

고키의 장래 희망을 제대로 알게 되었고, 처음으로 함께 야경을 바라보았다. 옛날 일을 사과받았다. 부모님을 탓하지 말라고 했다. 그리고 내가 없어지면 미쳐버릴 거라는 말도…….

"무쓰키?"

어느새 가까이 와 있던 엄마가 말을 걸어왔다.

"……응?"

"오늘 어떻게 할 거야?"

"어떻게 할 거냐니……?"

무슨 뜻인지 몰라서 고개를 갸웃했다. 그러자 엄마는 난감하다는 표정으로 다시 물었다.

"하야세 씨 댁에 가겠다고 했잖니? 내일모레면 도쿄로 돌아갈 테니까, 간다면 오늘쯤일까 싶어서……."

"고키네 집에?"

엄마의 말에 안 좋은 예감이 들어, 저절로 얼굴이 일그러졌다. 그에 반응하듯 엄마의 표정도 흐려졌다.

"장례식 날 하야세 씨와 약속했잖아?"

"응?"

장례식 날……?

"하지만, 답례품이……."

"답례품? 아아, 그거. 엄마가 치웠어. 어제 무쓰키가 그걸 보고 충격받은 것 같아서."

"……."

고키의 장례식은 치러졌다. 또다시, 아무것도 달라지지 않았다. 고키가 없는 현실이 계속 이어지고 있다.

"……거짓말쟁이."

무심코 입에서 나온 건, 고키를 향한 원망이었다.

거짓말쟁이. 알겠다고 했으면서. 내 옆에 있겠다고 해놓고서. 없잖아. 열아홉 살의 지금을 살아가는 내 곁에, 고키는 여전히 없잖아.

"응? 무쓰키?"

당황한 엄마의 목소리에도 반응할 수가 없다. 그렇게 만들고 있는 건 나라는 걸 알지만, 생각이 잘 정리되지 않았다. 몇 번이고 머릿속에서 '다시'라는 말만 되뇌고 있었다.

고키와 어제 했던 대화를 떠올리고 있는데 갑자기 엄마가 내 어깨를 만졌다.

"무쓰키, 괜찮니?"

걱정스러운 목소리가 서서히 가슴으로 파고드는 것과 동시에.

"……괜찮지, 않아."

그렇게 대답하고 말았다. 그걸 시작으로 눈물이 쏟아지듯 말이 터져나왔다.

"고키와 헤어진 후로, 쭉……. 하루도 괜찮은 적 없었어."

내 마음은 고등학교 졸업식 날부터 계속 공허했다. 그 이유는 내가 가장 잘 알고 있다.

"엄마가 고키랑 헤어지라고 한 건 내가 옛날에 병원을 빠져나갔던 일 때문이지?"

"무쓰키 너, 기억하고 있었니……?"

살짝 떨리는 엄마의 목소리. 눈에 띄게 동요하는 모습이었다. 왜 그런 표정을 하느냐고 따지고 싶어졌다. 마음속 깊이 가라앉아 있다고 생각한 슬픔과 분노가 뒤섞인, 견딜 수 없는 감정이 끝없이 솟구쳤다.

"그건 고키 잘못이 아니야. 내가 고키한테 부탁해서 억지로 밖으로 나갔던 거야. 고키는 하나도 잘못한 거 없는데, 고키를 그렇게 비난하고……."

생각나는 건 어두컴컴한 병원 한구석에서 떨고 있던 작은 등. 나 때문에 누명을 뒤집어쓴 어린 고키가 어떤 마음이었을지 생각하면 눈물이 북받친다.

"고키와 헤어지고 싶지 않았어. 그때 내가 헤어지자고 하지만 않았으면…… 고키는……!"

그랬다면 고키는 죽지 않았을까?

지금도 여전히 내 곁에 있어 주었을까?

엄마를 향한 말인지, 나 자신을 향한 말인지, 이제는 모르겠다. 휘몰아치는 격정에 사로잡혀, 부모님에게 모든 감정들을 쏟아내려 했던 그 순간.

"무쓰키, 부모님을 탓하면 안 돼."

어둠 속에 한 줄기 빛이 비치는 것처럼…… 불현듯 어제의 고키의 목소리가 되살아났다.

화들짝 놀라 고개를 들자, 엄마도 괴로운 표정으로 애써 무언가를 견뎌내고 있다는 걸 깨달았다.

"엄마……."

엄마 때문이 아니야. 부모님 때문이 아니야. 사실은 알고 있어. 병약한 나를 아꼈기 때문에 그토록 강한 거부 반응을 보였다는 걸.

"내가 틀렸어. 헤어지라는 말을 들었을 때…… 제대로 이해 받을 수 있도록 노력했어야 했는데."

고키와 헤어진 사람은, 헤어지기로 결정한 사람은, 바로 나다. 스스로의 나약함에 져서, 그대로 도망쳤을 뿐이다. 그래서 지금 이토록 고통스럽다.

"엄마, 나 말이지. 고키를 좋아해."

간절한 마음을 담아 엄마를 바라본다. 진작에 이렇게 해야 했는데.

"그런 일을 겪고 난 뒤에도 고키는 계속 나에게 다정했어. 내 옆에서 나를 지켜줬어. 내게 가장 특별하고 유일한 존재였어."

그 마음은 지금도 변함이 없다. 그렇기 때문에.

"엄마가 아무리 반대해도…… 고키가 소중하니까 헤어질 수 없다고, 헤어지기 싫다고, 제대로 말했으면 좋았을걸. 포기하지 말고 노력했으면 좋았을걸. 너무 후회돼……."

더 이상 눈물을 참을 수 없었다. 고개를 숙이고 두 손을 꽉 움켜쥐었다. 눈앞에 서 있던 엄마가 중얼거렸다.

"……미안하다, 무쓰키."

작은 목소리는 떨리고 있었다. 나는 대답하듯 고개를 끄덕였다. 우리는 한동안 그대로, 조용히 계속 눈물을 흘렸다.

"······오늘 갔다 올게. 고키네 집에."
"그래······."

엄마에게 내 마음을 전하고 나자 확실해졌다. 과거로 돌아가 고키와 행복한 시간을 나누는 것만으로는 안 된다. 좀 더 확실하게, 뭔가를 크게 바꾸지 않으면 미래는 변하지 않는다.

그런데 대체 뭘 어떻게 해야 하지?

성인식 날 꼭 만나기로 약속을 할까? 아니면 좀 더 직접적으로······ 아냐, 그러면 무슨 말인지 모를 수도 있어. 좀 더 구체적으로······ 예를 들어 스무 살이 된 다음 1월에는 초등학교 옆에 가지 말라고, 고키에게 직접 말하면 괜찮을까?

하지만 이유를 물어보면 어떡하지? '고키가 죽을 거야'라는 말은, 그 애를 앞에 두고 도저히 말할 수 없을 것 같다.

엄마는 걱정스러웠는지 차로 데려다주겠다고 했지만 거절했다. 혼자서 생각을 정리하고 싶었다.

헤어지고 나서 약 2년 동안, 찾아갈 일이 없었던 곳. 그곳에 가면 뭔가 단서가 있을지도 모른다.

나는 마음속으로 작게 기도했다.

부디, 이 현재를 바꿀 수 있는 단서가 고키의 방에 있기를.

점심시간을 피해 고키의 집에 전화를 걸었다. 전화를 받은 고키의 어머니에게 방문하고 싶다고 이야기하자, 흔쾌히 응하셨다. 그뿐 아니라 긴장하고 있던 나에게 "기다릴게" 하고 밝은 어조로 말해주셨다.

고키의 집까지의 여정은 단순하다. 그저 길을 따라 내리막길을 걸어갈 뿐. 길 건너편에는 작은 공원이 있었는데 추워서인지 사람이 아무도 없었다.

차가운 겨울 공기가 따끔따끔 피부를 찔렀다. 얼굴은 무방비 상태라 어쩔 수 없지만, 몸이 부르르 떨렸다. 문득 차도를 달리는 커다란 패밀리 카가 시야에 들어왔다.

"고키, 면허 땄을까……"

나도 모르게 중얼거리고는, 어제 꿈에서 했던 약속을 떠올렸다. 옆 마을의 야경. 아직 본 적이 없는 풍경을 함께 보러 가고 싶었다.

나는 운전면허가 없지만 고키는 어땠을까. 만약 고키가 바빠서 그럴 상황이 아니라면, 내가 노력해서 면허를 따면 된다. 그리고 내가 운전하는 차로 옆 마을에 가서 그 애가 알려준 야경을 같이 보고 싶다.

그 약속을 지킬 수 있을지 여부는 오늘과 내일, 두 개밖에 남지 않은 별사탕의 시간에 달려 있다.

나는 마음을 가다듬고 앞을 바라보았다. 수동적인 모습으로 있어서는 안 된다고 다시 다짐했다.

사카키자카 1번지 버스 정류장과 그 앞에 있는 상점을 지나, 내 기억보다 조금 쓸쓸해 보이는 공원 모퉁이에서 오른쪽으로 돌았다. 바로 그 앞에 고키의 집은 변함없이 자리하고 있었다.

긴장하며 인터폰을 눌렀다. 딩동, 전자음이 울렸다.

"네."

"저어, 기타노예요."

"아, 무쓰키구나. 잠깐만."

달칵, 소리가 난 걸 보니 통화가 끊긴 모양이다. 심장이 두근두근 뛰기 시작했다. 무서운 것과는 좀 다른, 더욱 복잡한 감정이었다.

"무쓰키, 잘 왔어."

현관문이 열리자마자 밝은 목소리가 들렸다. 나는 꾸벅 고개를 숙이고 대답했다.

"안녕하세요. 실례인 줄 알면서 찾아왔어요."

"무슨 소리야, 무쓰키라면 대환영이지. 자, 추우니까 빨리 들어가자."

생긋 웃어주시는 얼굴에 조금은 어깨에 힘이 빠져나갔다. 고키의 어머니는 생김새는 다르지만, 고키와 같은 분위기를 띠고 있다. 뻣뻣하게 굳어 있던 마음을 풀어주는 듯한 상냥한 분위기다.

"실례하겠습니다."

다시 한번 가볍게 고개를 숙이고 문을 통과했다. 계단을 올라, 고키의 어머니가 이끄는 대로 현관에 발을 디뎠다.

고키네 집 냄새다.

원래대로라면 2년 만. 하지만 나한테는 이틀 만이다. 어쩐지 위화감이 느껴진 건, 선향 냄새가 조금 섞여 있어서일지도 모른다.

"불단은 다다미방에 있으니까, 고키에게 인사해주렴."

"……네."

신발을 벗어 가지런히 정리하고, 고키의 어머니의 말대로 오른쪽에 있는 다다미방으로 향했다. 짙어지는 선향의 향기에 다리가 굳어, 움직이기 힘든 몸을 필사적으로 버텼다.

다다미방에 들어서자 새로 생긴 불단이 맞이해주었다. 그 중심에는 장례식에서 봤던 영정 사진이 놓여 있었다.

"……고키."

몇 번을 봐도 믿기지 않는다. 이제 고키는 사진 속에서만 존재한다니.

천천히 다가가 정좌했다. 옆에 있던 향을 들고 고키의 사진을 마주했다.

……미안해, 고키. 아직 모르겠어. 약속도 기억나지 않아.

고키를 구할 수 있는 방법도 못 찾겠어. 모처럼 고키가 준 기회인데 말이야. 이제 두 번밖에 안 남았는데…….

마음속으로 중얼거리며 두 손을 모았다.

눈을 감자, 향 냄새가 더 진해진 기분이 들었다.

슬픈 마음을 떨쳐내듯 천천히 눈을 뜨고 고개를 들었다. 고키의 표정은 변함없이 밝아서 괜히 가슴이 욱신, 조여들었다.

"무쓰키, 고마워. 자, 이쪽으로 오렴."

"네."

고키의 어머니가 열려 있는 장지문 저편에서 말을 걸어왔다. 나는 고개를 끄덕이며 대답하고는 자리에서 일어났다.

"무쓰키, 고키와 헤어진 거지?"

"아……."

차를 준비하던 고키의 어머니가, 생각지도 못한 말을 불쑥 꺼냈다.

갑작스러운 나머지 대답을 못 하는 나를 보며, 고키의 어머니가 웃음을 터뜨렸다.

"미안, 아줌마는 몰랐거든. 그러다 고키 스마트폰을 보고 깜짝 놀랐지 뭐야."

"……죄송합니다."

"무쓰키가 사과할 일이 아니잖니? 고키는 헤어졌다는 얘긴 전혀 없어서, 그냥 장거리라서 못 만나는 줄 알았어."

고키 개도 참. 어이없다는 듯한 말투였지만, 그 안에는 따뜻한 기색이 묻어났다.

우리가 헤어진 것도 모르던 고키의 어머니는 지금 어떤 마음으로 나와 마주하고 있을까. 내가 고키를 상처 입히며 떠났다는 걸 알게 된다면, 지금의 이 미소도 흐려지고 말겠지.

착잡한 마음으로 시선을 떨구었다. 그러자 고키의 어머니는 차를 끓이면서 계속 말했다.

"뭐, 무슨 일이 있었는지는 본인들만 아는 거고. 고키가 이렇게 된 이상에야 어쩔 수 없으니까."

고키의 어머니는 쓴웃음을 지으며 그렇게 말했다. 음울한 느낌은 거의 없었다. 내 앞이니까 꿋꿋한 척 행동하시는 걸지도 모른다고 생각했다.

"자, 마시렴."

고키의 어머니가 찻잔을 내 앞에 놓아 주었다. 따뜻한 녹차 향이 사뿐히 코끝에 내려앉았다.

내 맞은편에 앉은 고키의 어머니는 차를 한 모금 마시고 나서 "하지만" 하고 말을 이었다.

"무쓰키가 이렇게 고키를 만나러 와 준 것만으로도…… 아줌마는 기쁘단다."

"……!"

'왜요'라는 말이 목끝에서 맴돌았지만, 되묻기도 전에 고키의 어머니가 웃었다.

"헤어져 있을 때도 고키는 무쓰키를 아주 많이 좋아했으니까. 무쓰키가 집까지 와줘서 고키도 당연히 기뻐할 거야. 그래서 아줌마도 기뻐."

"훗……."

목이 메었다. 눈물샘이 자극되어 시야가 번졌다. 그런 말을 들으리라고는 생각도 못 했다.

나는 고키를 그토록 상처 입혔는데. 그런 상냥한 말을 들을 자격이 없는데.

고키의 어머니의 부드러운 미소를 보고 있으면 믿고 싶어진다. 고키는 그 거짓말을 용서해주었던 게 아닐까. 선물을 보낸 것도 계속 나를 그리워했기 때문이 아닐까.

꽉 움켜쥔 두 손 위로 물방울이 떨어졌다. 그게 눈물이라는 걸 깨달았을 때는 또다시 고키의 어머니가 손수건을 내밀어주고 있었다.

"무쓰키도 여전히 고키를 좋아하고 있었구나."

"훗, 네에……."

고개를 끄덕이고 손수건을 받았다.

……좋아해요. 지금도 여전히.

그날 이후로 쭉 얼어붙어 있던 마음이 사카키자카에 돌아온 후 녹아내려 어쩔 줄 모를 정도로. 대체 왜 이 지경이 될 때까지 내버려뒀을까 싶을 정도로.

과거의 자신에 대한 분함과 이 마음을 고키에게 직접 전할 수 없다는 안타까움이 뒤섞여 감정이 엉망진창이다.

슬픈 건지, 쓸쓸한 건지, 아니면 헤어진 후에도 변함없이 고키가 나를 그리워했다는 게 기쁜 건지…… 모르겠다. 그저 눈물이 멈추지 않았다.


내가 울음을 그칠 때까지 고키의 어머니는 가만히 기다려주었다. 그리고 미지근해진 차를 한 모금 마시고 나서야 겨우 진정된 나에게 부드럽게 제안했다.

"숨 좀 돌리고 나면 고키 방에 가볼래?"

"네……?"

"무쓰키가 고키의 스마트폰을 한번 보면 좋을 것 같아서."

"아, 하지만……."

남의 스마트폰을 마음대로 보다니. 당혹감을 감추지 못하는 날 보며 고키의 어머니는 온화하게 미소지었다.

"사고당했을 때 가지고 있었는데 운 좋게 고장 나지 않은 것 같더라고. 잠금장치도 안 돼 있어서 우리 애지만 깜짝 놀랐어."

"그래도…… 마음대로 봐도 될까요?"

"고키야 뭐 부끄러울지 몰라도, 불평할 수도 없을 테니 말이야."

시원시원한 태도로 말씀하시지만 쓸쓸하지 않을 리 없다. 내가 신경 쓰지 않게 배려하시는 거라고 생각하니 미안한 마음이 들었다.

"그리고 무쓰키가 보는 거면 화내지 않을걸."

"왜요……?"

"그건 보면 알 거야."

고키의 어머니는 장난기 가득한 얼굴로 웃었다.

거절할 수도 없어서 나는 차를 마신 뒤 시키는 대로 고키의 방으로 향했다.

계단을 올라가, 문 앞에서 몇 번이고 심호흡했다.

"……실례합니다."

작게 중얼거리며 손잡이를 잡았다. 힘을 주어 아래로 누르자, 끼익…… 가벼운 소리가 나며 문이 열렸다.

……고키의 냄새가, 아직도 남아 있었다.

가구 배치는 예전과 달라진 게 없었다.

벌써부터 눈물이 날 것 같았다. 고키의 책상과 책장, 그리고 선반마다 빼곡히 꽂혀 있는 건축 관련 화보집들. 내 기억보다 훨씬 권수가 늘어난 건 고키가 꿈을 향해 노력해왔다는 증거겠지.

책상 위에 종이 뭉치가 흩어져 있는 것이 보여서, 그쪽으로 발걸음을 옮겼다.

한 발자국씩, 아주 신중한 걸음으로 방안을 걸었다. 고키 방의 공기가 내 폐를 채워가는 걸 느낄 수 있었다.

이 방에서 많은 시간을 보냈다. 이야기하고, 웃고, 화내고, 울고. 눈을 감으면 "무쓰키" 하고 부르는 부드러운 목소리가 들려올 것만 같았다.

고키의 책상 위에는 무슨 설계도 같은 게 있었다. 학교 과제일까? 공간을 측정한 듯한 숫자와 입체적인 그림, 그리고 무슨 배선 같은 것도 있었다.

몇 장씩 겹쳐져 있는 그 종이들에는 엉망으로 그은 선이 여러 개 있었다. 이건 전부 채택되지 않은 스케치라는 뜻인가?

한 장을 들고서 물끄러미 보았다. 고키의 그림을 이렇게 보는 건 처음이었다. 섬세하면서도 기세 좋은 선들이 종이 위에서 춤추고 있다. 좋고 나쁨은 내가 판단할 수 없지만 예쁘다. 가슴이 꽉 조여들었다.

문득 책상 위에 있는 스마트폰에 눈길이 향했다. 고키의 어머니가 보라고 했던 그것. 역시 좀 꺼려지긴 하지만…… 무시할 수는 없다는 생각이 들었다.

손을 뻗어 스마트폰을 잡았다. 조금 오래된 그 전화는 고등학교 때부터 써온 기종 같았다.

홈 버튼을 누르자 화면이 켜졌다. 확실히 잠금장치는 설정

되어 있지 않았다.

"······조심성이 없네."

나도 모르게 웃음이 새어 나왔다.

시키는 대로 스마트폰을 손에 넣기는 했는데, 뭘 보면 좋을까? 사진 같은 거······?

문득 떠오른 생각을 시도해 보았지만, 과제로 만든 것 같은 모형의 사진이나 건물 사진뿐이었다. 가족이나 친구 사진이 있을 줄 알았는데, 사람은 거의 없었다.

그러고 보니 고키는 사진을 별로 좋아하지 않았던가? 나랑 둘이 사진을 찍는 일도 거의 없었다.

조금 외로운 기분이 들었지만 애써 떨쳐냈다. 다음엔 뭘 봐야 할까. 나와 관련된 일이라면 좀 더 개인적인 부분이려나.

큰맘 먹고 메시지 앱을 보기로 했다. 대화 목록 속에서 내 이름을 발견하자 손이 떨렸다.

아직······ 남겨두었구나.

내가 마지막으로 보낸 메시지는 당연히 2년 전 3월이다. 그런데도 대화 목록이 위쪽으로 올라와 있는 게 이상했다. 살짝 건드리자······

"무쓰키, 새해 복 많이 받아. 이제 곧 만날 수 있겠지? 사실 그냥 내 소원일 뿐이지만. 떨어져 있던 2년 동안 무쓰키가 어떻게 지냈는지 들려줬으면 좋겠어. 도코 가서 더 예뻐졌으면 어떡하지. 엄청 긴장될 것 같은데."


최신 메시지는 올해 새해 첫날이었다. 고키가 나에게 보낸, 닿을 리 없는 메시지.

"……말도 안 돼……. 어떻게……?"

고키의 어머니가 보라고 한 건 이걸 말한 건가?

갑자기 심장이 격하게 뛰기 시작했다. 숨 쉬기가 힘들어졌다. 손가락이 다시 떨려왔다.

그 위에도 고키가 보낸 메시지가 있었다. 뭐라고 적혀있을까. 확인하기 무서워. 그래도.

도망치면 안 돼.

조심조심 스크롤을 시작했다.


"날씨가 많이 추워졌는데, 감기 걸린 건 아니겠지? 무쓰키는 금방 강한 척하면서 괜찮다고 하지만, 무리하면 안 돼. 그러고 보니 내년 성인식에는 오려나? 무쓰키가 온다면 잠깐이라도 얘기할 수 있으면 좋겠다……."


"오늘 처음으로 현장 견학을 갔는데 굉장했어. 말로 표현하긴 어렵지만, 나도 빨리 그렇게 훌륭하게 일하고 싶다고 생각했어.

무쓰키는 어때? 공부는 잘되고 있어? 기쁠 때도 화가 날 때도 아무 일도 없을 때도 늘 무쓰키가 보고 싶어. 무쓰키와 얘기하고 싶어. 무쓰키한테는 더 이상 내가 필요 없을지도 모르지만, 나한테는 역시 무쓰키가 필요한 것 같아."

"오늘 길에서 이와시타를 만났어. 너무 우연이라 놀랐는데, 걔 머리가 핑크색이라서 더 놀랐어. 무쓰키를 만나고 싶다고 하더라. 나도 만나고 싶어, 라는 말은…… 차마 못 했지만."

"친구한테 부탁받아서 이벤트 동아리를 도와주게 됐어. 칠석 축제 같은 걸 하나 봐. 회장 세트 설치를 맡게 될 것 같아서 의욕이 생겼어. 견우와 직녀 전설 같은 건 별로 신경 쓰지 않았는데, 1년에 한 번이라도 만날 수 있다면 좋겠다는 생각이 들더라. 아, 부끄러워."

"좋은 아침이야. 오늘부터 신학기 시작인데 무쓰키는 어떤 기분이야? 나는 올해부터 전문적인 수업이 늘어나서 엄청 기대돼. 잘하면 현장 보조도 맡을 수 있을 것 같아서 의욕이 넘치고 있어. 옛날에 무쓰키가 말해준 것처럼 훌륭하고 인기 있는 건축사가 될 수 있도록 올해도 노력할게."

"무쓰키. 보고 싶다. 갑자기 그쪽으로 가면 곤란하겠지? 그래도…… 보고 싶어."

"눈 깜짝할 사이에 1년이 지났네. 얼마 전까지 무쓰키와 함께 고등학교에 다녔는데. 무쓰키를 만나지 못하는 1년이, 앞으로 얼마나 계속될까. 상상이 안 돼. 한심하지만."

"무쓰키, 열아홉 번째 생일 축하해. 올해는 선물조차 할 수 없어서 속상하지만, 내년에는 약속한 대로 성대하게 축하해줄게. 기대하고 있어."

"오늘 사카키자카에 첫눈이 내렸어. 버스가 움직이질 않아서 어떻게 해야 하나 싶었는데, 역 앞에 도착하니까 눈이 전혀 없어서 놀랐지 뭐야. 역시 사카키자카야. ^^
그쪽에도 눈이 온다는 뉴스 가끔 보는데, 괜찮은 거지? 무쓰키는 둔하니까 걱정이야. 무리하지 않는 선에서 열심히 해."

"방 청소를 하다가 그 주문이 실린 책을 발견했어. 무쓰키와 함께 이것저것 시도했었는데. 옛날 생각이 나서 한번 해볼까 해. 무쓰키가 보면 뭐라고 할까? 너무 메르헨 아니냐면서 웃을 것 같아."

"밤늦게 미안. 이제 1학기도 끝나고 내일부터 여름 방학인데, 무쓰키는 이쪽으로 돌아올까? 만약 돌아온다면 연락 줘. 다시 한번 만나서 얘기하게 해줘. 부탁이야."

"무쓰키, 좋은 아침이야. 눈 깜짝할 사이에 5월이구나. 동아리는 가입했어? 무쓰키는 낯을 많이 가리니까 걱정돼. 나는 아직 고민 중이야. 건축 관련 쪽으로 여기저기 돌아볼까 생각하고 있어. 무쓰키도 몸조심하고 힘내. 서로 꿈을 이루기 위해 노력하자."

"슬슬 도쿄에 도착했으려나. 그쪽은 어때? 아직은 잘 모르겠지? 헤어지기로 해놓고 끈질기게 굴어서 미안해. 그래도 역시 포기할 수가 없어서. 졸업식 때 무쓰키가 너무 괴로워 보여서 뭔가 이유가 있을 것 같았거든. 그냥 미련일지도 모르지만. 만약 나한테 아직 기회가 있다면, 답장 줘."

처음부터 실패였다.

하나씩 거슬러 올라갈 때마다, 눈물로 시야가 흐려져 문자를 제대로 읽기도 어려웠다.

나에게 이야기하듯 써 내려간 그 말들이 고키의 목소리로 재생된다. 온몸에서 힘이 빠져나간 듯 그 자리에 쓰러져 주저앉고 말았다.

계절의 변화와 고키의 근황, 그리고 나를 향한 마음이 담긴 메시지들은 도중부터 마치 일기처럼 변해갔다.

내가 일방적으로 차단해버린 이후에도, 전송되지 않는 메시지를 계속 이렇게 남겨둔 고키의 마음이 절절하게 느껴졌다.

고키도 기대하고 있었어. 성인식에서 나랑 만나서 이야기할 수 있을 거라고. 우리 사이에 있던 확실한 무언가가, 이대로 끝날 거라고는 생각하지 않았던 게 틀림없어.

언젠가 말했던 것처럼, 우리는 멀리 떨어지더라도 괜찮을 거라고 믿고 있었구나.

그렇게 지독한 이별을 했는데도, 그래도 나를…… 계속 생각해주고 있었구나.

"웃, 으, 흐윽…… 고키……!"

특히 메시지 하나가 지금 가슴을 찌르고 들어와 고통스러웠다.

"무쓰키. 보고 싶다. 갑자기 그쪽으로 가면 곤란하겠지? 그래도 보고 싶어."

……그렇구나. 분명 난감했을 거야. 다시 만나게 되면 절대 헤어질 수 없으리란 걸 알았으니까. 얼굴만 봐도 울어버릴 게

뻔하니까. 그래도…… 나는 분명, 망설임 없이 그 애의 품으로 뛰어들었을 거야.

고키. 보고 싶어. 만나고 싶어.

주륵주륵 흘러내리는 눈물이 시야를 가렸다. 눈시울이 뜨거워지고 마음이 아파서 아무런 생각도 할 수 없었다.

어째서 그런 잘못을 저지르고 말았을까. 이토록 날 아껴주던 사람에게서, 아니, 이토록 아껴주고 싶었던 사람에게서, 떨어질 수 있을 리가 없었는데.


울고, 울고, 또 울었다. 그러다 겨우 안정된 후에 고키의 스마트폰을 책상 위에 내려놓았다.

눈물을 너무 많이 쏟은 탓인지 몸이 휘청거렸다. 일어서는 것만으로 힘들 정도다. 그래도 천천히 계단을 내려가자 아래층에서 고키의 어머니가 기다려주고 계셨다.

"무쓰키, 고마워."

"네……?"

"고키의 마음을 받아줘서."

눈물 어린 눈으로 그런 말을 들으니 또다시 눈물샘이 느슨해졌다. 아까 그렇게 울었는데, 하고 필사적으로 눈물을 억눌렀다.

"저야말로…… 감사했습니다. 메시지 보여주셔서 정말 기뺐어요."

꾸벅 고개를 숙이자, 고키의 어머니는 손을 내저으며 부정했다.

"그건 무쓰키에게 보낸 거니까. 무쓰키가 알아주면 충분해."

"……네."

고개를 끄덕이고 현관으로 향했다. 신발을 신고 다시 한번 고키의 어머니를 마주보았다.

"도쿄에는 언제 돌아가니?"

"모레요."

"그렇구나, 몸조심하고. 괜찮다면 다음에 또 와주렴."

"네, 감사합니다. 또 찾아뵐게요."

나는 주저없이 고개를 끄덕였다. 그 말을 할 때 언뜻 보였던 고키의 어머니의 불안함을 조금이라도 덜어드리고 싶어서였다.

다시 한번 고개를 숙인 뒤 고키의 집을 나섰다. 집으로 돌아오는 길은 이제 계속 오르막길이다. 버스를 기다릴 기분이 아니라 걸어서 돌아가기로 했다.

고키의 메시지에 가득 채워져 있던, 나를 향한 마음. 그 마음을 가슴에 새기듯이 한 걸음씩 걸었다.

이제 와서 늦었는지도 모르지만, 고키가 날 얼마나 소중히 여겨주었는지 깨달았다.

그런데도 나는…….

"훗, 바보……."

무심코 튀어나온 건 나 자신을 향한 비난이었다.

왜 좀 더 그 애의 기분을 헤아리지 못했을까. 고키도 나만큼 힘들었던 거야.

그런데도 주위에는 이야기하지 않고, 차단된 대화창에만 남몰래 쌓아두면서.

"계속 참고만 있었던 거구나……."

별사탕 선물은 고키가 나에게 보내는 메시지라고 생각했다. 내가 잊고 있는 무언가를 상기시키기 위한 장치일 거라고. 하지만 어쩌면.

고키는 내기를 한 걸지도 모른다. 내가 선물의 의미를 깨닫고 '약속'의 장소에 올 거라고.

"……해야만 해."

여전히 기억나지 않는 약속도. 고키의 미래도.

내가 반드시 찾아낼 거야. 고키의 소원을 내가 이루어줄 거야. 고키를 위해서.

집에 도착하자마자 내 방에 틀어박혔다. 그리고 별사탕과 마주했다.

"앞으로 두 번……."

그 말을 입에 담자, 긴장이 고조되었다. 남은 기회가 단 두 번뿐이라는 사실이 소리 없이 불안으로 다가왔다.

뚜껑을 열어 거꾸로 기울이자, 별사탕 한 알이 손바닥으로 도르르 굴러들어왔다. 깊게 심호흡을 한 뒤 입에 넣는 순간, 바닥이 빙글빙글 도는 것 같았다.

*

내 앞에는 고키가 앉아 있었다.

진지한 표정으로 노트를 펼쳐 들고 있었고, 그 옆에는 문제집이 놓여 있었다.

내 앞에도 수학 문제집이 펼쳐져 있었다. 살짝 몸을 일으키자, 조금 넓어진 시야에 비슷한 자세로 공부하는 사람들의 모습이 들어왔다.

이 광경은 기억하고 있다. 시립 도서관에서 수험 공부를 하는 중이었다.

"무쓰키?"

"어?"

두리번거리다가 고키가 말을 걸어와 깜짝 놀랐다. 눈앞에 있는 그 애는 조금 의아한 표정으로 나를 바라보고 있었다.

"왜, 집중이 안 돼?"

"아, 아냐, 괜찮아. 잠깐 스트레칭 좀 하려고."

작은 거짓말을 하고 팔을 위로 뻗었다. 상황을 얼버무리기 위한 말이었지만 막상 몸을 쭉 뻗으니 기분이 좋았다.

고키가 나를 가만히 보더니 쿡쿡 웃었다.

"휴식 시간까지 아직 좀 남았어. 자, 집중하자."

"……넵."

대답은 했지만, 다시 문제집을 들여다보아도 도통 머리에 들어오지 않았다.

음, 이 문제는 어떤 공식을 응용하더라……?

이제 접할 일이 없어진 수식은 기억조차 희미한 게, 아무래도 머릿속에서 다 빠져나간 것 같다.

수험에서 해방된 지 약 2년. 당시의 내가 이런 문제를 풀고 있었다니 새삼스럽게 놀라웠다.

고키 쪽을 흘끗 바라보자 그 애는 진지하게 문제 풀이에 몰두하고 있었다. 방해하는 것도 미안하니 휴식 시간까지 기다리는 수밖에 없으려나.

모른다고 해서 아무것도 안 할 수도 없는 노릇이라, 나는 필사적으로 기억의 실을 끌어당기며 문제와 씨름했다.

그때보다 훨씬 시간을 들여 마무리하고 답을 확인했다. 실수도 많았지만 맞힌 문제도 있었다. 뇌에서 평소 쓰지 않는 부분까지 오랜만에 가동해서 그런지 피로감이 몰려왔다.

나도 모르게 후우, 길게 숨을 내쉬자 맞은편에서도 비슷한 소리가 났다. 눈이 마주치자 고키가 빙그레 웃어주었다.

"좋아, 잠깐 쉴까?"

"응."

고개를 끄덕이고 자리에서 일어났다. 마실 걸 사러 밖으로 나가려다가 고키가 어떤 책장 앞에서 멈추었다.

"도서관이라는 거 진짜 좋지 않아? 공부와 숨 고르기를 한 번에 할 수 있잖아."

그러면서 고키가 꺼낸 건 건축 관련 책이었다. 나는 그만 어이가 없어 웃음이 나왔다.

"그건 고키만 그럴걸?"

"그런가?"

"당연하지. 그만 가자. 밖으로 나가야 마음 놓고 이야기할 수 있을 것 같아."

"하는 수 없지."

맙소사, 하는 표정으로 고키는 책을 원래 자리에 돌려놓고 내 옆에 나란히 섰다. 그리고 자연스럽게 손에 손을 잡고 걷기 시작했다.

도서관을 나서자 후끈 달아오른 열기에 휩싸였다. 나도 고키도 반팔인 걸 보고 대충 눈치채긴 했지만, 아무래도 지금은 한여름인 것 같다.

"더워."

무심코 그렇게 말하자, 고키도 고개를 끄덕였다.

"진짜 덥다. 그래도 날씨가 좋아서 다행이지?"

"어? 왜?"

"그야 오늘 불꽃놀이잖아? 비라도 오면 중지될 거 아냐."

"불꽃놀이……."

시카노강에서 열리는 그 불꽃놀이를 말하는 건가? 그렇다면 지금은 고등학교 3학년, 8월 말이다.

수험 결과가 판가름 난다는 고3의 여름 방학 대부분을, 나와 고키는 이 시립 도서관에서 함께 보냈다. 주위 친구들과 달리, 내가 학원을 선택하지 않은 건 환경이 바뀌는 스트레스와 새로운 인간관계를 다시 쌓아야 한다는 부담을 피하고 싶었기 때문이다.

그건 고키도 마찬가지였을 거다. 그 애가 분명하게 말한 적은 없었지만, 분명 나에게 맞춰주려 했던 거겠지.

우리는 학교 보충 수업에는 참여했지만, 그 외에는 거의 이 도서관에서 공부했다. 냉방이 잘되어 쾌적하고 다른 학교 수험생들도 모여 있으니 긴장을 늦추지 않고 집중할 수 있다는 이유에서였다.

자판기에서 각자 좋아하는 주스를 사서 근처 벤치에 앉았다. 도서관은 덴가역 앞에 있는 상업 시설 '덴가 테라스' 4층에 있어서 바깥으로 역 앞 풍경이 훤히 내다보였다.

"······그리워."

오랜만에 바라본 경치에 무심코 중얼거리자 고키가 "그리워?" 하며 고개를 갸우뚱했다.

"앗, 그게 아니라! 더워!"

"그치, 맨날 더워."

"으, 응."

깜짝이야. 또 실수하고 말았다.

정신을 차리고 생각을 시작했다. 여기서 미래를 어떻게 바꿔나갈 것인가. 지금 어떻게 하면 미래가 바뀔 것인가.

수험 시즌. 매일매일 필사적으로 공부하는 나날. 목표를 향해 노력하는 고키. 앞으로의 꿈을 이루기 위해서 직접적으로 미래를 움직일 수 있는 방법은······ 이것밖에 없다.

"고키는 이미 1지망 정했지?"

"응, 정했어. 나한텐 좀 과분한 곳이지만."

수줍게 말하는 고키의 모습에 가슴이 아팠다.

왜냐하면 나는 알고 있는걸. 과분한 곳이라고 말하지만, 고키는 열심히 노력해서 결국 그 1지망 대학에 합격한다는 걸.

그렇기 때문에 그 애의 표정이 어두워지리란 걸 알면서도, 나는 말을 꺼냈다.

"고키도 도쿄에 있는 대학에 가지 않을래?"

"어?"

"도쿄에도 건축으로 유명한 대학이 있다고 했잖아. 그러니까 나랑 같이 도쿄에 가자, 응?"

온 힘을 다해 태연한 척, 밝은 태도로 말했는데도 고키의 당혹스러운 표정은 가시지 않았다.

"갑자기 왜 그래, 무쓰키."

"갑자기가 아니야. 계속 생각하고 있었어. 고키와 떨어지고 싶지 않다고……."

거짓말 아니야. 거짓말은 아니지만, 지금의 나는 고키의 뜻에 반하는 일을 하려고 하고 있다. 가슴이 무거워지는 원인도 그 때문이겠지.

고키가 도쿄의 대학에 다니게 되면, 분명 미래는 크게 바뀔 것이다. 성인식 직전까지 고향에 가지 못하게 할 수도 있을 것이다. 내가 옆에 있으면서 고키를 지킬 수 있을 것이다.

이것밖에 없다는 생각에 내기를 건 셈이다.

"……미안해, 무쓰키. 그럴 수는 없어."

"뭐……?"

고키의 얼굴에 순식간에 그늘이 드리워졌다. '아차, 실수했다' 하고 깨달았을 때는 늦었다.

"전에도 말했지만 내 목표는 그곳뿐이야. 무리라는 건 알고 있지만, 그렇다고 포기하고 싶진 않아. 그래서 지금 필사적으로 노력하고 있어."

"……."

"정말 미안해. 무쓰키는 이미 이해해주고 있다고 생각했거든. 고등학교 수험 때 날 응원해줬던 무쓰키가 그런 말을 할 거라곤 생각도 못 해서……. 미안, 조금 충격이랄까……."

아무 말도 할 수가 없었다. 가벼운 마음으로 꺼낸 말이 아니었다. 나도 충분히 생각하고, 어떻게든 방법을 찾아 내놓은 해결책이었다.

그런데 결과적으로 그 애에게 상처를 주고 말다니, 웃을 수도 없고 그 애를 구할 수도 없다.

진지한 눈빛의 고키는 어딘가 슬퍼 보이기도 했다.

나도 모르게 그 애의 시선을 피하며 고개를 떨구었다.

"……미안해."

작은 목소리로 사과했다. 떨리는 손끝을 허벅지 위에서 꽉 움켜쥐었다. 이기적인 생각밖에 못 하고 변변찮은 사과밖에 못 하는 내가 한심하고 싫다.

천천히 다가온 손이 내 손을 덮었다. 이럴 때마저 고키는 상냥하다.

"나야말로 미안. 무쓰키가 쓸쓸해하는 거 잘 알고 있어."

"아냐, 내가 나빴어. 미안해. 억지로 지망 대학을 바꾸게 하려고 하다니…… 정말 미안해."

눈물이 나려는 걸 꾹 참으며 사과했다.

고키의 미래를 바꾸고 싶을 뿐인데. 하지만 역시 이렇게 이기적인 부탁으로는 안 돼. 뭔가 다른 방법을 찾아야만 해.

침묵한 나를 향해 이번에는 고키가 질문했다.

"무쓰키는 결정했어?"

"응?"

"도쿄로 가는 거. 계속 고민했었잖아."

"아……."

그러고 보니 이 무렵 나는 아직 진로를 정하지 못했었다.

고3이 되자 다들 입시 준비에 열을 올리고 있었다. 나도 공부는 하고 있었지만 고키처럼 뚜렷한 목표를 찾을 수 없어서 진로를 정하지 못한 상태였다. 그래서 고키에게 투덜거리기도 했다.

"진로를 정하라고 해도, 내가 뭐가 되고 싶은지 잘 모르겠어……."

"그러게……. 그럼 어렵게 생각하지 말고, 좋아하는 거나 해보고 싶은 일, 무쓰키가 동경하는 사람의 직업 같은 것부터 생각해보면 어때?"

"동경……?"

고키의 조언을 듣자, 병원에서 보낸 어린 시절이 떠올랐다.

고키를 만나기 전, 잿빛이었던 날들 가운데 내 마음을 달래준 존재가 있었다. 바로 그림책과 아동 문학이었다.

외출도 여의치 않은 몸이었지만 책 속에서는 자유로웠다. 주인공에게 자신을 투영하면 어떤 일이든지 할 수 있었다.

마법을 써서 적을 쓰러뜨리고, 신기한 모험을 떠나고, 동료들과 멋진 시간을 보내기도 했다. 문자와 그림은 나를 모르는 세계로 데려가주었다. 고키를 만나기 전까지는, 공상의 세계만이 자그마한 내 마음을 평온하게 해주고 있었다.

나도 그렇게 아이들의 세계를 조금이라도 바꿀 수 있는 사람이 된다면……. 고키가 그랬던 것처럼 누군가의 마음을 구해줄 수 있다면…….

그런 마음으로 아동 문학을 전문적으로 배울 수 있는 곳을 찾아, 지금의 대학에 다니게 되었다.

다른 후보도 많이 있었지만, 어린 시절 푹 빠져 있던 이야기의 저자가 그 학교에서 교편을 잡고 있다는 걸 알게 되자, 더는 다른 곳을 생각할 수 없었다.

고키와 떨어져 도쿄로 가다니, 처음에는 불안으로 가득했다. 하지만 중학교 때에 비하면 나도 조금은 성장했던 모양이다. 서로의 꿈을 존중하고자 하는 마음도 싹트고 있었다. 그래서 결단을 내린 것이다.

"……응. 도쿄에 가려고 해. 역시 그 선생님 밑에서 배우고 싶으니까."

내 입으로 말하고 나서 내가 놀랐다. 요즘의 나는 이렇게 중요한 일까지 잊고 있었구나.

내가 고키와 멀어지는 길을 선택했던 이유. 내가 어떤 마음으로 그런 결정을 했는지. 언젠가 내가 쓴 이야기로 누군가를 행복하게 해주고 싶어. 누군가의 마음에 남는 작품을 만들고 싶어.

그 시절의 나는 그런 강한 의지를 품고서 꿈을 이루기 위해 진학했는데……. 지금의 나는 대체 뭘 하고 있는 거지?

고키와 헤어진 뒤 자포자기해서, 내가 무엇을 위해 노력하고 있었는지도 잊어버리고 말았다.

대학에 다니는 것도 그저 타성에 젖은 채 의미없는 시간을 보낼 뿐이었다.

이렇게 고키와 같은 시선으로 솔직하게 꿈을 이야기할 자격이 지금의 나에게 있는 걸까?

"그렇구나. 무쓰키가 그렇게 결정했다면 응원할게."

고키는 망설임 없이 그렇게 말하며 손을 꼭 잡아주었다. 그래서일까, 부풀어 오르던 양심의 가책이 순간적으로 멈추었다.

고키는 내 얼굴을 들여다보며 눈을 마주보았다. 그리고 잡고 있던 손을 놓고 새끼손가락을 내밀었다.

"무쓰키라면 틀림없이 괜찮을 거야. 무쓰키가 노력가인 건 잘 알고 있는걸. 게다가 은근히 지기 싫어하는 성격이고. 나도 응원할 테니까 우리 서로의 꿈을 위해 힘내자."

"······응."

가슴이 미어져서 잘 웃고 있는지 자신이 없었다. 그래도 힘껏 고개를 끄덕였다.

고키가 반짝반짝한 눈으로 나에게 용기를 불어넣어주려는 게 마음이 불편했다. 지금의 나는 고키가 자랑스러워할 만한 사람이 아니다.

"손가락 걸고 약속할까? 우리 둘 다 1지망에 붙을 수 있도록 노력하기로."

"······응."

새끼손가락을 걸고 가볍게 흔들었다.

"새끼손가락 걸고 약속해. 거짓말하면 바늘 천 개 먹일 거야. 자, 약속했다."

이로써 나도 고키도 1지망 대학에 합격할 수밖에 없게 되었다. 손가락 걸고 한 약속은 반드시 지켜야 하니까.

그래도 괜찮아. 고키라면 분명 응원해줄 거야. 그러면 열심히 할 수 있어. 고키 곁을 떠나기로 한 결심을, 헛되게 하고 싶지 않으니까.

어느새 고개를 들고 있었다. 고개를 숙인 채 움츠러들어 있을 시간은 없다. 나에게는 하고 싶은 일이, 해야만 하는 일이, 아직도 많이 남아 있으니까.

현실로 돌아가면 다시 공부를 시작하자. 수업 노트와 교재, 문헌을 다시 읽는 거다. 그 지식들을 내 것으로 만들고, 내가 되고 싶었던 내 모습이 될 수 있도록 노력하자.

마음속으로 다짐하며 고키의 손을 다시 잡았다.

"나, 열심히 할게."

"응. 같이 힘내자."

고개를 끄덕이고 일어섰다. '휴식 시간은 이제 끝이다. 도서관에 돌아가서 공부해야지.' 그렇게 생각하고 있는데 같이 일어선 고키가 "아, 맞다" 하고 말을 꺼냈다.

"무쓰키. 오늘 시카노강에 불꽃놀이 보러 갈래?"

"어?"

갑작스런 권유에 놀라 고키를 보았다. 이 시기에 고키와 불꽃놀이를 보러 간 기억은 없는데. 이것도 열아홉 살의 내가 타임 리프하면서 일어난 변화일까?

나는 당황한 채 대답했다.

"하지만 공부는……?"

"하루쯤은 숨 좀 돌려도 괜찮지 않을까?"

매일매일 열심히 하고 있으니까, 하면서 그 애는 기지개를 켰다. 나는 조심스럽게 그 얼굴을 들여다보았다.

"정말 가도 돼……?"

"뭐야, 그 말투. 같이 가자고 말을 꺼낸 건 나잖아."

쓴웃음을 지으며 내 이마를 콕 찌른 고키가 웃었다.

"가자, 무쓰키. 올해 첫 여름 방학 데이트."

시립 도서관은 토요일, 일요일, 공휴일은 17시에 폐관한다.

평소 같으면 패스트푸드점으로 자리를 옮기거나 집에 가서 다시 공부한다. 하지만 오늘은 아니다. 문 닫기 직전까지 고키와 함께 공부하다가, 하천 부지로 향했다.

"사람 엄청 많다."

"그러게. 옆 마을에서도 많이 오나 봐."

한여름이라 그런지, 오후 5시가 넘었는데도 아직 해가 지지 않았다. 쨍쨍 내리쬐는 석양을 피해 그늘만 골라 걸었다.

인파 속에서 유카타 차림을 한 사람을 발견할 때마다 조금은 아쉬운 마음이 든다.

"나도 유카타 입고 싶었는데."

무심코 중얼거리자 고키가 미안해하는 기색을 보였다.

"그러게, 미안해. 갑자기 오는 바람에."

"아, 아니! 아니야, 그냥 고키한테 보여주고 싶어서……."

황급히 변명하고 나서야 부끄러운 말을 해버렸다는 걸 자각했다.

얼굴이 빨개지는 게 느껴져서 점점 더 부끄러워졌다.

"그러게. 나도 무쓰키가 유카타 입은 거 보고 싶었는데. 중학교 때 사카키자카 축제에서 유카타 입었잖아? 그때도 귀여

왔지만, 지금의 무쓰키라면 훨씬 더 귀여울거야."

"……뭐라는 거야, 정말."

"응? 진심인데. 그래도 뭐, 내년에 보면 되니까. 기대하고 있어야지."

"……."

안 되겠다. 완전히 졌어. 고키도 참, 여전히 너무 솔직하고 직설적이야.

열이 오른 얼굴을 가리듯이 손으로 덮었다. 뜨거운 태양의 빛에 내 안에서 솟아오르는 열기까지 겹쳐져 머리에 피가 몰릴 것만 같다.

불꽃놀이가 열리는 강변은 길바닥보다 훨씬 혼잡했다. 모두가 천천히 물살을 따라 걸으며 불꽃놀이를 보기 적당한 장소를 찾고 있다.

"역시 앉을 수 있는 곳이 좋겠지?"

"그렇지……. 짐도 있고."

"일단 아래로 내려갈까? 비탈이라면 아직 빈자리가 있을 것 같아."

고키를 따라 계단을 내려가자, 포장마차가 줄지어 길게 늘어선 길이 나왔다. 비포장도로라 흙먼지가 날려서 조금 매캐했다. 손수건을 입가에 대고 걸어가자 맛있는 냄새가 섞여들었다.

"와, 하시마키* 맛있겠다. 빙수도 맛있어 보여."

"무쓰키는 정말 먹보구나."

놀리듯이 말하는 고키를 살짝 째려보았다.

"고키도 오징어 통구이 노리고 있으면서."

"어떻게 알았어?"

"고키가 좋아하는 거잖아. 당연히 알지."

"무쓰키에게 간파당하다니 왠지 분한데."

"뭐어?"

눈썹을 치켜세우고 화난 척 쳐다보자, 고키는 항복한다는 듯이 손을 들었다.

"일단 앉을 곳부터 찾아보자. 나중에 무쓰키가 먹고 싶은 거 사다줄게."

"응, 알았어."

그렇게 대답하고, 비탈길을 올려다보며 비어 있는 공간을 찾았다. 사람이 적은 곳은 잡초가 많아서 아무런 준비 없이 앉기에는 적합하지 않았다. 불꽃이 잘 보일 만한 계단 쪽 자리는 이미 거의 찬 상태.

고키와 떨어지지 않도록 손을 잡고 걸었다. 조금씩 해가 기

---

\* 일본식 양배추 부침개인 오코노미야키를 젓가락에 말아 만든 간사이 지역의 길거리 음식.

울며 포장마차의 불빛이 눈에 띄기 시작했다.

"무쓰키, 저기는 어때?"

"응, 괜찮은 것 같아."

고키가 가리킨 건 잡초가 살짝 자란 비탈길의 중간 자리였다. 고키가 잡아주는 손에 의지해 조심조심 비탈을 올랐다.

문득 얼마 전, 이보다 더 경사진 비탈길을 오르던 기억이 스쳤다.

"왜 그래, 무쓰키?"

"응? 아니, 전에도 이런 일이 있었지 싶어서."

"그래?"

"응."

그때는 먼저 올라간 고키가 말로 응원해줬다. 지금은 내 몸을 끌어올릴 정도로 강한 힘으로 도와준다. 이렇게 성장했구나, 생각하니 마음이 점점 따뜻해졌다.

고키가 가방에서 비닐봉지를 꺼내, 내가 앉을 자리에 먼저 깔아주었다. 자기 몫은 없어도 아무렇지도 않다고 했다.

아무리 남자라고는 하지만, 뭐가 다르다는 걸까. 그래도 너무 거절하는 것도 안 좋을 것 같아 고맙게 받아들이기로 했다. 고키의 도움을 받으며 자리에 앉자, 마침 불꽃이 피어오르는 모습이 선명히 보였다.

"이 자리 좋다. 엄청 잘 보여."

"그치? 자리가 남아 있어서 다행이야. 그럼 뭐 좀 사 올게. 뭐 먹고 싶어?"

고키는 앉자마자 다시 일어나 그렇게 말했다. 자리를 맡고 있어야 하니, 함께 갈 수는 없어서 고키에게 부탁하기로 했다.

"음……, 그럼 다코야키."

"하시마키는?"

"둘 다 비슷한 종류잖아? 다코야키가 나눠 먹기 편할 것 같아. 나머지는 고키에게 맡길게."

"알았어, 그럼 적당히 사올게."

"응, 고마워. 기다리고 있을게."

가볍게 손을 들어보이고는 고키가 조심스럽게 비탈길을 내려갔다. 친구들 사이에서는 언덕이 아니라 산이라고 부를 만큼 경사가 심한 사카키자카에서 자라서 그런지, 균형 감각은 옛날부터 좋은 것 같다. 그 뒷모습을 배웅하고 난 뒤, 하늘로 시선을 던졌다.

고키와 이렇게 불꽃놀이에 올 수 있어서 기쁘다. 하지만 아직 미래를 바꿀 만한 변화를 일으키지 못했다.

갈수록 마음이 초조해졌다. 이러다 언제 현실로 돌아가게 될지 모르는데.

그때까지 고키와의 사이에 뭔가 변화를 일으키지 않으면 안 돼. 하지만 어떻게……?

답이 나오지 않는 질문을 몇 번이나 반복했을까. 고키가 돌아오고 나서야 빙글빙글 돌아가던 사고가 멈추었다.

"무슨 일이야, 무쓰키. 미간에 주름이 장난 아닌데?"

"응……? 아니야. 아무것도."

정신이 들자 그 애가 눈앞에 있는 바람에 깜짝 놀랐지만, 애써 태연한 척 대답을 했다.

내 옆에 앉은 고키가 부스럭거리며 비닐봉지를 열었다.

"무쓰키가 주문한 다코야키와 내가 먹고 싶었던 오징어 통구이. 그리고 프랑크푸르트 소시지도 사봤어. 차는 둘이 나눠 마시면 될 것 같아서 하나만 샀는데."

"와아, 고마워. 얼마 주면 돼?"

"됐어. 내가 오자고 했잖아."

"에이, 그런 게 어딨어."

"됐다니까. 대신 집에 가는 길에 빙수 먹고 싶어지면 무쓰키한테 사달라고 할게."

"……응, 알았어."

이럴 때의 고키는 완고하다. 절대 물러나지 않는다. 나는 마지못해 고개를 끄덕이고는, 집에 갈 때 꼭 빙수든 편의점 아이스크림이든 사주기로 마음먹었다.

고키가 사다 준 다코야키를 쿡쿡 찌르다 보니, 눈 깜짝할 사이에 해가 저물고 주변은 밤이 되어 있었다.

조금 전까지 그토록 뜨거운 햇살이 내리쬐고 있었는데, 날이 저무는 것은 한순간이다. 포장마차의 불빛이 휘황찬란하게 밤의 어둠을 비추고 있다. 시간을 보니 벌써 7시가 넘어 있었다. 이제 곧 불꽃놀이가 시작된다.

나는 용기를 내어, 계속 생각해왔던 걸 고키에게 전하기로 했다.

"저기, 고키. 부탁이 있는데."

"응? 뭔데?"

"2년 뒤 1월 8일에 집에서 나가지 않았으면 좋겠어."

"뭐?"

고키가 얼빠진 목소리를 냈다. 갑자기 이런 말을 들으면 당연히 당황스럽겠지. 하지만, 나는 멈추지 않고 말을 이었다.

"약속해줘. 2년 뒤 1월 8일에, 집 밖으로 나가지 않겠다고."

"뭐어? 무쓰키, 갑자기 무슨 소릴 하는 거야."

당혹스럽기 그지없다는 표정으로 고키가 나를 보고 있다. 그래도 나는 진지한 눈으로 고키를 마주보았다.

고키의 지망 학교를 바꾸게 하는 데는 실패했다. 하지만 고키가 죽은 그날, 초등학교 주변에만 가지 않으면 사고를 피할 수 있을지도 모른다.

이 시점에서 생각하면 먼 훗날인 2년 뒤 겨울 같은 건, 감이 오지 않을지도 모르지만……. 이게 지금의 내가 할 수 있는 최선이다.

"제발, 약속해줘. 나는 고키와 계속 함께 있고 싶을 뿐이야……."

"무쓰키……?"

기도하듯 고키의 손을 잡았다. 의아한 표정의 고키와 다시 한번 시선을 마주친 그 순간, 큰 소리와 함께 커다란 불꽃이 밤하늘에 피어올랐다.

불꽃놀이가 시작되었다. 크고 예쁜 불꽃이 여기저기서 밤하늘 높이 솟아올랐다.

불꽃을 쏘아올리는 장소와 가깝기도 해서 폭죽 소리도 엄청났다. 몸의 중심을 울리는 듯한 큰 소리 때문에 더 이상 이야기를 이어나갈 수 없었다.

나는 천천히 고키의 손을 놓았다. 불꽃놀이가 끝나기 전까지는 부탁할 기회가 없다고 생각했기 때문이었다.

하지만 떨어지려던 내 손을 고키의 손이 막았다. 힘껏 내 손을 잡아주었다. 여름밤의 바람이 우리 사이를 스쳐지나갔지만, 잡고 있는 손은 여전히 뜨겁고 강했다.

나도 그에 응하듯 손에 힘을 주었다. 그리고 형형색색의 불꽃에 시선을 향했다.

고등학교 마지막 여름, 고키와 함께 보는 불꽃놀이. 원래대로라면 두 번 다시 찾아오지 않을 지금 이 순간을, 이렇게 특별한 기억으로 간직할 수 있게 된 점에 조금 감사했다. 그리고 내년에도, 그 이후로도 쭉 고키와 함께 불꽃을 볼 수 있기를 작게 기도했다.

바로 그때.

"……."

"어?"

고키가 중얼거린 말을 분명하게 알아들을 수가 없었다. 내가 되물었지만 그 애는 미소만 지을 뿐이다.

"고키, 뭐라 그랬어?"

다시 한 번 묻자, 고키는 웃으며 귓가에 말했다.

"예쁘다고 했을 뿐이야."

그게 다야? 고개를 갸웃하자, 고키가 또다시 웃으면서 얼굴을 들이밀었다. 무슨 말을 하려는 걸까? 귀를 기울이는데 쪽, 귀여운 소리가 났다.

귓가에 키스.

깜짝 놀라 고키에서 거리를 두자, 고키는 장난스럽게 웃고 있었다.

"그만 불꽃놀이나 보자. 저렇게 예쁜걸."

"……응."

귓가에 키스를 당한 건 처음이었다. 너무 갑작스러워서 당황스러웠다. 생각할수록 점점 두근거렸고, 귀도 얼굴도 서서히 뜨거워졌다.

 얼굴을 들자 화려한 대연회가 이어지고 있었다. 형형색색의 밝은 불꽃들이 하늘에 피었다가 흩어졌다. 고키의 체온을 느끼며 보는 불꽃은 마음까지 따뜻하게 해주었다.

 '……정말 예쁘다.'

 그렇게 진심으로 생각한 순간, 문득 몸에서 힘이 빠져나갔다. 몸 전체가 흔들렸다.

 ……싫어, 조금만 더 시간을 줘. 아직 안 되는데. 아직 제대로 이야기하지도, 약속하지도 못했는데……!

 저항하기 위해, 잡은 손을 꽉 쥐려고 했지만 소용없었다.

 고키의 온기가 조금씩 멀어지며 사라져갔다.

## 1월 15일
# 별사탕 일곱

눈을 뜨자, 시곗바늘은 12시를 지나고 있었다.

12시? 밤 12시라는 거야? 의심하면서 커튼을 열자 밖이 환했다. 맙소사.

거의 하루 동안 잠들어 있었던 셈이다.

제대로 침대에서 일어난 건 부모님 덕분일까. 앞으로는 별사탕을 먹을 때 처음부터 침대에 있어야겠다고 다짐했다. 그렇게 생각한 순간 깨달았다.

이제 남은 별사탕은 하나뿐이다.

드디어 이날이 오고 말았다. 어제의 타임 리프에서 고키를 구하지 못했다면……. 이제 기회는 한 번밖에 없다.

확인하기가 두렵다. 하지만 도망갈 수도 없었다.

나는 별사탕 병을 주워 책상에 놓고는 방을 나갔다. 계단을 내려가 거실로 향했다. 내심 긴장하면서 엄마에게 다가갔다.

"무쓰키, 엄청 잘 자더라. 괜찮은 거니?"

"응……. 그런데 엄마."

"응?"

"고키의 장례식 답례품…… 어디에 뒀어?"

두근거리는 마음을 억누르며 묻는다. 장례식이 있었는지 없었는지, 이 질문으로 알 수 있다고 생각했기 때문이다.

조금은 당황한 얼굴을 한 엄마에게 희망을 걸었다. 하지만 그것도 한순간이었다.

"……왜 그러는데? 뭐에 쓰려고?"

일어선 엄마가 부엌으로 향했다. 그리고 낯익은 검은 상자를 들고 돌아왔다.

"내용물은 녹차였는데, 도쿄 집에 가져갈래?"

조심스럽게 묻는 엄마에게, 일그러지는 얼굴을 들키지 않게 꾹꾹 눌러참으며 고개를 흔들었다. 또다. 또다시 고키가 없다는 사실을 확인할 뿐이다. 체념 비슷한 감정이 서서히 몸에서 힘을 빼앗아갔다.

"……아니, 됐어."

"그래? 점심 지금 먹을래?"

"응, 고마워."

간신히 웃는 얼굴을 지어보였다. 대놓고 우울하다는 모습을 엄마에게 보여줄 필요는 없으니까.

식탁에 앉아 후우, 한숨을 내쉬었다.

……또다시 실패했다.

무력감이 몰려들며 맞서 싸울 기력마저 꺾였다. 아직 포기하긴 이르다고, 그래선 안 된다고 생각하면서도, 무서워 견딜 수가 없다.

제대로 약속에 대해 다짐받지는 못했지만, 그래도 8일에는 밖에 나가지 말라고 분명히 전했다. 그런데 어째서? 이 이상 뭘 어떻게 하라는 거야?

차라리 마지막 별사탕으로 돌아가는 시점이 1월 8일 당일이라면 좋겠다. 그러면 무슨 수를 써서라도 고키를 지킬 수 있을 텐데.

하지만 과거로의 행선지는 스스로 결정할 수 없다. 알고는 있지만, 그렇게 바라지 않을 수 없었다.

엄마가 준비한 점심은 야키소바*였다. 어제의 기억 속 다코야키 맛이 떠올라 조금은 애틋한 마음이 스쳐지나갔다.

"잘 먹겠습니다."

손을 모아 인사한 뒤, 채소가 듬뿍 들어간 야키소바를 먹기

---

\* 일본식 볶음국수. 특히 축제에서는 빼놓을 수 없는 음식이다.

시작했다.

"무쓰키, 생일 축하한다."

"응?"

식사 도중, 엄마의 갑작스러운 축하 인사에 깜짝 놀랐다. 그렇구나, 오늘은 1월 15일. 내 생일이다.

"아, 고마워."

"오늘 저녁에 생일이랑 성인식 둘 다 한꺼번에 축하하자."

"응."

일단 고개를 끄덕이며 웃어보였다. 기쁘지 않은 건 아니지만, 지금은 그럴 때가 아니다.

엄마는 내가 어제 오후부터 계속 자고 있어도 아무 말도 하지 않았다. 고키 일도 있으니, 날 자극하지 않도록 가만히 내버려두려는 거겠지.

"잘 먹었습니다." 인사하고 방으로 돌아갔다.

방문을 닫고 책상으로 다가가자, 하나 남은 마지막 별사탕이 나를 부르는 것처럼 보였다.

거의 빈 병을 들고 침대에 앉았다. 심장이 점점 크게 뛰기 시작하는 게 스스로도 느껴졌다.

마지막 하나. 고키를 만날 수 있는 것도 이번이…… 마지막.

솔직히 말하면 무섭다. 마지막 타임 리프가 내가 예상하지 못한 곳이라면. 그 애와 이미 헤어져 버린 다음이라면.

아니다. 만약 그렇게 되면 그 애가 죽기 전에 이 동네로 돌아와서 말하면 된다.

"제발 부탁이니까 가지 마."

하지만, 가능하다면…… 고키에게 거짓말을 한 그날로 돌아가고 싶다.

인생에서 가장 크게 후회하는, 바로 그 순간을 바꾸고 싶다. 거짓말 따위는 하지 않고 솔직하게 고키와 마주하고 싶다. 그리고 계속 그 애의 곁에 있을 수 있는 미래를 원한다.

아무리 바라고 기도해도 소용없다는 건 알고 있다. 알 수 없는 일들뿐이다. 내가 어디로 떨어지게 될지도 모르고, 미래가 바뀌면 어떤 폐해가 일어날지도 모른다. 그래도.

나는 고키를 돕고 싶어. 고키가 살아 있으면 좋겠어.

병을 기울여 마지막 별사탕을 손바닥 위에 떨어뜨렸다.

각오하는 마음으로 입에 넣었다. 달콤한 설탕이 녹아내리며…… 빙글빙글 세계가 돌아가기 시작했다.

\*

……천천히 눈을 떴다.

여자는 블레이저에 리본, 체크무늬 치마. 남자는 똑같은 블레이저에 넥타이, 회색 슬랙스. 익숙한 제복과 검은 머리들이 줄지어 있었다.

넓은 체육관을 가득 메운 학생들의 뒷모습. 저 멀리 보이는 단상은 커다란 꽃과 학교 깃발로 장식되어 있었다. 여기저기서 훌쩍이는 소리가 들려온다.

"그럼 졸업장을 수여하겠습니다."

마이크를 통해 흘러나오는 큰 소리.

고등학교 졸업식 당일이다. 고키와 마지막 시간을 보낸, 후회로만 가득한 날.

가슴이 욱신욱신 아파왔다. 하지만.

마지막의 마지막 순간, 내가 원했던 그날로 돌아올 수 있었다. 이 행운을 절대 헛되이 보낼 수는 없다. 굳게 결심하며 앞을 바라보았다.

졸업식은 아무 탈 없이 진행되었다. 답사도 송사도 전혀 기억에 없는 걸 보면 틀림없이 머릿속으로 딴생각만 하고 있었나 보다. 그때의 나는 고키에게 어떻게 이별의 말을 꺼내야 할지 필사적으로 생각하고 있었으니까.

'고키가 싫어졌어'라고는 죽어도 말할 수 없었다. 장거리 연애는 자신이 없다든가, 그런 말로 얼버무릴 수밖에 없다고 생각했다. 부모님이 인정할 수 있도록 확실히 헤어져야만 한다. 하지만 역시 고키에게 미움받고 싶지 않아……. 그렇게 이러지도 저러지도 못하고 망설이던 그날의 나.

결국 연습한 대로 흘러가지 않는 상황에 난처한 나머지, 생각지도 못한 거짓말을 하고 도망치듯 집으로 향했다.

몇 번을 떠올려도, 여전히 고통스러워서 외면하고 싶어지는 기억이다.

말을 꺼낸 나조차 그럴 정도니, 일방적으로 심한 말을 들은 고키는 훨씬 더 괴로웠을 것이다. 그렇게 당연한 사실을 생각하지 못할 만큼, 머릿속이 자기 일로만 가득 차 있었다. 인생에서 가장 고통스러운 추억이다.

하지만 이날로 돌아왔다는 건 다시 시작할 수 있다는 뜻이다. 그걸 깨달은 순간 희망이 보였다.

이번엔 절대 거짓말 같은 건 하지 않을 거야. 나는 고키와 계속 함께 있고 싶어. 예전에도 그랬고, 지금도 그래. 변함없이.

고키에게 이별을 선언하지만 않는다면……. 우리가 떨어져 있던 2년도 전혀 다른 형태가 될 거야. 곁에 있지는 못하더라도 연락을 주고받으며 마음은 쭉 이어져 있을 테니까.

지금의 나는 그 애가 보내지 못한 메시지도 제대로 확인했는걸.

셀 수 없을 만큼 희망과 상상이 넘쳐났다.

그래. 거짓말만 하지 않으면, 이별만 하지 않으면, 지난 2년간을 바꿀 수 있다.

그렇게 되면 틀림없이…… 고키가 살아 있는 미래를 맞이

할 수 있을 것이다.

졸업식이 끝나자 교실에서 마지막으로 종례가 열렸다. 담임 선생님이 전에 없던 진지한 어조로 우리 모두를 향해 이야기했다.

"졸업 축하한다. 너희는 이미 어른에 가까우니까, 선생님이 이러쿵저러쿵할 수는 없겠지. 하지만 한 가지만 기억해라. 선생님은 삶과 죽음이란 종이 한 장 차이라고 생각한단다. 인간은 언젠가 반드시 죽는다. 하지만 존재마저 사라지는 건 아니야. 살아간다는 건 다른 사람 속에 존재하는 거야. 앞으로의 인생에서 너희들은 다른 사람의 마음속에서 계속 살아갈 수 있는 사람이 되기를 바란다. 그렇게 될 수 있도록 열심히 살아가길 바란다."

정든 둥지를 떠나는 우리를 향한 말이 무게감 있게 울려퍼졌다.

우리보다 어른인 선생님의 뜨거운 응원에, 언제나 스스럼없이 굴던 반 친구들도 오늘만큼은 다들 얌전한 얼굴을 하고 있었다. 가끔은 오열이 새어 나올 정도로.

하지만 내 의식은 앞서 나간 지 오래였다. 반 친구들이 전부 교실을 떠난 다음부터가, 진짜 시작이다.

나는 고키를 마주하고 이야기해야 한다. 무슨 이야기부터 시작하면 좋을까?

"그럼 이걸로 마치자. 당번……은 없으니까, 반장한테 부탁할까."

"네. 기립!"

반장의 구호에 모두가 일어섰다. 일제히 의자를 끄는 바람에 드르륵, 큰 소리가 울린다. 이 소리마저 왠지 그리웠다.

"경례! 감사합니다!"

"감사합니다!"

여기저기서 박수가 터져나왔다. 나도 따라서 손뼉을 쳤다. 교단에 선 선생님의 눈은 약간 촉촉해져 있었다.

"다 같이 사진 찍자!"

"선생님도 같이 찍어요!"

행동 대장 격인 아이가 앞장서서 말을 걸자, 다들 교단으로 모였다. 나도 친구들에게 이끌려 그 무리에 들어갔다.

"간다! 셀프 타이머니까 10초 남았어!"

스마트폰을 설정한 아이가 그렇게 말하고 친구들 사이로 들어왔다. 10초가 끝날 때까지 모두들 숨을 멈추고 있었는지 찰칵, 하는 소리가 또렷이 들렸다.

"모두들 고마워! 나중에 사진 보낼게!"

"와, 고마워!"

"부탁할게!"

이별의 시간인데도 다들 밝은 표정이다. 눈물을 글썽이면서도 앞으로의 미래를 기대하고 있다.

조금씩 교실에서 사람이 사라진다. 친하게 지내던 아이들은 나와 사진을 찍은 뒤, 동아리 후배들이 기다리는 부실로 간다고 했다.

하나둘씩 떠나가자, 교실에는 적막감이 찾아들었다. 나는 교실에 남아 노트를 펼쳐 들고 열심히 손을 움직였다.

"무쓰키."

잠시 뒤 나를 부르는 목소리에 고개를 들었다. 고키가 교실 밖에서 손을 흔들고 있었다. 나는 다 적은 노트를 덮고 자리에서 일어나 그 애에게 다가갔다.

"고키네 반은 다 끝났어?"

"응, 일단은. 저녁부터 뒤풀이가 있는 것 같긴 한데. 그보다 무쓰키에게 주고 싶은 게 있어서 말이야."

"주고 싶은 거?"

"응. 여기 교실 곧 있으면 빌 것 같은데. 좀 기다릴까?"

돌아보자 더더욱 사람이 줄어들고 있었다.

"그러자."

나도 대답하며 그 애를 안으로 들어오게 했다.

"뭐 쓰고 있었어?"

"응……. 나중에 얘기할게."

"흐음, 무쓰키 책상은 깨끗하네."

"그런가? 보통 이렇지 않나?"

"낙서 같은 거 안 해? 우리 반 여자애들은 교실 곳곳에 자기 이름 새기던데."

"뭐야, 그게. 그런 거 안 해."

자신의 이름을 낙서로 남기다니, 그런 생각은 해본 적도 없다. 여유가 없어서 그랬을지도 모른다.

"그러고 보니 무쓰키. 대학 합격 축하해."

"고마워. 근데 벌써 축하해줬잖아."

사립대 입시는 2월에 끝났다. 합격 통지를 받자마자 고키는 축하한다며 케이크를 선물해줬을 텐데.

"뭐, 그렇긴 하지만. 졸업도 했으니 다시 한번?"

"아하하, 고마워."

나도 웃으면서 고키를 향해 박수를 보냈다.

"고키야말로 축하해. 가채점 결과 엄청 좋았잖아?"

"응. 그래도 결과가 나올 때까지 모르는 일이니까. 엄청 두근두근해."

"틀림없이 합격할 거야."

힘껏 긍정하자 고키는 웃었다.

"무쓰키가 그렇게 말하니까, 정말로 합격할 것 같은 기분이 들어."

"응, 진짜로 합격할 거니까! 안심해도 돼."

그런 이야기를 하다 보니 어느새 교실 안에는 나와 고키만 남았다.

평소에는 늘 소란스럽던 교실이 이상하게 조용해서…… 어쩐지 이 세상에 단둘이 있는 것 같다.

아무 생각 없이 자리에서 일어났다. 고키도 똑같이 일어서서 둘이 마주보았다.

"주고 싶은 게 뭐야?"

그렇게 묻자 고키는 "응" 하며 가방 속에서 자그마한 무언가를 꺼냈다.

"이거 받아줄래?"

고키의 손안에 있는 컬러풀한 물건을 보고 나는 그대로 얼어붙었다.

그건…… 그 병은……!

"무쓰키, 이 별사탕 좋아했잖아."

부드럽게 미소 지은 고키가, 조심스럽게 작은 병을 내 손에 쥐여주었다.

틀림없다. 이건 내가 이 시간 여행을 하게 만든 별사탕과 같은 병이다. 다른 점이 하나 있다면, 그 안에 별사탕이 가득 담겨 있다는 것…….

놀란 나머지 아무 말도 못 하고 있는 내 손 위에 고키는 살며시 자신의 손을 포개었다.

"하루에 하나씩 먹으면서 내 생각해줘. 둘이서 계속 함께할 수 있게 해달라고 기도하면서."

"지금 그거……."

"아, 혹시 기억나? 별사탕의 주문, 옛날에 같이 했었잖아."

조금 쑥스러운 듯이 고키는 말했다.

"하지만 역시, 1년 치 별사탕을 채우는 건 무리였어. 너무 커도 짐이 될 테고."

주문을 이루려면 1년 치 이상의 별사탕이 필요하다. 그 이야기를 하는 것 같았다.

지금 건네받은 병은 내 두 손에 딱 들어가는 크기다. 병 하나에 담긴 알록달록한 별사탕을 매일 하나씩 먹는다고 해도 얼마나 버틸 수 있을까. 두세 달이 한계일 텐데.

내 마음속의 의문을 고키는 이미 알고 있다는 듯 말했다.

"그러니까."

말을 이으며, 다정하게 미소 지었다.

"약속할게. 이 병이 비기 전에 꼭 만나러 가겠다고."

그렇게 말하며, 고키는 새끼손가락을 내밀었다. 우리가 약속할 때마다 늘 하던 대로.

고키는 장거리니 뭐니 하면서 포기할 생각은 없었다. 오히려 이렇게, 기쁜 약속을 해줄 생각이었던 거야.

……그런데 내 생각밖에 하지 않는 나는, 이제 무리라고,

혼자 멋대로 결정하고 이별을 선언하고, 거짓말까지 하며 고키를 끊어냈다.

지금 눈앞에 있는, 고키가 내민 별사탕도 약속의 말도, 무엇 하나 듣지 못한 채. 머리보다 몸이 먼저 반응했다. 고키가 내민 손가락에 천천히 내 손가락을 걸었다. 손가락이 힘껏 얽혀드는 그 감촉이 얼마나 그리웠는지, 말로 다 표현할 수 없을 정도였다.

"무쓰키와 떨어지는 건 솔직히 쓸쓸해. 계속 무쓰키 곁에 있어주고 싶다고, 지금도 생각해. 하지만."

똑바로 나를 바라보며 고키가 말을 이었다.

"나도 무쓰키도, 혼자서 노력하는 법을 배워야 한다고 생각해. 만나고 싶을 때 만날 수 없는 건 틀림없이 힘들 테지만, 그건 나도 마찬가지니까. 이렇게 별사탕이나 약속 같은 게 있으면, 더 열심히 할 수 있을 것 같아서……. 어?"

참지 못한 눈물이 주르륵 흘러내렸다. 멈추는 건 불가능했다. 과거의 내가 얼마나 어리석었는지, 한심함에 움직일 수조차 없었다.

"무쓰키? 왜 그래? 내가 뭐 잘못했어?"

"아냐……."

필사적으로 고개를 저었지만, 흐르는 눈물 때문에 목이 메어 어찌할 바를 몰랐다.

마치 정답 맞히기를 하는 것 같다.

열아홉 살의 나에게 보내진 별사탕의 병의 공백에는, 고키의 마음이 가득 차 있었다.

고키는 나에게 이렇게 멋진 약속을 선물하고 싶어서 준비하고 있었다. 곁에 없어도 고키를 느낄 수 있도록 어린 시절의 추억이 담긴 '주문'까지 되살려서. 별사탕을 다 먹기 전에 만나러 오겠다는, 눈에 보이는 버팀목을 마련해주었다.

고키의 마음이 기뻤다. 하지만 결국 이루어지지 않는다는 걸 알기에 괴롭다.

내 생각만 하느라 고키의 마음을 헤아리지 못했던 과거가 분하다. 나를 소중히 여겨주는 고키의 마음을 제대로 받아들이지 못했던 것이 너무나 슬프다.

수많은 감정이 크게 요동쳐서, 이러다 폭발할 것만 같았다.

내가 독단적으로 행동해서 그런 거짓말만 하지 않았다면, 우리는 오래오래 행복할 수 있었을 텐데.

"무쓰키? 괜찮아?"

"흐윽······!"

말로 표현할 수 없는 마음을 전하고 싶어서 나는 고키의 품속으로 뛰어들었다.

기뻐서 그래. 행복해서 그래. 계속 이대로 있고 싶어서 그래.

하지만 그래선 안 돼. 이대로는 분명 아무것도 변하지 않을 거야. 우리는 또다시 이별하고 말 거야.

"흑, 고키…… 부탁이야…… 2년 뒤 1월……에, 내 말대로, 해야…… 해."

띄엄띄엄 내뱉은 말이었지만, 다행히 고키는 제대로 알아들은 것 같다.

"2년 뒤? ……아, 그러고 보니 여름에도 그런 말을 했었지."

"기, 기억하고…… 있었어……?"

"응, 어쩌다 보니까."

고키는 하하 웃으며 나를 달래듯 머리와 등을 쓰다듬어주고 있다. 눈앞이 아찔할 만큼 좋았다.

하지만 나는 고키의 품에서 벗어나, 책상에 놔둔 노트를 집어들었다.

"이거……."

"응?"

조금 전까지 펼쳐두었던 그 노트를 고키에게 밀어붙이듯 건넸다.

어디로 가게 될지 모르는 시간 여행의 마지막 순간. 이게 지금의 내가 할 수 있는 최선의 방책이라고 생각한다.

이 노트에는 스무 살이 된 나의 마음이 쓰여 있다.

"2년 뒤 1월이 되면…… 읽어줘. 과거의…… 아니, 미래의 고키에게 쓴 편지니까."

"미래의, 나에게?"

"응. 잊으면 안 돼. 2년 뒤 1월 8일에 꼭 읽어줘."

"……응. 알았어."

나의 심상치 않은 박력과 초조함이 전해졌는지, 고키는 노트를 받아들고 고개를 끄덕였다.

겨우 안도하며, 그 애의 품에 다시 한번 뛰어들었다.

"약속이니까. 꼭 지켜야 해."

"하하, 알았다니까."

고키는 웃으면서 살며시 나에게 손가락을 걸었다. 겨우 안도의 한숨을 내쉬었다.

"……2년 뒤면 우리도 스무 살이네."

"으, 응."

"무쓰키의 스무 번째 생일에는 '어른이 되면'이라고 했던 그 약속도 지킬 테니까. 기대하고 있어."

흘려넘길 수 없는 고키의 말에, 다시 한번 "1월 8일에는 집에서 나가지 마" 하고 다짐을 받으려던 말이 쏙 들어갔다.

반사적으로 질문이 튀어나왔다.

"약속, 이라니……?"

"아, 역시 잊어버렸구나. 그래도 나는 기억하고 있으니까. 어? 근데 전에도 똑같이 말했던 것 같은데?"

고키는 확인하듯 그렇게 말했다. 나는 매달리는 심정으로 그 애의 말을 기다리고 있었다.

그런데 갑자기 확, 다시 끌어안겼다.

"고키?"

"무쓰키…… 좋아해. 아주 많이 좋아해."

절박한 고백이었다. 그 목소리와 안색의 변화에 움찔하는 동시에 왠지 불안해졌다.

"……갑자기 왜 그래?"

"그냥 말하고 싶었을 뿐이야."

고키는 헤헤 웃으며 평소의 분위기로 돌아와 있었다.

나는 형언할 수 없는 불안에 휩싸여 고키의 몸을 꼭 껴안았다. 마치 고키가 여기서 사라져버릴 것 같은 기분이 들었기 때문이다.

"나도…… 고키가 좋아. 너무 좋아. 그러니까 부탁이야, 2년 뒤에."

"응, 알겠어."

내 호소를 가로막으며 내 머리를 쓰다듬어 온다. 빈틈없이 꼭 붙어 있는 게 기쁘고 부끄러우면서도 기분 좋았다.

살짝 고개를 들자 고키의 얼굴이 다가오고 있었다. 자연스럽게 눈을 감았다.

영원 같은 몇 초. 고키의 부드러운 키스를 받아들였다.

천천히 입술이 떨어져 나가는 기척과 동시에 눈을 떴다. 행복감이 온몸에 퍼져나가는 걸 느꼈다.

고키도 나와 같은 마음일까. 그렇게 생각하면서 그 애를 보니…… 어쩐지 그 애의 표정은 흐려 보였다.

"고키……?"

또다시 불안감이 커졌다. 왜 고키는 이런 얼굴을 하고 있는 걸까. 지금의 우리는 이보다 더 행복할 수 없을 텐데.

"무쓰키, 기억해."

"어?"

"약속했잖아. 사카키자카 산에 있는 '비밀 기지'……."

내가 들을 수 있었던 건 거기까지였다. 지금까지와 다른 엄청난 속도로 세상이 흔들리기 시작해서, 똑바로 서 있을 수 없게 되며, 나는 의식을 잃었다.

\*

"음……."

눈을 뜨자 낯익은 천장이 가장 먼저 눈에 들어왔다. 여기는…… 내 방 침대?

조금 전의 기억이 떠오른 순간, 자리에서 벌떡 일어났다.

지금 내가 여기에 있다는 건, 이미 과거로의 여행이 끝났다는 뜻이다.

마지막 별사탕을 통해 고등학교 졸업식으로 돌아갔다. 내 인생의 가장 큰 후회를 지울 수 있었다.

고키로부터 기쁜 약속을 받았다. 행복한 키스도, 2년 뒤 1월 8일의 주의도, 약속의 힌트도.

가만히 있을 수 없어서 방을 뛰쳐나와 서둘러 계단을 내려갔다. 내 기세에 놀란 엄마를 향해, 나는 오늘 아침과 똑같은 질문을 던졌다.

"엄마! 고키 장례식에서 받은 녹차, 갖고 있어?!"

"응? 갑자기 무슨 소리야……?"

"빨리 말해줘! 고키의 장례식은? 있었어?!"

나는 엄마의 어깨를 꽉 잡고 힘껏 흔들었다. 엄마는 금방이라도 울 것 같은 얼굴로 조심스럽게 입을 열었다.

"장례식은…… 같이 갔었잖니. 기억 안 나?"

"……."

뚝. 엄마를 흔들던 손을 멈추었다.

장례식은, 있었다. 같이, 갔었다. 그 말이 의미하는 건.

"무쓰키, 너 진짜 괜찮니? 요즘 좀 이상하다……?"

"……."

"무쓰키……?"

걱정스럽게 나를 바라보는 엄마에게서 손을 떼고 비틀비틀 2층으로 올라갔다. 발밑이 휘청거렸다. 내가 느끼기에도 그럴 정도니, 다른 사람이 보면 오죽할까.

"무쓰키! 위험해!"

엄마의 비명이 들린 순간, 발을 헛디디며 계단에서 미끄러졌다. 하지만 바로 난간을 잡은 덕분에 굴러떨어지는 일은 없었다. 아래층에서 안도하는 소리가 들렸다.

"무쓰키, 거기 있어봐. 위험하니까 엄마가 같이 갈게."

"……괜찮아."

다급히 올라오는 엄마를 기다리지 않고, 한 발 한 발 움직여 방에 틀어박혔다.

두 번 다시 만나지 못할 그 애와 일곱 번이나 만날 수 있었다. 그것만으로 기적이야. 그러니 그걸로 충분해…… 라고는, 역시 생각할 수 없다.

조금 더 이야기하고 싶었어.

조금 더 너에게 닿고 싶었어.

조금 더 옆에 있고 싶었어.

아무리 간절히 바라도 이제 이루어지지 않는다. 나를 두고 멀리 가버린 그 애에게는, 이 마음도 닿지 않을 것이다.

왜 이렇게 된 거지. 졸업식 날, 그 애에게 제대로 메시지를 전했는데. 그 노트가 나와 고키의 미래를 틀림없이 이어주었을 텐데…….

고키에게.

이 편지를 읽고 있다는 건, 고등학교를 졸업한 지 2년이 지났단 뜻이겠지?
믿을 수 없겠지만, 이 편지를 쓰고 있는 나는 스무 살의 무쓰키야. 고키에게 이 노트를 건넨 사람이 열여덟 살의 나라고 생각하겠지만, 사실은 2년 뒤 스무 살의 나였어. 무슨 뜻인지 잘 모르겠지? 하지만 어떻게 해서든 고키에게 꼭 전하고 싶은 말이 있어서 이렇게 편지를 쓰고 있어.
고키, 부탁이 있어. 1월 8일에는 외출하지 말아줘. 특히 사카키자카 초등학교 쪽은 가지 마.
나에게 고키보다 소중한 건 없어. 그러니 제발 내 부탁을 들어줘.
지금의 고키는 어떤 느낌일까? 어른이 된 고키를 빨리 만나고 싶어. 성인식도 기대하고 있어.

무쓰키.

직접적으로 '고키가 죽는다'라고는 쓸 수 없었다. 하지만 그때 손가락을 걸고 약속했다. 말로만 한 약속이 아니라, 진심을 다해 부탁했는데.

미래의 내가 보낸 엉터리 같은 메시지라도, 고키라면 반드시 읽어줄 것이다. 이해해줄 것이다. 그렇게 믿고 있었다. 그런데……

아무리 노력해도, 아무리 과거를 되돌려도, 고키는 결국 죽을 운명에서 벗어날 수 없었다. 미래는 아무것도 변하지 않았다.

온몸에서 힘이 빠져나갔다. 허무감이라는 게 이런 걸까. 절망 속에서 고키의 목소리가 멋대로 들려오기 시작했다.

"이거 받아줄래?"
"무쓰키, 이 별사탕 좋아했잖아."
"하루에 하나씩 먹으면서 내 생각해줘."
"둘이서 계속 함께할 수 있게 해달라고 기도하면서."
"약속할게."
"이 병이 비기 전에 꼭 만나러 가겠다고."
"무쓰키와 떨어지는 건 솔직히 쓸쓸해. 계속 무쓰키 곁에 있어주고 싶다고, 지금도 생각해."
"하지만, 나도 무쓰키도, 혼자서 노력하는 법을 배워야 한다고 생각해."
"만나고 싶을 때 만날 수 없는 건 틀림없이 힘들 테지만, 그건 나도 마찬가지니까."

"이렇게 별사탕이나 약속 같은 게 있으면 더 열심히 할 수 있을 것 같아서."

"2년 뒤면 우리도 스무 살이네."

"무쓰키의 스무 번째 생일에는 '어른이 되면'이라고 했던 그 약속도 지킬 테니까. 기대하고 있어."

그 순간, 머릿속에서 뭔가 폭발했다.

시야가 트이는 것처럼 머리가 빙글빙글 돌아가기 시작했다.

고키가 말했던 '약속'. 그건 분명 별사탕과 함께 들어 있던 편지에서 말한 '약속'일 것이다. 마지막에 그 애가 남긴 말은……

"무쓰키, 기억해."

"약속했잖아. 사카키자카 산에 있는 '비밀 기지'……"

다짐하는 듯하던 고키의 목소리가 머릿속에서 울렸다. 머리로 생각하기 전에 몸이 먼저 움직였다. 비어 있는 병을 꼭 쥐고 소파에 걸쳐져 있던 겉옷을 챙겨 방을 뛰쳐나갔다.

계단 근처에 있던 엄마를 그대로 지나쳐 신발을 신고, 현관문을 힘껏 열어젖혔다.

"무쓰키?! 어디 가니?!"

등 뒤에서 들려오는 엄마의 질문에 큰 소리로 외쳤다.
"비밀 기지!"
그리고 더 이상 뒤돌아보지 않았다. 똑바로 앞을 보고 그저 나아갈 뿐이었다.


중앙공원을 빠져나와, 지하도를 지나 초등학교와 반대 방향으로 걸었다. 해가 기울고 있는 걸 보고, 벌써 저녁이 되었구나 깨달았다.

길을 복습해두길 잘했다. 예전과 풍경이 달라져서, 며칠 전에 한 번 더 걷지 않았다면 자신이 없었을 것 같다.

산기슭의 작은 공원 화단에서 누군가 밟아 다진 통로를 지나갔다. 거의 산사태가 일어난 것처럼 보이는 오르막길을 거침없이 올랐다. 흙이 손에 묻든 더러워지든 아무 상관 없었다.

"무쓰키! 힘내!"

그렇게 격려해주던 그 애는 이제 없다. 그래도 나는 기억에 이끌리듯 나아갔다.

갈수록 길이 좁아졌다. 발밑을 확인하면서 걷다가 깜짝 놀랐다. 얼마 전 누군가 지나간 흔적이 남아 있었기 때문이다.

가슴이 철렁 내려앉았다. 어린애가 아니야. 이 정도 크기라면 어른의 발자국이다.

이게 만약 고키였다면……!

조급한 마음을 주체하지 못하고 나는 달리기 시작했다. 그때는 할 수 없었던 일들이 이제는 가능하다.

"길도 좁고 미끄러지기 쉬워. 위험하니까 조심해!"

그렇게 격려해준 믿음직한 등은 이제 없지만, 나는 이토록 자유롭게 움직일 수 있다. 그 시절의 고키에게도 보여주고 싶을 정도로.

낙엽이 쌓인 길 중간, 간혹 드러난 지면 위로 발자국이 선명했다. 그 애가 걸었을 때는 질척거렸겠지. 내 생각이 맞는다는 듯, 땅에 남은 발자국은 더욱 선명해졌다. 그 애의 뒤를 따르듯…… 앞으로, 앞으로 나아갔다.

낯익은 장소로 나왔다. 산 표면에서 약간 드러나 있는 녹색 커튼. 지금은 갈색이 좀 섞여 있지만…… 그래도 여기가 틀림없다. 고키가 남긴 '약속'의 장소.

바스락거리는 나뭇잎을 피해, 동굴 같은 구멍 속으로 들어갔다. 어두컴컴하지만 새까맣지는 않았다. 점점 눈이 어둠에 익숙해졌다. 그때 흙벽의 바위 표면에 분필로 적은 'ON!'이라는 글자와 화살표가 눈에 띄었다. 화살표를 따라가자 바로 옆에 낯선 버튼이 보였다.

조심스럽게 손을 대었다. 딸깍, 버튼을 누르자 진동이 울리는 듯한 소리가 나는 바람에 흠칫 놀라 몸을 떨었다.

그 순간 그저 어두운 동굴에 지나지 않던 '비밀 기지'에 빛이 넘실거리기 시작했다.

"고키는 별을 본 적 있어?"

"당연히 있지. 사카키자카는 밤하늘에 별이 예쁘다고 아빠가 얘기해주셨어."

"진짜? 좋겠다……. 난 본 적 없어. 여기 이사 오고 나서는 계속 병원에만 있었거든. 나도 언젠가 보고 싶어……."

"그렇구나……. 알겠어! 그럼 약속하자!"

"응? 무슨 약속?"

"어른이 되면, '비밀 기지'를 예쁜 별하늘로 만들어서 무쓰키에게 줄게!"


두 아이의 목소리가 들려오는 것만 같았다. 동시에 손가락을 걸었던 그 촉감까지 되살아났다.

아아……. 그랬구나.

분명히 '약속'했었다. 어째서 잊고 있었을까? 시시한 어린애들의 이야기라도, 우리에게 손가락 걸고 한 약속은 특별했는데.

이건 뭘까. 스위치를 누르자마자 무수한 LED와 그에 반사되어 빛나는 유리 조각, 그리고 형광 도료가 바위 전체에 떠올랐다. 일종의 플라네타륨이라고 할까. 수많은 빛과 반짝임으로 수놓은 '비밀 기지'는 이제껏 본 적 없는 세계로 바뀌어 있었다.

고키가 선사한 아름다운 '별하늘'.

눈부시게 반짝거려서 마치 우주 속에 있는 것 같았다. 따뜻한 빛이 부드럽게 나를 감싸주고 있는 듯했다.

고키는 손가락 걸고 한 약속은 반드시 지키는 사람이었다. 비록 내가 그 약속을 잊어버렸다 하더라도.

우직한 그 애가 이 커다란 동굴을 열심히 장식하고 있는 모습이 눈에 선했다. 어른이 되면, 그렇게 말했기 때문에 나의 스무 번째 생일을 기다렸을 것이다.

나를 놀라게 하려고.

기쁘게 하려고.

오직 그 마음 하나만으로 이렇게……

서서히 번지는 시야 속에서 문득 부드러운 바람과 함께 목소리가 들려왔다.


"생일 축하해, 무쓰키."


그 애의 목소리였다. 틀림없이 환상일 거야. 나도 알아.

하지만 고키가 만든 나만의 별하늘 속에 있으면, 마치 그 애가 지금도 옆에 있는 것 같아서…… 눈물이 멈추지 않았다.

어째서 그 애가 죽던 날, 초등학교 근처에 있었을까.

그 답이 여기에 있었다.

분명 그 애는 이 공간을 완성하고 돌아오는 길에 사고를 당했을 것이다. 눈앞에 어려운 사람이 있으면 도와주지 않고는 못 배기는 사람이니까. 머리보다 먼저 몸이 움직여 버렸을지도 모른다.

그런 고키가 자랑스러웠다. 아무나 할 수 있는 일이 아니니까. 정말 고키다운 일이라고 생각해. 그래도.

"무쓰키…… 좋아해. 아주 많이 좋아해."

어떻게 된 일인지 갑자기 고키의 고백이 들려왔다. 그 목소리가 떠나질 않아. 계속 메아리치고 있어.

정신을 차려보니 나는 오열하고 있었다.

"……왜 그랬어……!"

나하고 약속했잖아. 1월 8일에는 밖에 나가지 않겠다고. 알겠다고 했잖아. 계속 내 옆에 있어주겠다고. 손가락도 걸었잖아. 그런데 왜 지금 여기 없는 거야.

바스락, 가벼운 소리가 났다. 종이가 스치는 소리.

그 소리에 이끌리듯 고개를 들자, 아까의 'ON' 버튼 옆에 살며시 놓인 봉투가 보였다.

내가 받았던 별사탕 소포에 들어 있던 것과 같은 종류였다.

떨리는 손으로 봉투를 열었다. 그러자 그때와 다름없이 그리운 그 애의 글씨가 춤추고 있었다.

무쓰키에게.

생일 축하해. 그리고 여기 와줘서 고마워. 정말 기뻐.
무쓰키를 위한 별하늘, 마음에 들었을까?
약속대로 스무 살의 무쓰키가 보낸 메시지는 잘 읽었어.
……그랬는데 무쓰키 말 안 들어서 미안해.
이렇게 무쓰키의 스무 번째 생일을 축하하는 게 나에게는 최우선이었으니까. 알겠다고 해놓고 거짓말한 건 나중에 제대로 사과할 테니까 용서해줘.
어른이 된 무쓰키가 행복하게 늘 웃고 있기를.

고키가.

"흑, 흐윽……! 아아악……!"
펑펑 쏟아지는 눈물과 오열이 고키가 준 별빛 가득한 하늘에 울려 퍼졌다.
고키는 나와 한 약속대로 그 메시지를 읽어주었다. 그 의미 불명의 부탁도, 전부 이해하고 받아들여 주었다. 그런데도 나를 위해서, 이 장소를 만들어주기 위해서…….

편지를 품에 안고 주저앉았다. 고개를 들자 고키가 내게 보내준 별하늘이 눈물과 함께 빛나고 있었다. 반짝반짝, 반짝반짝. 마치 고키의 눈동자처럼. 그리고 고키의 마음처럼.

나에게 제일 중요한 건 고키가 살아 있어주는 거였어. 그런데…… 이렇게 아름다운 장소만 남기고 사라지다니.

딱 한 번만 더 만나고 싶어.

하지 못한 말들이 너무 많아. 물어보고 싶은 것도 잔뜩 있어. 고키가 없으면 행복하게 웃을 수 없는걸. 왜 그걸 몰라.

꽉 움켜쥐고 있던 빈 병에 이마를 대었다. 눈물을 멈추지 못한 채 간절히 바랐다.


나를 과거로 보내줄 수 있는 힘이 여기에 있다면,

제발 한 번만 더…… 그 애를 만나게 해줘.

### 1월 30일
# 몇 번째 별사탕?

"무쓰키!"

멀리서 나를 부르는 소리가 들렸다. 뒤돌아서 누군지 확인하자, 같은 그룹의 친구였다.

"오랜만이야. 잘 지냈어?"

"응. 너도 잘 지냈지?"

"잘 지내긴 했는데 시험 때문에…… 이따 남자친구랑 공부하기로 했는데…… 전혀 진도가 안 나갈 것 같아."

"아하하."

평소처럼 밝은 친구에게 나도 똑같이 웃어보였다.

"무쓰키 넌 어때? 요즘 엄청 열심히 하는 것 같던데."

"으음, 그냥 뭐. 조금 늦은 감은 있지만, 이왕 입학했으니까 열심히 해보려고."

"우와, 대단하다!"

감탄한 듯한 친구의 솔직한 반응에 나도 모르게 문득 미소가 새어 나왔다.

"아, 맞아. 고향은 어땠어?"

전에 본가에 다녀온다고 했던 이야기가 생각났는지 친구가 물었다. 나는 빙그레 웃었다.

"응. 이런저런 일이 있었어."

뭐야? 친구가 불만스럽다는 듯 소리를 높였다.

"이런저런 일이 뭔데? 의미심장하게!"

"그냥 이런저런 일. 아, 그래도."

"응?"

"만나고 싶었던 사람을 만날 수 있었어."

빙긋이 웃으며 그렇게 말하자, 친구도 "아, 진짜?" 하고 마주 웃어주었다.

만나고 싶어도 더 이상 만날 수 없는 그 애를 만났다. 나의 귀성은 그 한마디로 귀결된다.

'비밀 기지'의 '약속'을 발견한 그날.

그 동굴 안에서 얼마나 시간이 흘렀는지 모를 정도로, 나는 기도하고 또 기도했다.

고키를 만나고 싶어. 목소리를 듣고 싶어. 어쩌다 이렇게 된 건지 알고 싶어. 한 번만 더 기회를 갖고 싶어. 우리의 시간을 다시 시작하고 싶어. 이번에야말로 분명히 그 애에게 다다를 테니까.

……하지만 소용없었다. 아무리 기도해도 눈을 뜨면, 내 눈동자에 비치는 건 그 애가 준 아름다운 별하늘뿐이었다.

기적은 그리 쉽게 일어나지 않았다. 그대로 절망에 잠식될 뻔했을 때 나를 도와준 건 역시나 고키였다.

부모님이 준비한 생일 축하 파티를 거절하고, 편지를 손에 꼭 쥔 채 울다 지쳐 잠들었던 그날 밤.

고키가 만나러 와 주었다.

\*

"무쓰키, 고마워. 약속 기억해줘서."

어른이 된 모습의 고키가 눈앞에 나타나, 수줍게 말했다.

나는 꿈인 걸 알면서도 그 애에게 매달렸다. 두 번 다시 놓지 않겠다는 듯이.

그런 내 모습에도 당황하지 않고 고키는 나를 부드럽게 감싸주었다. 그 애의 품에 한참을 안겨 있었다. 기뻤다.

하지만 이건 꿈이다. 분명 행복해야 할 텐데, 애틋함이 밀려들며 눈시울이 뜨거워졌다.

고키는 나를 안은 채 말하기 시작했다.

"그 주문, 제법 효과가 있었네."

"……별사탕의 주문?"

"응. 어렸을 때 빌었던 소원도 이뤄졌고."

고키의 목소리에 웃음기가 역력했다. 무심코 고개를 들자, 그 애는 내 머리를 쓰다듬으며 말했다.

"그때 빌었던 소원은 이거였어. 무쓰키와 한 약속이 전부 이루어지게 해주세요."

"훗……."

목이 메었다. 그렇게 어렸을 때부터 이 지경에 이른 지금까지도 여전히. 고키는 하나도 변하지 않았다. 언제나 언제나, 나만 생각했다.

"무쓰키, 울지 마."

"흑, 고키, 때문이야……!"

네가 나에게 한없이 다정하니까. 나를 위해서라면 물불을 가리지 않으니까.

약속 같은 건 까맣게 잊고 있던 무정한 나를 위해, 그렇게 멋진 선물까지 준비하고……!

"나도, 기도했는데! 고키랑 같이, 영원히 함께 있고 싶다고……!"

하지만 그 소망은 이루어지지 않는다. 그 애의 옷자락을 움켜쥐고 괴로움을 토로했다.

왜 그럴까. 고키의 소망과 나의 소망은 도대체 뭐가 다르다는 걸까.

후회스러운 과거를 다시 시작해도, 그 애와 함께할 수 있는 미래는 손에 넣을 수 없었다.

그때보다 조금 나아졌다고는 해도, 내가 여전히 울보에다 어리광쟁이라서? 그래서 기적을 일으킬 만한 힘이 없는 걸까?

"무쓰키……. 계속 함께 있겠다던 약속, 지키지 못해서 미안해."

부드러운 고키의 목소리에, 나는 세차게 고개를 저었다.

"흑, 나도…… 졸업식 때……, 거짓말, 해서…… 미안해……!"

북받치는 울음에 간신히 띄엄띄엄 사과하자, 고키는 가볍게 웃었다.

"신경 쓰지 않아도 돼. 오히려 거짓말이어서 다행이었는걸. 무쓰키가 나를 싫어하게 된 게 아니라 안심했어."

"그런…… 그럴 리 없잖아! 고키가…… 싫어졌던 적은, 이제까지 한 번도!"

"응, 고마워. 나도 마찬가지야."

주르륵 흘러내리는 눈물을 고키가 조심스럽게 닦아주었다.

그 손끝에서 온기는 느껴지지 않았다.

아아, 역시 꿈이구나. 그런 생각이 드는 동시에, 이제 평생, 앞으로 두 번 다시, 고키를 만날 수 없으리라는 예감이 가슴을 뒤덮었다.

싫어. 싫어! 고키 곁에 있고 싶은데. 계속 같이 있고 싶은데. 떠나고 싶지 않은데.

내 마음이 그 애에게 훤히 들여다보이는 걸까. 조금 곤란한 듯 눈썹을 숙인 채 고키가 내 머리를 쓰다듬었다.

"있잖아, 무쓰키."

"……응?"

"무쓰키에게 준 별사탕에도, 사실 소원을 빌었어."

"……어……?"

"다시 한 번 무쓰키를 만날 수 있게 해주세요. 무쓰키의 마음이 평온할 수 있게 해주세요. 그렇게 빌었어. 이뤄져서 다행이다."

그 말을 듣고 깜짝 놀랐다.

내가 끌어안고 있던 여러 가지 일들을 기억할 수 있었던 건. 후회와 괴로운 기억들을 지울 수 있었던 건. 이렇게 했으면 좋았을걸 싶던 일들을 다시 시작할 수 있었던 건.

……전부 일곱 개의 별사탕을 통해 과거로 거슬러 올라간 덕분이었다. 그게 다 고키가 소원을 빌었기 때문이었어?

그조차 별사탕의 주문이 만든 기적이었을까.

고키는 생긋 웃으려고 했던 것 같다. 하지만 내 눈에는 금방이라도 울 듯한 표정으로 보였다.

그것이 무엇을 의미하는지, 말하지 않아도 알 수 있었다.

……이게 마지막이라는 걸.

"지난 7일 동안, 이기적인 나와 함께해줘서 고마웠어."

"뭐?"

"마지막으로 하나만 더, 이기적인 말을 할게."

"고키……?"

고키에게 매달려 있던 내 손을 놓은 뒤, 내 새끼손가락에 자신의 새끼손가락을 걸었다.

"무쓰키. 도쿄에서 열심히 노력해서 꿈을 이뤄줘. 나는 계속 무쓰키를 지켜보고 있을 테니까."

"고키…….."

"새끼손가락 걸고 약속해. 거짓말하면 바늘 천 개 먹일 거야. 자, 약속했다."

내 대답을 듣지 않은 채 손가락을 걸고, 고키는 그대로 나의 두 손을 잡았다. 천천히 고키의 얼굴이 다가오고 이마와 이마가 맞닿았다.

"사랑해, 무쓰키. 그러니까 꼭 행복해야 해."

"나도 좋아해, 고키. 널 사랑해……!"

그때는 부끄러워서 도저히 직설적으로 말할 수 없었던 속마음이 그대로 튀어나왔다.

고키에게 전해졌는지는 모르겠다. 그때는 고키의 입술이 내 입술에 닿아 있었으니까.

*

서서히, 입술의 열기를 남긴 채…… 내가 가장 사랑하는 그 애는 빛과 함께 녹아 사라졌다.

"뭐야? 무슨 생각해?"

옆에서 내 눈치를 살피던 친구가 고개를 갸웃했다. 자신만의 세계에 빠져 있었다는 걸 깨닫고 쓴웃음을 지었다.

"그냥, 뭐."

"그러니까 괜히 더 궁금하잖아!"

눈을 가늘게 뜬 친구의 맞은편에서 손을 흔드는 사람이 보였다. 나는 웃으면서 그쪽을 가리켰다.

"남자친구가 부르는데? 안 가봐도 돼?"

"아, 맞다! 그럼 다음에 봐!"

안녕, 하고 크게 손을 흔드는 그녀를 배웅한 뒤, 나도 목적지를 향해 발걸음을 돌렸다.

도쿄에 돌아오고 몇 주가 지났다. 그동안 친구들이 내 열의에 놀랄 정도로 매일같이 공부에 매진했다.

그날 꿈에서 깨어난 뒤, 나는 내가 울고 있다는 걸 깨달았다. 그리고 그 눈물 자국이 중간에서 끊어져 있다는 것도.

고키가…… 내 눈물을 닦아준 걸까.

말도 안 되는 상상이지만, 혹시나 하는 마음이 들었다. 과거로 돌아가서 다시 시작한다는 게 훨씬 기적인걸. 이 정도쯤이야 충분히 있을 법한 일인지도 모른다.

"열심히 노력해서, 꿈을 이뤄줘."

고키의 마지막 소원은 언제나처럼 나를 위한 것이었다.

나를 믿고, 손가락을 걸어준 고키를 실망시키는 일은 절대 하고 싶지 않다.

왜냐하면 고키는 앞으로도 계속 날 지켜보고 있을 테니까.

대학을 막 벗어나려고 하던 찰나, 스마트폰이 울렸다. 가방 속에서 스마트폰을 꺼냈다.

"여보세요, 무쓰키?"

"루미, 어쩐 일이야?"

이와시타 루미다. 대학은 다르지만, 성인식에서 연락처를 교환한 후로 이따금 전화나 메시지를 주고받게 되었다.

옛날에는 대하기 어려운 아이였는데, 지금은 가장 자주 연락하는 사이가 되었다.

이와시타 루미와는 별의별 이야기를 다 나눈다. 학교에서 있었던 일, 일상 이야기, 루미의 연애담, 동창을 만났다는 이야기, 덴가에서 있었던 재미있는 일까지. 이야기는 끊이지 않았다.

고등학교 졸업과 동시에 도망치듯 떠나온 고향 이야기를 이렇게 웃으며 들을 수 있다는 게, 지금은 기쁘다. 이것도 고키로 인한 멋진 변화일지도 모른다.

"저기, 계속 궁금했었는데……. 무쓰키 말이야, 성인식 때 고키를 만날 수 있을지도 모른다고 했잖아? 그거 무슨 뜻이었어?"

"아아……."

듣고 보니 그런 말을 한 것도 같다. 과거로 돌아가 고키가 살아 있는 미래로 바꿀 수 있을지도 모른다고. 루미의 말과 행동에서 희망을 발견하고, 무심코 그렇게 말했었다.

조금 욱신거리는 가슴의 통증을 감추며 나는 최대한 밝게 대답했다.

"미안, 잊어줘."

"뭐?"

얼빠진 목소리에는 조금 짜증이 묻어나왔다. 그래도 나는 기죽지 않고 말했다.

"진짜 미안해. ……그래도 만나긴 했어. 전부 다 기억났고."

"응? 무슨 말인지 하나도 모르겠는데."

"아하하하. 그렇지? 미안."

이번에는 진짜로 의아해하는 목소리라 나도 모르게 웃고 말았다.

"무쓰키는 가끔 영문 모를 소리를 하더라."

이와시타 루미도 어이가 없는지 김이 샌다는 말투로 말했다.

"그래, 뭐. 다음에 여기 오게 되면 알려줘. 동창회 하자. 고키 얘기 듣고 싶다고 했지?"

"응. 다른 친구들이 본 고키에 대해 더 알고 싶어."

"알았어. 나한테 맡겨. 그럼 우리 둘 다 시험 잘 보자. 또 연락할게."

"응, 알았어. 다음에 봐."

전화를 끊고 하늘을 바라보았다. 고키가 준 별하늘과 달리 흰 구름과 푸른 하늘의 대비가 눈부셨다.

내가 고키를 생각하는 한 고키는 존재한다. 살아 있는 것과 마찬가지로.

고등학교 졸업식에서 담임 선생님이 하신 말씀을 지금은 마음으로 실감하고 있다.

이와시타 루미와의 대화에서도 느낄 수 있었다. 여기에 없어도 고키는 존재한다. 내 안에도, 이와시타 루미의 마음속에도, 그 애와 관계를 맺은 모든 사람 속에 고키는 존재하고 있다.

그래서 그 애를 더 알고 싶다. 내가 모르는 고키를 아는 사람들과 그 애의 이야기를 하고 싶다.

이와시타 루미도 그렇게 생각했을 것이다. 별생각 없이 한 말을 똑똑히 기억하고 동창회를 주선할 정도니. 벌써 몇 년 동안 본 적 없는 사람들과 만난다니 긴장되지만, 그곳에서 어떤 고키를 만나게 될까 상상하니 힘이 솟는다.

고키와 한 마지막 '약속'은 나만이 이룰 수 있다. 그리고 내가 이룰 때까지 계속 사라지지 않고 남을 것이다.

고키의 존재와 함께, 영원히.

나는 가방 속에서 작은 병을 꺼냈다. 알록달록한 별사탕이 반쯤 채워져 있다.

고키가 준 별사탕이 다 떨어진 후에도, 스스로 병을 채워가며 주문을 외우고 있다.

한 번만 더 고키를 만나고 싶다는 소원은 이루어지지 않았다. 하지만 나와 고키가 손가락을 걸고 한 약속이 이루어지길 바라며, 나는 매일 별사탕을 하나씩 입에 넣고서 기도하고 있다.

어차피 자기가 노력하기 나름이니까, 그냥 부적 같은 거지만. 이 별사탕 병은 나에게서 떼놓을 수 없는 존재가 되었다.

고키가 준 일곱 개의 별사탕이 선사한 신비한 시간은 내 안에 살아 숨 쉬고 있다.

거짓말과 후회만 남긴 채 끝나지 않아서 다행이다.

그 애와 나누었던 한마디 한마디가 가슴에 깊이 아로새겨져 있다. 그리고 이따금 그 애가 준 별하늘처럼 반짝반짝 빛나며 내게 조언해준다.

사카키자카에서 보낸 7일을 계기로, 내 안에는 새로운 꿈이 싹텄다.

언젠가 이 신기한 체험을 이야기로 쓰자. 고키와 나의 이야기를 많은 사람들이 읽도록 하는 것이다. 그리고 그 애를 다른 누군가의 가슴속에도 남기고 싶다.

"……지켜봐줘, 고키."

하늘을 향해 중얼거리고, 나는 앞을 향해 걷기 시작했다.

# 너와 나의
# 마지막 7일

**초판 1쇄 인쇄** 2025년 6월 17일
**초판 1쇄 발행** 2025년 6월 24일

**지은이** 마쓰사키 마호
**옮긴이** 이유라

**대표** 장선희  **총괄** 이영철
**책임편집** 안미성  **기획편집** 현미나, 정시아, 오향림
**책임 디자인** 이승은  **디자인** 양혜민
**마케팅** 김성현, 유효주, 이은진, 박예은
**경영관리** 전선애

**펴낸곳** 서사원  **출판등록** 제2023-000199호
**주소** 서울시 마포구 성암로 330 DMC첨단산업센터 713호
**전화** 02-898-8778  **팩스** 02-6008-1673  **이메일** cr@seosawon.com

**홈페이지**   **인스타그램**

ⓒ 마쓰사키 마호

**ISBN** 979-11-6822-288-5  03830

- 이 책은 저작권법에 따라 보호를 받는 저작물이므로 무단 전재와 무단 복제를 금지합니다.
- 이 책 내용의 전부 또는 일부를 이용하려면 반드시 저작권자와 서사원 주식회사의 서면 동의를 받아야 합니다.
- 잘못된 책은 구입하신 서점에서 바꿔 드립니다.   • 책값은 뒤표지에 있습니다.

서사원은 독자 여러분의 책에 관한 아이디어와 원고 투고를 설레는 마음으로 기다리고 있습니다.
책으로 엮기를 원하는 아이디어가 있는 분은 서사원 홈페이지의 '출간 문의'로
원고와 출간 기획서를 보내주세요. 고민을 멈추고 실행해보세요. 꿈이 이루어집니다.